Zu diesem Buch

Beefy ist ein ausgewachsener, bärenstarker Bursche und in den Augen der Gesetzeshüter sogar ein regelrechter Gauner. Aber er hat ein kindliches Gemüt und ein goldenes Herz. Das wissen vor allem seine Spießgesellen: Wenn Heck, Lofty Langfinger, Wodka-Joe, Willie Einauge und Holzbein Evans ein «Ding drehen», fallen Beefy wie von ungefähr immer die undankbarsten und riskantesten Aufgaben zu. Und wenn dann, wie fast jedesmal, irgend etwas schiefgeht, ist Beefy natürlich an allem schuld.

Der Kirchenvorstand von St. Judas beschließt, ein neues Gemeindehaus zu errichten. Aber ein Unstern scheint über diesem Bauvorhaben zu schweben: Erst verschwinden die Baupläne, dann der Grundstein und schließlich sogar ein Bischof. Auch sonst ereignet sich eine Serie von höchst sonderbaren Vorfällen, Unfällen und Überfällen, und keiner ahnt, warum in der kleinen Stadt Danby die Welt nicht mehr in Ordnung ist.

Verschmitzt und augenzwinkernd erzählt Eric Malpass, was sich Beefys listige Freunde alles einfallen lassen und wie an der treuherzigen Einfalt Beefys all ihre schlimmen Pläne scheitern. Mit warmherzigem Humor zeichnet Malpass das Bild eines liebenswerten Unglücksraben, dem alles, was er anpackt, mißlingt, der Unheil anrichtet, wenn er Gutes tun will, und ebensooft Gutes bewirkt, ohne es zu ahnen, der in tausend Nöte gerät, aber dessen bescheidener Traum vom kleinen Glück am Ende wie durch ein Wunder doch noch in Erfüllung geht.

Eric Malpass, geboren am 14. November 1910 in Derby, war lange Jahre Bankangestellter in Mittelengland. 1947 wurde er Mitarbeiter der BBC und namhafter Zeitungen, so des «Observer», dessen Kurzgeschichten-Wettbewerb er 1954 gewann. «Beefy ist an allem schuld» wurde 1960 in Italien mit der Goldenen Palme für das beste humoristische Buch des Jahres ausgezeichnet. Zu einem phantastischen Erfolg, vor allem in der Bundesrepublik, wurden seine – nicht minder erfolgreich verfilmten – Romane über den Schlingel Gaylord: «Morgens um sieben ist die Welt noch in Ordnung» (rororo Nr. 1762) und «Wenn süß das Mondlicht auf den Hügeln schläft» (rororo Nr. 1794) sowie die Gaylord-Erzählung «Fortinbras ist entwischt». Weiten Anklang fanden auch der lebendig-humorvolle und ebenfalls verfilmte Familienroman «Als Mutter streikte» sowie seine Shakespeare-Romantrilogie «Liebt ich am Himmel einen hellen Stern», «Unglücklich sind wir nicht allein» und «Hör ich im Glockenschlag der Stunden Gang». Eric Malpass, der verheiratet ist und einen Sohn hat, lebt als freier Schriftsteller in Long Eaton/Nottingham.

Eric Malpass

Beefy ist an allem schuld

Roman

ro
ro
ro

Rowohlt

*Die Originalausgabe erschien unter dem Titel
«Beefy Jones» im Verlag Longmans, Green and Co.,
London, New York, Toronto
Aus dem Englischen übertragen von Susanne Lepsius
Umschlagentwurf Eva Kausche-Kongsbak*

*Veröffentlicht im Rowohlt Taschenbuch Verlag GmbH,
Reinbek bei Hamburg, September 1976*

*Satz Aldus (Linotron 505 C)
Gesamtherstellung Clausen & Bosse, Leck/Schleswig
Printed in Germany
380-ISBN 3 499 11984 6*

Für Muriel Gladys

1

Schon eine ganze Zeitlang versuchte ein hohler Zahn, durch das granitartige Gefüge von Beefys Unterkiefer eine Nachricht zu senden. Endlich gelang es. Die Nachricht erreichte das Gehirn.

Niemand hätte Beefys Gehirn je für ein Präzisionsinstrument gehalten, aber Schmerzen registrierte es sofort. ‹Heda, Beefy!› rief es. ‹Dir tut die Backe weh!›

Aber Beefy Jones, der in der warmen Dunkelheit eines Kinos saß, hörte nicht darauf. Er trug wie immer Jeans und ein blau-weiß gestreiftes Trikot. Seine dicken Finger umklammerten die stämmigen Knie. Sein Mund stand offen, sein Atem ging stoßweise; verzückt starrte er auf die Leinwand, wo der Sheriff mit seinen Männern die Bösewichte erbarmungslos verfolgte. Einer der Schurken hatte sich gerade im Sattel umgedreht; man sah, wie er den Finger am Abzug krümmte . . .

‹Heda, Beefy! Dir tut die Backe weh!› rief sein Gehirn wieder, diesmal schon leicht gereizt.

‹Nach Hause!› jammerte der hohle Zahn mit dünner schmerzverzerrter Stimme. ‹Bring mich nach Hause.›

Beefy rieb sich die Backe. Wie gemein von diesem Zahn, ihn so zu quälen, gerade jetzt, wo es dem Helden an den Kragen ging! Sehnsüchtig dachte Beefy an sein Bett – an die alte Linoleumrolle, in der man sich so gut verkriechen konnte –, an das abgewetzte Fußkissen, das er sich nachts unter den Kopf schob. Schlafen! Vergessen!

Er wandte sich an seinen Nachbarn. «Heck», sagte er, «mir tut die Backe weh.»

Heck starrte unverwandt auf die Leinwand. Verzagt musterte Beefy das kantige Profil seines Idols: die scharfe Nase, die flotten schwarzen Koteletten, das pomadenglatte Haar. Vielleicht hatte Heck ihn nicht gehört. «Mir tut die Backe weh!» wiederholte Beefy kläglich.

Ungerührt verfolgte Heck das Geschehen auf der Leinwand. «Na und, kann ich vielleicht was dafür?» zischte er aus dem Mundwinkel.

«Nein, nein», sagte Beefy hastig, «ich meine bloß, ich geh jetzt nach Hause, ins Bett, weißt du.»

«Ach, stell dich nicht so an», sagte Heck gereizt und fischte, den Blick auf die Leinwand geheftet, einen Kaugummi aus der Tasche, wickelte ihn aus und steckte ihn in den Mund.

‹Bring mich nach Hause›, stöhnte der Zahn, aber Beefy, der seinen Freund nicht noch einmal zu stören wagte, entschloß sich zu bleiben und wartete geduldig auf das Ende des Films.

Nach dem Film kam wieder Reklame: Ein wunderschönes Mädchen pries mit verführerischem Lächeln Eiskonfekt an. Als das Licht anging, stand die graue Wirklichkeit in Gestalt von Bessie Brown da. Mit mürrischer Verachtung sah sie über die Zuschauer hinweg, schielte mit dem einen Auge auf ihr Tablett mit dem Eiskonfekt und mit dem anderen zur Decke.

Wieder zeterte der Zahn: ‹Nach Hause! Nach Hause! Nach Hause!›

Beefy überlegte hin und her. Er hatte den Film erst einmal gesehen, und wenn er jetzt schon ginge, käme er vielleicht nicht einmal ins Haus, und außerdem wäre Heck sicher ärgerlich.

Aber dann dachte er wieder an seine gemütliche Linoleumrolle und an die alte Ingwerkruke, die man sich mit kochendem Wasser gefüllt ans Fußende schieben konnte. Eine geradezu unwiderstehliche Vorstellung.

«Bleib nur da, Heck, und sieh dir den Film noch mal an», sagte er. «Ich hau jetzt ab.»

Heck grunzte. Beefy sah ihn beklommen an; er hatte auf einen freundlichen Blick gehofft, aber Heck schien ihn bereits vergessen zu haben.

Trübselig machte sich Beefy auf den Heimweg.

Es gibt wohl nur wenige Orte auf der Welt, die die Stadt Danby in den Midlands an Reizlosigkeit noch übertreffen.

Schmutzigere Orte sicherlich, vielleicht sogar häßlichere, aber wenn man von absoluter Mittelmäßigkeit spricht, muß man zu allererst Danby nennen. Die Stadt ist so fade wie eine altbackene Semmel, so öde wie ein Bahnhofswartesaal.

In gewisser Weise gleicht Danby wirklich einem Wartesaal. Tag und Nacht rasseln Züge durch die Stadt und entführen die vom Glück Begünstigten in aufregende Fernen, in die wildreichen Wälder Schottlands, in das wimmelnde London mit seinen goldgepflasterten Straßen und der untergehenden Sonne entgegen nach Wales. An lauen Herbstabenden stehen die Einwohner Danbys am Bahnhof und sehen dem feuerspeienden Ungetüm nach, das eine Kette anheimelnd erhellter Wagen in die Finsternis zieht . . . dann seufzen sie, gehen wieder nach Hause, legen noch ein paar Scheite Holz aufs Feuer und träumen am Kamin sehnsüchtig von der Ferne.

Vor fast zweihundert Jahren hatte man in der Gegend viel Geld verdient. Man hatte die trostlose Ebene der Midlands mit Kanälen durchzogen, und wie heute die Eisenbahnschienen liefen diese Kanäle in Danby zusammen. Lange, längst vergessene Sommertage hindurch hatten auf den Treidelpfaden der Uferwiesen geduldige Pferde zigeunerbunte Kohlenkähne die Kanäle entlanggezogen, und im Winter hatte das Eis unter den scharfen Kufen der Schlittschuhläufer gesungen. Heute sind die Pferde verschwunden, und auch die Schiffer mit ihren goldenen Ohrringen gibt es nicht mehr. Die Kanäle sind verschilft, nur noch eine schmale Fahrrinne ist übriggeblieben. Sonntags morgens wandert nun ganz Danby in Gummistiefeln und Wollschals, mit Angeln, Blechbüchsen voller Köder und mit belegten Broten hier hinaus, um am Rande des stillen Wassers beschaulich den Tag zu verbringen.

Heute kann man auf breiten Asphaltstraßen von Danby in alle Himmelsrichtungen fahren, nach Leicester, nach Coventry und – Gott behüte – auch nach Birmingham.

Wenn man von Danby spricht, fängt man vielleicht am besten damit an zu beschreiben, wie man am schnellsten wieder hinauskommt. Aber *wir* kommen nicht hinaus, wir müssen uns damit abfinden, in Danby zu bleiben. Und da das nun einmal so ist, wollen wir einen Blick auf das Gemeindeviertel von St. Judas dem Finsteren werfen.

In Danby gibt es zwanzig Kirchengemeinden, einige sind orthodox-anglikanisch, andere pietistisch-protestantisch. Nur St. Judas ist weder das eine noch das andere.

Die Gemeinde von St. Judas ist genauso reizlos wie die übrige Stadt. In ihrem Bereich leben fünfzehntausend Einwohner; es gibt hier zwei Kinos, das *Majestic* und das *Gloria*, fünf Fischbratküchen (Täglich frische Fische!) und eine beachtliche Anzahl von Kneipen.

Auch ein staubiger Park fehlt nicht. Um seinen schmiedeeisernen, grün angestrichenen Musikpavillon versammeln sich an Sommer-Sonntagabenden adrett gekleidete Bürger, um hier beliebten Opernmelodien zu lauschen, die verschwitzte Männer in viel zu dicken Uniformen erklingen lassen.

Die geistige Spannweite der Gemeinde reicht von Hochwürden John Adams, Magister Artium, bis zur alten Lizzie Tubb, die in der Überzeugung lebt, die Erde sei flach und die Sterne am Himmel seien auf einen Vorhang gemalt; von der kleinen Miss Titterton, die so drollige Stücke für den Theaterverein schreibt, bis zum alten Lord Wapentake, der nicht gerade eine große Leuchte ist; von Heck, der gerissener ist als eine ganze Wagenladung Füchse, bis zu unserem Freund Beefy.

Die Kirche ist ein wahres Schauergebilde aus gelben Ziegelsteinen. Ihr Inneres ist öde, kalt und kahl. Beim Abendgottesdienst, wenn das Licht brennt und die Kerzen auf dem Altar in der Zugluft flackern, zucken unheimliche Schatten über die Decke, und bei der Früh-Kommunion, an nebligen Morgen, ist die Kirche so freudlos wie eine Gruft.

So also sieht es aus in der eintönigen, häßlichen Gemeinde des heiligen Judas des Finsteren. Doch auch hier findet man Schönheit, man muß sie nur suchen. Alte Ziegel glänzen im warmen Sonnenlicht, eine Mutter betrachtet ihr schlafendes Kind – und manchmal läßt es der Himmel auch schneien und verhüllt für einige Tage die ganze Häßlichkeit mit glitzerndem Zuckerguß. Hier gibt es keine wolkenumwehten Türme, keine Berge, die am Horizont emporragen, aber zuweilen Wolken, die sich wie Gebirge ausnehmen. Und wenn du von Danby genug hast, erhebe deine Augen, denn auch über Danby wölbt sich ein englischer Himmel.

Beefy aber sah nicht zu ihm auf, als er durch die abendlichen Straßen ging, in denen die Laternen wie Sterne aufleuchteten. Er hielt den Blick gesenkt. Heck war sicher böse, daß er sich davongemacht hatte. Und diese Schmerzen! Sie hörten und hörten nicht auf, es war so, als versuchte jemand, ihm den Kiefer aufzumeißeln.

Nun hatte er die Hauptstraße hinter sich gelassen und ging durch armselige Gassen, wo sich rote Ziegelhäuser aneinanderreihten und Kinder spielten, die längst ins Bett gehörten. Er gelangte zu der Kreuzung, auf der Lord Nelson auf seinem Sockel stand und sehnsüchtig zur Fischbratküche und zum Bierausschank hinüberschaute. Und hinter dem Helden von Trafalgar hob sich vor dem klaren Abendhimmel die häßliche Silhouette des Gemeindehauses von St. Judas ab.

Beefy ging auf die Tür zu, zog ein Bund Nachschlüssel heraus und schloß auf. Doch seine vorzeitige Heimkehr sollte ihm nicht die ersehnte Ruhe bringen, sondern ihm einen Plan entdecken, der darauf abzielte, nicht nur ihn, sondern auch verschiedene andere ehrenwerte Mitbürger um ihr *pied-à-terre*, ihren kleinen Zipfel Behaglichkeit in dieser rauhen Welt zu bringen.

2

Der Kirchenvorstand von St. Judas tagte in wichtiger Angelegenheit.

Den Vorsitz führte der Pfarrer John Adams, ein vierschrötiger junger Mann in Tweedjacke und grauen Flanellhosen. Sein blasses, sommersprossiges Gesicht über dem steifen Pastorenkragen zeigte den üblichen wohlwollenden Ausdruck, in den sich jetzt leichte Gereiztheit mischte.

Er schien zu denken, wenn es sich doch hier bloß um Rugby handelte, dann würde ich schon mit meinen Problemen fertig werden. Ein kräftiger Tritt vors Schienbein, und der Gegner ginge zu Boden. Aber Schulden von fünfzehntausend Pfund konnte man so nicht beikommen. Ihm war, als spiele er Rugby gegen eine Geistermannschaft.

Zur Rechten des Pfarrers thronte, kerzengerade und zugeknöpft, Mr. Edward Macmillan, Kirchenältester und Direktor der Filiale der Northern Counties Bank. Ein wahrer Eiszapfen, dachte John Adams, ein

Mann, der jeden durchschaut, aber sich selbst nicht in die Karten blicken läßt.

Zur Linken des Pfarrers hockte wie ein graues Mäuschen die kleine Miss Titterton, Sekretärin des Kirchenvorstands, und hielt unentwegt kritzelnd alles fest, Kluges und Närrisches, Beifall und Lachen, und verwandelte das alles in ein trockenes Protokoll.

Dem Pfarrer gegenüber saß der Vorstand, zwölf Herren und neun Damen: einundzwanzig Unberechenbare, die, ohne mit der Wimper zu zucken, einer Ausgabe von fünfhundert Pfund zustimmten, um dann eine halbe Stunde lang über eine Rechnung von ein paar Shillingen zu debattieren. Der Pfarrer kam sich vor wie König Karl I. vor seinem gestrengen Parlament, und doch wußte er, daß sie im entscheidenden Augenblick geschlossen zu ihm stehen würden.

An diesem Abend standen als letzte Punkte auf der Tagesordnung: Konfetti bei Hochzeiten – Bau eines neuen Gemeindehauses.

Im Grunde war nur der letzte Punkt wichtig, und da es dabei lange und ernste Diskussionen geben würde, wäre der Pfarrer am liebsten rasch zu diesem Punkt übergegangen, aber irgendwie war die Sitzung im Konfetti steckengeblieben. Man hatte überlegt, wie man der Konfetti-Pest bei Hochzeiten entgegentreten könnte, und den Vorschlag gemacht, gedruckte Zettel an die Gemeinde zu verteilen mit der Bitte, weder in der Kirche noch auf dem Kirchhof Konfetti zu werfen. Der Vorschlag war so gut wie angenommen, doch da hatte jemand die Frage nach der Farbe der Zettel aufgeworfen.

«Blau», sagte Miss Fribble entschieden.

«Nein, bloß keine Kitschfarben», sagte George Bloodshot. «Wir brauchen eine Farbe, die gleich ins Auge springt: rot. Rot ist nicht zu schlagen, rot fällt jedem auf.»

Der Pfarrer wurde ungeduldig. «Also, will nicht bitte jemand den Antrag stellen, daß wir weiße Zettel mit roter Schrift nehmen?» fragte er und blickte erwartungsvoll in die Runde. Aber die Versammelten schienen nicht gewillt, sich so ohne weiteres festzulegen.

«Ich habe das Gefühl – bitte verstehen Sie mich nicht falsch, nur so das Gefühl, daß rot nicht mit den Altarvorhängen harmoniert», sagte Mrs. Fosdyke.

Miss Austin meinte, gelb sei doch so eine hübsche, heitere Farbe, man denke sogleich an Narzissen und so weiter.

Bert Briggs war für schwarz.

«Wir sprechen über Hochzeiten, Bert, nicht über Beerdigungen», warf Joe Grayson ein.

John Adams klopfte mit dem Hammer auf den Tisch. «Meine Damen und Herren, wir vergeuden unsere Zeit», sagte er, «jemand sollte den

Antrag stellen, daß wir weiße Zettel mit blauer Schrift nehmen.»

«Wären nicht vielleicht blaue Zettel mit weißer Schrift ganz wirkungsvoll?» schlug Cyril Mayflower vor, ein künstlerisch angehauchter junger Mann.

Die Debatte ging weiter, bis es George Bloodshot und Bert Briggs plötzlich einfiel, daß ihr Stammlokal, der *Dichter und Bauer*, schließen könnte, noch ehe diese Sitzung ein Ende fand, wenn nicht sofort etwas geschah. Sie schlugen deshalb gemeinsam vor, ein kleines Damenkomitee zu beauftragen, diese schwierige Frage zu prüfen und dem Kirchenvorstand Bericht zu erstatten.

«Wer ist dafür?»

«Einstimmig angenommen.»

John Adams warf einen kurzen Blick auf seine Armbanduhr. «Und nun», sagte er feierlich, «kommen wir zum wichtigsten Punkt unserer heutigen Tagesordnung. Ja, zum wichtigsten, den dieser Kirchenvorstand seit Jahren behandelt hat: Es geht um den Bau des neuen Gemeindehauses.»

Die Sache lag ihm ganz besonders am Herzen. Das jetzige Haus, in dem sie augenblicklich tagten, war ein Relikt viktorianischer Häßlichkeit, für eine lebendige und wachsende Gemeinde völlig unzureichend. Es war verbaut, finster und wirkte unbeschreiblich deprimierend. Vor seinem geistigen Auge stand schon ein neues lichtes, heiteres und geräumiges Gebäude.

Aber würde es ihm gelingen, dem Kirchenvorstand diese Vision überzeugend nahezubringen? Würde er die eigene Begeisterung auf die Versammelten übertragen können? Ohne ihre Mithilfe war er machtlos.

Er blickte auf die Anwesenden. Ja! Sie waren ganz bei der Sache. Miss Titterton saß mit gezücktem Bleistift da, der alte Willie Ironmonger schob den Pfefferminzbonbon in seinem Mund geräuschvoll von Backbord nach Steuerbord – dreiundzwanzig Augenpaare starrten den Pfarrer erwartungsvoll an. Beherzt und überzeugend ergriff er das Wort. Doch da erhob sich zu seinem Entsetzen der alte Lord Wapentake und blickte, Aufmerksamkeit heischend, in die Runde.

«Ich frage mich», sagte er, «ob wir uns nicht mit unserer Annahme, rot sei eine auffallende Farbe, möglicherweise irren? Wird rot nicht vielleicht nur deshalb für Warnsignale verwendet, weil es die Farbe des Blutes ist?» Er steckte die Hände in die Hosentaschen und nahm eine etwas ungezwungenere Haltung ein. «Ich habe schon Menschen getroffen, die farbenblind sind und die ein dunkles Rot von Braun nicht zu unterscheiden vermochten», erklärte er.

John Adams, der endlich zum Thema kommen wollte, sagte mit gequältem Lächeln: «Aber diesen Punkt hatten wir doch schon erledigt,

Lord Wapentake, wir sind jetzt beim neuen Gemeindehaus.» – «Oh», sagte Lord Wapentake und ließ sich wieder nieder. Der Pfarrer setzte erneut zu seiner Rede an, aber Lord Wapentake erzählte jetzt seinem Nachbarn von einem Burschen, den er einmal in Simla kennengelernt hatte, und der sei *absolut* farbenblind gewesen. «Sah gelb statt blau. Und der Witz dabei», fuhr Lord Wapentake fort – seine Stimme dröhnte plötzlich laut und klar wie ein auf volle Lautstärke eingestelltes Radio –, «der Witz dabei war, der Kerl war ein *Blaukreuzler.*»

Der alte Herr lehnte sich zurück und wischte sich kichernd die Tränen aus den Augen. Der Pfarrer seufzte und versuchte ein drittes Mal die Versammlung für seine Träume zu begeistern. Er sprach über die Unzulänglichkeiten des jetzigen Gebäudes, aber neben der Kirche gäbe es ja glücklicherweise genug Platz für ein neues Gemeindehaus. Er schilderte ihnen die hellen, luftigen Räume, den großen Saal mit modernen Stapelstühlen. Seine Augen leuchteten. Er spürte, daß er die Anwesenden mitriß. Er war am Ball, spielte vor sich und durchbrach die gegnerische Verteidigung – das Tor war in Schußweite.

Da unterbrach ihn Mr. Macmillan.

«Könnten Sie uns vielleicht eine ungefähre Vorstellung von den Kosten dieses Projekts geben, Herr Pfarrer?»

John Adams Gesichtszüge spannten sich. Mit fester Stimme sagte er: «Etwa fünfzehntausend Pfund.»

Geradezu hörbar schnappte der gesamte Kirchenvorstand nach Luft.

«Vielleicht verrät uns der Herr Schatzmeister erst einmal den Stand unseres Bankkontos», sagte Mr. Macmillan.

«Neun Pfund, drei Shilling und vier Pennies», war die niederschmetternde Antwort.

Joe Grayson war an diesem Abend groß in Form und hatte die Lacher auf seiner Seite, als er sagte: «Na, der kleine Differenzbetrag wird sich doch wohl noch beschaffen lassen.»

«Ich denke doch, daß uns das gelingt», sagte der Pfarrer.

Aber alle wichen seinem Blick aus und schienen vor dem kühnen Projekt zurückzuschrecken.

«Klammern wir uns doch nicht an die von mir genannte Summe», sagte er beschwichtigend. «Wir können bestimmt mit einer Finanzierungshilfe der Diözese rechnen. Und vergessen wir auch nicht, daß das Haus, in dem wir hier versammelt sind, schließlich uns gehört. Ich bin fest davon überzeugt, daß man es als Lagerhaus an eine der Fabriken hier in der Nähe verkaufen kann.»

In diesem Augenblick wurde die Versammlung durch ein Geräusch an der Tür abgelenkt, das unverkennbar ein Niesen gewesen war.

«Schon wieder diese Bengel! Entschuldigen Sie, Herr Pfarrer», sagte

George Bloodshot, eilte zur Tür und riß sie auf.

Man blickte auf einen kurzen, hochgewölbten Gang, auf dessen einer Seite sich die Küche befand, während auf der anderen Seite eine Tür nach draußen führte. Oben, ziemlich hoch in der Wand und nur mit einer Leiter erreichbar, war die Einstiegluke zum Dachboden zu sehen. George Bloodshot knipste das Licht an. Aber zu seiner Verwunderung war der Gang leer. Er öffnete die Tür nach draußen, die auf eine schmale, unbeleuchtete Gasse zwischen dem Gemeindehaus und einer hohen Ziegelmauer führte. In der Dunkelheit glaubte Bloodshot, einen untersetzten Burschen in gestreiftem Trikot um die Ecke verschwinden zu sehen.

Er nahm die Verfolgung nicht auf, sondern ging, die Tür geräuschlos hinter sich schließend, wieder in den Sitzungsraum zurück.

«Diese Kinder sind eine wahre Plage», sagte Bert Briggs, «keine Disziplin heutzutage mehr.»

«Es waren gar keine Kinder», sagte Bloodshot, «ich glaube, es war ein Mann.»

Nervös fragte Miss Fribble daraufhin: «Meinen Sie, daß uns jemand belauscht hat?»

«Das hoffe ich nicht», rief der Pfarrer, der wieder Mut geschöpft hatte. Er schlug mit der Faust auf den Tisch, sprang auf und sagte: «Ich hoffe, daß uns niemand dabei belauscht hat, wie wir kleinmütig gewesen sind, statt voller Begeisterung daranzugehen, dieser Gemeinde das neue Haus, das sie braucht, zu geben und für unsere Kinder und Kindeskinder etwas zu bauen, auf das wir stolz sein können.» Er setzte sich wieder. Er steckte die Pfeife in den Mund, nahm sie wieder heraus, starrte auf den gestopften Tabak, legte die Pfeife auf den Tisch und blickte herausfordernd in die Runde.

Miss Titterton kaute an ihrem Bleistift. Das kommt wohl besser nicht ins Protokoll, entschied sie.

Der Kirchenvorstand war äußerst betreten. Ganz unenglisch, so ein Ausbruch.

Doch dann kamen ihnen Zweifel. Mußte ein wahrer Streiter der Kirche nicht gelegentlich so sprechen?

Der Pfarrer seufzte; der günstige Augenblick schien verpaßt. Doch dann sah er zu seiner Freude, wie sich der zuverlässige Alfred Mason erhob.

Mit einem seltsamen Glanz in den Augen sagte dieser langsam: «Ich schlage vor, daß wir den Herrn Pfarrer bevollmächtigen, den Kirchenarchitekten zu beauftragen, Pläne für den Bau eines neuen Gemeindehauses auszuarbeiten. Ungefähre Kostenhöhe: fünfzehntausend Pfund.»

«Unterstützt jemand diesen Antrag?» fragte der Pfarrer gelassen.

Nachdenkliche Stille. Alle schienen ihr Gewissen zu befragen.

Dann erhob sich George Bloodshot und sagte: «Ich unterstütze den Antrag.»

Es gelang dem Pfarrer zwar, in seiner Stimme die freudige Erregung zu unterdrücken, aber in seinen Augen schimmerte sie deutlich. «Wer ist noch dafür?» fragte er. Die Hände schnellten in die Höhe. John Adams' Herz hämmerte. «Jemand dagegen?» fragte er.

Keiner rührte sich. «Einstimmig angenommen», konstatierte der Pfarrer.

Die Sitzung war zu Ende. «Lila ist übrigens auch eine hübsche Farbe», sagte Lord Wapentake, als man ihm in den Mantel half.

3

Stockdunkle Nacht. Alles sehnt sich für ein paar Stunden nach Geborgenheit. Fuchs und Hase schlüpfen in ihre Löcher und rollen sich in der Finsternis zusammen. Die Vögel haben sich im Gezweig niedergelassen, während die alte Erde auf ihrem Nebengleis im Weltraum wie ein Güterzug wieder durch den Tunnel der Dunkelheit rast. Vor verlöschenden Kaminfeuern liegen die Hunde und zucken zuweilen im Schlaf; nur die Katzen streichen noch umher und tragen Schrecken und Würde des Dschungels in die schmutzigen Hinterhöfe.

George Bloodshot und Bert Briggs, die sich im *Dichter und Bauer* noch einen kräftigen Schluck genehmigt hatten, machten sich auf den Heimweg. Lord Wapentake, der bereits zu Hause war, erzählte zwischen zwei Whiskies seiner Frau, daß man den ganzen gottverdammten Abend damit zugebracht habe, über die Farbkombination der neuen Altarvorhänge zu diskutieren. John Adams schloß die Tür des großen, stillen Pfarrhauses auf; doch nichts anderes als der vertraute Geruch von Gas, feuchten Wänden und gekochtem Kohl begrüßte ihn. Er aß eine Scheibe Brot mit Käse und trank dazu eine Tasse Tee.

Beefy Jones aber kehrte wieder zu dem jetzt dunklen und verlassenen Gemeindehaus zurück und öffnete mit seinem Nachschlüssel die Tür. In der Küche setzte er den Wasserkessel auf; dann lehnte er die Leiter an die Wand und kletterte auf den Dachboden, um seine alte Ingwerkruke zu holen.

Der Appetit aufs Abendbrot war ihm vergangen, und daran waren nicht nur seine Zahnschmerzen schuld, sondern vor allem der Schock, den ihm dieser Abend versetzt hatte.

In der Regel war das Gemeindehaus leer, wenn er heimkehrte: die

Pfadfinder, Jugendklubs oder Männervereine hatten das Haus dann schon verlassen. Aber man durfte eben nicht zu früh heimkehren, wenn man sich ohne Wissen und Zustimmung des Pfarrers in dessen Gemeindehaus einnistete. Beefy hatte es nicht gewagt, auf den Dachboden zu klettern, als er Licht unter der Tür gesehen und Stimmengemurmel gehört hatte.

Statt dessen war er an die Tür des kleinen Raumes geschlichen, um durchs Schlüsselloch zu spähen. Viel konnte er nicht sehen, nur den Pfarrer und neben ihm einen großen, bleichen Mann, der so aussah, als hielte er nicht viel von dem, was der Pfarrer sagte.

Davon hielt allerdings auch Beefy nicht viel. Wenn er auch nicht alles verstand, so verstand er doch genug, um zu begreifen, daß man sein Zuhause an eine Fabrik verkaufen wollte. Dann hatte er niesen müssen und war schleunigst davongerannt.

Jetzt stand er da und füllte bekümmert seine Kruke mit heißem Wasser. Dann kletterte er auf den Boden und kroch in seine Linoleumrolle. Seine schmerzende Wange preßte er gegen das Fußkissen. Er starrte verzweifelt in das grelle Licht der elektrischen Birne und wünschte, die anderen kämen bald. Die Jungens waren auf Draht, sie würden schon wissen, was zu tun war.

Wie immer, wenn ihn etwas bedrückte, floh er in Gedanken in sein Heimatdorf. Dort, in Shepherd's Delight, wollte er sich eines Tages, wenn er zu etwas Geld gekommen war, zur Ruhe setzen. Er träumte von einem Häuschen mit einem Garten, einem Schwein und ein paar Hühnern. An Sommerabenden würde er sich über die Stalltür lehnen und dem Schwein so lange mit einem Stock den Rücken schubbern, bis es sich mit angewandtem Blick wohlig in der Streu wälzte. Dann würde er ins Haus gehen, sich etwas zu essen machen und sich schließlich in einem kleinen Zimmer mit schrägen Wänden in einem richtigen Bett schlafen legen, bis die Sonne ihn weckte. Keine krummen Sachen mehr, keine Zahnschmerzen. Bis dahin hatte er dann auch lesen gelernt und würde den ganzen Tag lang Wildwestschmöker verschlingen.

Er war freilich lange nicht mehr in Shepherd's Delight gewesen. Als kleiner Junge hatte er am Rande des Dorfes gewohnt und oft seine Tante Nellie besucht und mit seiner kleinen Cousine Sally gespielt. Sally gefiel ihm. Sie war hübsch, freundlich und lustig. Wo sie jetzt wohl stecken mochte? Zum erstenmal wurde ihm klar, daß sie ja kein kleines Mädchen mehr sein konnte. Sich selbst schätzte er auf etwa fünfundzwanzig, und Sally war drei Jahre jünger. Er zählte an seinen Fingern. Mein Gott! Sally mußte zweiundzwanzig sein. Eine erwachsene Frau, die ihn womöglich wegen seiner großen roten Hände und seiner plumpen Füße auslachen würde. Vielleicht war sie mit so einem superklugen Burschen verheiratet, der über ihn, Beefy, nur die Nase rümpfte.

Diese Vorstellung gefiel ihm gar nicht. Und so wanderten seine Gedanken wieder nach Shepherd's Delight.

Das Dorf lag oben in den Bergen, man erreichte es über einen verwilderten Pfad, der an einem Wald entlangführte, hinter dem sich blau, fern, geheimnisvoll eine Bergspitze erhob. In seinen Träumen ging Beefy oft diesen Pfad hinauf und sah den blauen Rauch vor sich, der aus den Schornsteinen von Shepherd's Delight aufstieg, aber bis ins Dorf gelangte er dabei nie. Immer wachte er zu früh wieder auf, wenn die graue Morgendämmerung durch die schmutzige Dachluke hereinkroch und die Jungens noch alle schnarchten.

Da kamen sie auch endlich. Er hörte unten die Tür knarren, dann Tritte auf der Leiter. Die Bodenklappe wurde aufgestoßen, und der Kopf von Holzbein Evans tauchte auf.

Holzbein war völlig glatzköpfig. Sein Schädel sah aus, als sei er aus Teakholz geschnitzt und mit Leinsamenöl sorgfältig poliert worden. Rechts und links von seinem schmalen Mund zogen sich zwei tiefe Kerben von der Nase zu den Kinnladen. Er hatte stechend gelbe Augen.

«Schon zu Hause, Beefy?»

«Schon 'ne ganze Zeit», sagte Beefy. «Meine Backe tut mir weh.»

Holzbein Evans hievte sich auf den Dachboden. «Armer alter Beefy. Hast du's mal mit Cognac versucht?» Er zog eine Flasche aus der Tasche. «Hier, reib's mal damit ein.»

«Danke, Holzbein», sagte Beefy. Ohne sich viel davon zu versprechen, bearbeitete er sein Zahnfleisch mit der scharfen Flüssigkeit. Es schmeckte scheußlich. Beefys Lieblingsgetränk war Brauselimonade.

Jetzt tauchte ein kleines munteres Gesicht in der Luke auf. «He, Joe!» rief Holzbein. «Was tut man denn in Rußland gegen Zahnschmerzen?»

Wodka-Joe schwang sich auf den Dachboden. «Bitte, was sein Zahnschmerzen?» fragte er.

Holzbein machte eine schmerzverzerrte Grimasse. Joe grinste; er hatte verstanden. Auch er brachte eine Flasche zum Vorschein. «Wodka», sagte er, «viel Wodka», und gab Holzbein die Flasche.

Holzbein reichte sie an Beefy weiter. «Hier, nimm mal 'nen kräftigen Zug, Alter», sagte er aufmunternd.

Beefy trank gehorsam und schüttelte sich.

Nun erschienen Lofty Langfinger und Willie Einauge. «Was ist denn mit Beefy los?» fragten sie.

«Mir tut die Backe weh», sagte Beefy, «und mies ist mir auch.»

«Da gibt's nur eins: Whisky», sagte Willie Einauge.

«Gin ist noch besser», sagte Lofty.

Beide zogen Flaschen hervor. Willie schob einen whisky-feuchten

Finger in Beefys Mund und rieb kräftig. Lofty tat das gleiche mit Gin.

«Besser?» fragten sie.

«Ein bißchen», log Beefy gutmütig. «Übrigens, ich hab schlechte Nachrichten.»

Aber in diesem Augenblick erschien Heck. «Ich hab eben Ida getroffen», sagte er. «Sie hat für morgen früh 'ne Vorstandssitzung einberufen. Hier unten bei uns. Sowie die alte Putzfrau fertig ist.» Er betrachtete sich in dem zersprungenen Spiegel und zog wie ein gereizter Hund die Oberlippe hoch, so daß man seine gelben Zähne sah.

Beefy stöhnte. Er mochte diese Sitzungen gar nicht. Und dazu diese Zahnschmerzen. Er stöhnte wieder.

«Was ist denn mit dem los?» fragte Heck.

«Ihm tut die Backe weh.»

«Weiß schon», sagte Heck, der ungerührt weiter seine Zähne untersuchte, «er hat schon im Kino gejammert.»

Keiner fragte mehr nach Beefys schlechten Nachrichten. Heck schlüpfte aus seiner Kordsamtjacke und faltete sie sorgfältig zusammen. Willie nahm sein Glasauge heraus und legte es in eine zersprungene Tasse – eine Prozedur, die Beefy jeden Abend von neuem faszinierte. Lofty Langfinger streckte sich der Länge nach auf dem Fußboden aus. «Hoffe, du kannst wenigstens pennen», sagte er freundlich.

«Ich hab schlechte Nachrichten», fing Beefy wieder an. Er gab sich verzweifelte Mühe, die richtigen Worte zu finden. «Sie wollen das Haus an eine Fabrik verkaufen.»

Er konnte mit der Wirkung seiner Worte sehr zufrieden sein. Gewöhnlich nahm niemand Notiz von ihm, aber diesmal horchten alle auf. Lofty fuhr erschreckt hoch. Heck starrte Beefy an, dessen Kopf kläglich aus der Linoleumrolle herausragte. Holzbein Evans, der seine Hosen eben sorgfältig über eine ausgediente Totenbahre hängen wollte, blieb regungslos stehen. Sogar Wodka-Joe spürte die allgemeine Besorgnis. «Bitte, was sein Fabrik?» fragte er.

Heck fragte: «Woher willst du das wissen?»

«Ich hab sie unten reden hören», sagte Beefy. «Sie wollen ein neues Gemeindehaus bauen und das hier an eine Fabrik verkaufen.»

Bestürztes Schweigen. «Das müssen wir verhindern», sagte Holzbein. «Koste es, was es wolle.»

«Was ist das überhaupt für 'ne Art, anderer Leute Zuhause an 'ne Fabrik zu verkaufen», sagte Langfinger. «Die schämen sich wohl gar nicht.»

«Aber sie wissen doch nicht, daß wir hier wohnen», sagte Holzbein, der es immer mit der Logik hatte.

«Na, wenn sie's wüßten, würden sie uns hier erst recht rausschmeißen», sagte Langfinger.

Beefy versuchte, ihren Worten zu folgen, und ihm wurde immer elender zumute. Aber die ethische Seite des Falles ließ ihn kalt. Alles, was er wußte, war, daß ihm irgendwelche Leute seine Bleibe nehmen wollten, das erste Zuhause, seit er das Häuschen seiner Großmutter verlassen hatte. Er kam sich verloren, bedroht und hilflos vor.

Heck sah ihn aus kalten, wässerigen Augen an. «Das mußt du morgen in der Sitzung zur Sprache bringen, wenn wir zum Punkt ‹Verschiedenes› kommen. Vielleicht hat Ida eine Idee.»

Beefy starrte seinen Freund schreckensbleich an. «Ich», rief er, «ich soll das zur Sprache bringen? Aber ich weiß doch gar nicht, wie man das macht.»

Heck fluchte und ging wieder zum Spiegel.

«Kannst *du* es nicht in der Sitzung sagen, Heck?» flehte Beefy.

«Fall mir nicht auf den Wecker», sagte Heck und prüfte weiter sein Gebiß.

Holzbein Evans brummte: «Das mußt du schon selbst machen, Beefy. Schließlich hast du es ja auch gehört.»

«Ruhe, jetzt wird geschlafen», sagte Heck und streckte sich wohlig auf seinem Kunstrasen aus, einem ehemaligen Bühnenrequisit des Theatervereins von St. Judas. «Mach mal jemand das Licht aus.»

Keiner rührte sich. Also krabbelte Beefy aus seiner Linoleumrolle, kletterte die Leiter hinunter, machte das Licht aus und tastete sich wieder auf den Dachboden zurück zu seiner Lagerstätte. Über dem trüben, schmutzigen Oberlicht standen hell und klar die Sterne. Beefy blickte zu ihnen auf. Der Schlaf wollte nicht kommen. Seine Backe war geschwollen, der Zahn pochte schmerzhaft. Aber noch qualvoller waren seine Ängste. Nicht nur Obdachlosigkeit drohte ihm, nein, morgen sollte er auch noch eine Rede halten, vielleicht sogar Fragen beantworten. ‹Liegt sonst noch was vor?› würde Ida fragen, und dann würden sie alle Beefy ansehen, und er mußte aufstehen und sagen – ja, was eigentlich? Er versuchte sich die Worte zurechtzulegen, aber sie verhielten sich wie kleine Fische im Fluß: eben waren sie noch da, doch sobald man sie fassen wollte, schossen sie davon. Er stöhnte laut auf.

«Halt's Maul», brummte Heck im Schlaf.

Am nächsten Morgen ging die Sonne ohne Rücksicht auf Beefy und seine Sorgen unbarmherzig auf. In der Nottingham Road kroch die alte Lizzie Tubb aus dem Bett und streifte sich einen Pullover vom Wohltätigkeitsbasar über. Sie stieg in einen Rock, der von Mrs. Fosdyke stammte, und schlüpfte in ein Paar schmuddelige Turnschuhe, die sie weiß der Himmel wo, aufgegabelt hatte. Auf den Kopf stülpte sie sich ein Kapotthütchen, das sie sich zum sechzigsten Geburtstag geleistet hatte, befestigte die Stahlbügel ihrer Brille hinter den Ohren und band sich ihre Schürze um, einen Sack mit der Aufschrift ‹Feinstes Knochenmehl›. Sie stellte Blackie, ihrem Hund, einen Napf hin und schlurfte zum Gemeindehaus hinüber.

Als sie mit dem Putzen fertig war und fortging, beobachtete Beefy sie durch einen Spalt der Dachluke. Er hätte zu gern gewußt, was auf ihrer Schürze stand. Ob es wohl ihr Name war? Oder womöglich ihre Adresse? Aber er war an diesem Morgen viel zu bedrückt, um sich darüber den Kopf zu zerbrechen. Er mußte ja eine Rede halten. Und der Uhrzeiger rückte unerbittlich der schrecklichen Minute näher, wo Ida fragen würde: ‹Liegt sonst noch was vor?›

Er stieg nach unten. In der Küche herrschte jetzt ein emsiges Treiben. Heck rasierte sich, Langfinger stellte die Tassen des Müttervereins für das Frühstück bereit, Wodka-Joe grillte Heringe.

«Was macht deine Backe, Beefy?» fragte Holzbein. «Du siehst nicht gerade munter aus.»

«Ich hab Sorgen», sagte Beefy kläglich. Dann fragte er verstohlen: «Wenn ich dir die Rede jetzt hersag, Holzbein, würdest du sie dann für mich aufschreiben?»

«Selbst wenn ich es täte, Beefy, du kannst es ja doch nicht lesen», erklärte ihm Holzbein freundlich.

Nicht zum erstenmal wünschte sich Beefy, daß er einen so klaren und durchdringenden Verstand wie Holzbein besäße, dessen starke Seite die Logik war.

«Daran hab ich nicht gedacht», murmelte er. Er schlenderte ins nächste Zimmer und dachte so lange nach, bis sich ihm der Kopf drehte. «‹Liegt sonst noch was vor›, sagte Ida, und dann steh ich auf und sage: ‹Meine Damen und Herren, sie wollen es an eine Fabrik verkaufen, weil sie ein neues bauen. Es war nämlich so: Mir tat die Backe weh, drum ging ich früh nach Haus. Und da sagten sie, sie wollen ein neues neben der Kirche bauen.›»

Das hörte sich doch eigentlich ganz klar an, fand er. Und klar mußte es sein, sonst würden sie anfangen, ihm Fragen zu stellen. Aber wie klar es auch sein mochte, er wußte, im entscheidenden Augenblick würde er die Worte nicht zusammenbringen.

Die verschiedenen Alkoholika hatten seinem Zahn offenbar gutgetan. Doch Appetit auf Frühstück hatte er nicht, er war zu bedrückt.

Langfinger und Willie Einauge fingen an, den Raum für die Sitzung herzurichten. Sie stellten Stühle um den Tisch, sammelten alte, vom Kirchenvorstand zurückgelassene Notizblocks zusammen und legten einen auf jeden Platz. Heck widmete sich übertrieben geschäftig seinem Protokollbuch.

Dann hörte man, wie sich ein Nachschlüssel im Schloß drehte. Die Eingangstür wurde aufgestoßen, und gleich darauf stand Ida in voller Lebensgröße und in voller Kriegsbemalung im Türrahmen.

4

Ida hatte etwas übrig für grelle Farben. Sie war stark geschminkt, und auch ihr Haar war feuerrot gefärbt. Ihr grünes Seidenkleid platzte aus allen Nähten. Sie hatte dicke kleine Wurstfinger, und die Fesseln quollen ihr über die Stöckelschuhe. Sie sah aus wie jemand, der sich nichts Schöneres vorstellen kann, als mit einer Sonntagszeitung vor einem gemütlichen Kaminfeuer zu sitzen, Pralinen zu naschen und sie mit Stout herunterzuspülen.

Aber Ida war eine Frau mit Grundsätzen. Sie besaß eine beachtliche Phantasie und steckte voller Ideen. Sie war mit dem Zustand der Welt nicht zufrieden und hatte sich vorgenommen, sie zu verändern. Krumme Sachen sollten sich bezahlt machen, das war Idas Motto, und warum sie sich nicht bezahlt machten, hatte sie oft zu ergründen versucht.

Eigentlich waren die Unkosten in der Branche ja gering, und entgegenkommenderweise erhob auch das Finanzamt keine Ansprüche. Außerdem hatte man keine gesellschaftlichen Verpflichtungen. Und doch gab es im heutigen England bei allem Wohlstand immer noch zwei Gesellschaftsschichten, deren Lebensstandard dem Reichtum des Landes in keiner Weise entsprach: die Kleinbürger und die Ganoven.

Was Ida betraf, so konnten sich die Kleinbürger allesamt aufhängen. Sie hatte sich mit Haut und Haaren der Ganovenwelt verschrieben, und wenn sie dieser benachteiligten Minorität irgendwie helfen konnte, dann würde sie einmal sehr viel ruhiger den Weg ins Jenseits antreten.

Sie war der Meinung, die Ganoven lebten noch zu sehr im Zeitalter der kleinen Privatbetriebe. Ida hatte zwar durchaus nichts gegen die freie Wirtschaft, fand aber, daß die Zeit der Kleinbetriebe endgültig vorbei sei.

Nur noch große, straff organisierte Unternehmen machten heutzutage das große Geld. Und wenn man sich auch ein Leben lang abmühte, allein brachte man es zu nichts.

So hatte sie denn eine Art Gesellschaft mit beschränkter Haftung gegründet. Allerdings war sie nicht handelsgerichtlich eingetragen, es gab kein Gründungsprotokoll und keine Statuten. Ja, die Gesellschaft hatte nicht einmal einen Namen, sie hieß einfach die *Firma*. Ein Gremium von Direktoren nahm unter Idas Vorsitz die Geschäftsführung wahr. Aufgabe der Gesellschaft war es, erstens: Geld zu machen, zweitens: das Ansehen der Ganoven zu heben und drittens: ihren Ehrgeiz in die richtigen Bahnen zu lenken.

Bisher hatte die Firma freilich nicht den gewünschten Erfolg gehabt. Sie nahm gerade genug Geld ein, um ihren Direktoren ein bescheidenes Gehalt zahlen zu können.

Das Betriebskapital bestand aus einem verbeulten gelben Lieferwagen, ein paar Brecheisen und Dietrichen und aus einer reichlich abgenutzten und im übrigen veralteten Geldpresse für Tausend-Pfund-Noten, die seit vielen Jahren nicht mehr im Umlauf waren.

Einer nach dem anderen betraten die Direktoren den Sitzungsraum. Sie waren zugleich die einzigen Angestellten der Firma und, wie Ida sehr wohl wußte, keine großen Leuchten in ihrem Gewerbe. Aber Ida wußte auch, wie man Männer bei der Stange hielt: Sie hatte sie kurzerhand zu Direktoren befördert und verstand es, ihnen bei den «Sitzungen» das Gefühl von Wichtigkeit und Würde zu vermitteln. Dieses Spielchen half ihr, ihnen ihre Pläne schmackhaft zu machen.

Ida nahm im Stuhl des Kirchenältesten Platz. «Guten Morgen, meine Herren», sagte sie freundlich.

«Guten Morgen, Präsidentin», antworteten die Direktoren respektvoll. Sie sah sie der Reihe nach an. Komische Vögel, dachte sie. Aber was konnte man schon erwarten? Heck, ihren Sekretär, hatte sie in einer Spielhölle aufgegabelt und Holzbein Evans hatte sie angeheuert, als er eines Morgens gegen zwei Uhr maskiert eine Leiter vom Badezimmerfenster einer Villa herunterstieg. Seine lange Geschichte von einer Entführung, bei der das Mädchen sich im letzten Augenblick anders besonnen hatte, hatte sie nur erheitert.

Willie Einauge, Lofty Langfinger und Wodka-Joe hatte sie kennengelernt, als sie das letzte Mal aus dem Gefängnis entlassen worden waren. Und Beefy! Nie würde sie den Ausdruck auf seinem Gesicht vergessen, als sie ihn gefragt hatte, ob er gern Direktor werden wolle.

«Ich?» hatte er strahlend gefragt, an seinem gestreiften Trikot gekratzt und die Tragetüte mit Coca-Cola-Flaschen zu Boden gestellt. Damals verdiente er sich sein Geld noch durch Botengänge. «Ich? Direktor? So 'n richtiger Direktor mit Zylinderhut?» Mit dem Zylinderhut müsse er sich wohl noch eine Weile gedulden, das hänge vom weiteren Erfolg der Firma ab. Und der Erfolg der Firma hänge von ihm, Beefy, ab, hatte Ida ihm erklärt.

Jetzt beobachtete sie ihn, wie er mürrisch auf einem Notizblock kritzelte. Irgend etwas muß in seinem Köpfchen vorgehen, dachte sie. Doch was konnte das schon sein! Sie lachte freudlos.

«Können wir bitte das Protokoll der letzten Sitzung verlesen, Sek?»

sagte sie.

Heck, der Sek, erhob sich, las das Protokoll vor und überreichte das Dokument ehrerbietig der Präsidentin. Ida blickte auf ihre Direktoren. «Kann ich dies als wahre und korrekte Niederschrift der Vorgänge bei unserer letzten Sitzung unterzeichnen?» fragte sie.

Fünf rechte Hände erhoben sich zustimmend. Eine sechste rechte Hand kritzelte weiter.

«Beefy!» rief die Präsidentin vorwurfsvoll.

Beefy blickte auf, sah alle Augen auf sich gerichtet und errötete.

Ida seufzte.

«Kommen wir zu Punkt vier des Protokolls.» Sie las vor: «Die Präsidentin stellte fest, daß krumme Sachen sich bisher nicht bezahlt machen. Ein unmöglicher Zustand. Nach wie vor weist unsere Bilanz keine wachsenden Profite auf. Die Direktoren wurden aufgefordert, für die nächste Sitzung Pläne auszuarbeiten, wie das Verhältnis Umsatz–Gewinn verbessert werden kann.»

Sie sah erwartungsvoll in die Runde, aber sechs Augenpaare vermieden beharrlich ihren Blick. «Nun», fragte sie, «hat einer 'ne Idee?»

Schweigen.

«Ihr verdammten Hohlköpfe», sagte Ida, «ist denn keinem von euch was eingefallen?»

Schweigen.

Sie klopfte gereizt mit dem Bleistift auf den Tisch. «Außer mir hat wohl niemand bemerkt, daß die Banken am fünfzehnten Oktober einen großen Ball im *Kursaal* veranstalten?» fragte sie kühl.

«Na, sollen sie doch», meinte Holzbein Evans und gab damit dem allgemeinen Gefühl Ausdruck.

Heck, der Sek, war bei seinem letzten Knastaufenthalt Bibliothekar gewesen, bis die Gefängnisverwaltung, verwundert über die plötzliche Beliebtheit von Burtons *Anatomie der Melancholie*, herausfand, daß er recht anzügliche anatomische Illustrationen in den Band eingeklebt hatte und ihn für ein paar Glimmstengel auslieh. Da er nun einmal mit Büchern zu tun gehabt hatte, brüstete er sich gern mit seiner Belesenheit und liebte es, sich gelegentlich in Zitaten auszudrücken.

«Ich hab's», sagte er. «Weiter im Tanz, laßt unbeschränkte Freude herrschen! Doch horcht, was ist hier los? Wir sind umstellt, ein Überfall.»

«Ja», fiel ihm Langfinger ins Wort, und man sah ihm an, daß ihm das Denken Mühe machte. «Wir stehen Schmiere, und Holzbein Evans macht die Runde mit 'nem Hut in der Hand und sagt: ‹Eine kleine Spende für die Gesellschaft zur Rettung Schiffbrüchiger, meine Damen. Immer rein mit den Klunkern in den alten Deckel.›»

«Quatsch, Jungens», unterbrach ihn Ida. «Ihr seid auf dem falschen Dampfer. Das ist doch keine Festivität mit Klunkern und so. Da gibt's nur brave Spießer und keine perlen- und diamantenbehangenen Puppen.»

Sie blickte in verständnislose Gesichter. «Begreift denn keiner von euch, worauf ich eigentlich hinauswill?» sagte sie flehend.

Schweigen.

Gereizt rückte Ida ihre Körpermassen im Sessel zurecht und fuhr dann fort: «Schriftsteller lassen sich zuweilen herab, einen Job als Müllkutscher oder Schiffsheizer anzunehmen, um für ihre Bücher Erfahrungen und Material zu sammeln.»

Den Jungens schien immer noch kein Licht aufzugehen.

«Und in ähnlicher Absicht hat unser gemeinsamer Freund Heck –» sie warf einen bewundernden Blick auf ihren Sek – «einmal einen Job als Bote bei der Western National Bank angenommen.»

Beefy schnappte nach Luft. Er war schon beeindruckt, wenn jemand seinen eigenen Namen schreiben konnte. Aber gleich ein Buch! «Was? Unser Heck hat 'n Buch geschrieben?» fragte er mit ehrfürchtigem Staunen.

«Nein, du Dussel», fuhr Ida ihn an, bereute es aber sofort, als sie Beefys gekränktes Gesicht bemerkte. Und von ihrer Mission erfüllt, nutzte sie die Gelegenheit, sogleich noch eine moralische Lehre zu erteilen. Milde fuhr sie daher fort: «Heck würde doch seine kostbare Zeit nicht mit Bücherschreiben verschwenden, Beefy. So was würde ein Ganove von Hecks Format nie tun! Das käme ja auf ehrliche Arbeit heraus, was, Heck?»

Heck nickte geschmeichelt. «Aber warum hat er denn dann ...?» stotterte Beefy, der diesen hohen Gedankenflügen nicht mehr folgen konnte.

«Um rauszukriegen, wo sie den Zaster aufbewahren, natürlich», sagte Ida gereizt.

Die anderen rückten unbehaglich auf ihren Stühlen hin und her. Sie wußten nicht recht, was sie von Hecks Arbeit bei der Bank halten sollten. So edel seine Motive auch gewesen sein mochten, so schien sein Verhalten doch verdächtig ehrbar.

Ida verstand das Unbehagen ihrer Direktoren offenbar falsch. «Ihr fragt euch jetzt, warum wir uns Hecks Kenntnisse nicht schon eher zunutze gemacht haben? Dafür gibt es eine sehr einfache Erklärung. Der Direktor der Western National wohnt direkt über der Bank, und er geht abends nie aus.»

Holzbein und Willie Einauge sahen einander an. Sie hatten die Sache erfaßt. «Aber am *Fünfzehnten* wird er mit seiner Gnädigen *doch* ausgehen», stellte Willie triumphierend fest.

«Da werden sie mal auf die Pauke hauen», sagte Holzbein.

Ida klopfte mit ihrem Totschläger auf den Tisch. «Ihr habt's erfaßt, Jungens. Und wenn die beiden dann auf dem Fest sind, spaziert Heck in die Bank, öffnet den Tresor – er hat 'ne ganz einfache Kombination, also keine große Sache –, und Beefy fährt dann mit dem Lieferwagen vor und holt den Zaster samt Heck ab. Das wär's in großen Zügen. Und nun hört mal genau zu, damit ich euch die näheren Einzelheiten erklären kann.»

Das nahm einige Zeit in Anspruch, und alle hörten ihr angestrengt und andächtig zu. «So, und jetzt», sagte sie abschließend, «bitte ich, daß über meinen Vorschlag abgestimmt wird. Wer ist dafür?»

Fünf Hände schnellten in die Höhe. «Beefy!» rief Ida.

Beefy hörte auf zu kritzeln und lächelte unschuldig. «Ich hab nur Heck mit 'ner Angströhre gezeichnet.» Er hob die Hand.

«Einstimmig angenommen», verkündete die Präsidentin. «Liegt sonst noch was vor?»

Beefy merkte plötzlich, daß ihn jemand hartnäckig gegen das Schienbein stieß. Verärgert blickte er hoch und sah, wie alle ihm ermunternd zunickten. Jetzt war es soweit. Jetzt mußte er seine Rede halten. Er zögerte.

Holzbein zischte ihm zu: «Liegt sonst noch was vor?»

Beefy riß sich mühsam zusammen und stand auf. Sein Mund klappte mehrmals auf und zu wie bei einem nach Luft schnappenden Schellfisch. Das war ja sein Stichwort. Seine Finger malträtierten den Bleistift.

«Was ist, Beefy?» fragte Ida ungeduldig. Ihre Stimmung war auf den Nullpunkt gesunken. Sie hatte gehofft, daß ihr hübscher Plan die anderen einfach umwerfen würde. Statt dessen hatten sie ihn wie das Selbstverständlichste von der Welt aufgenommen. Kein Dank. Keine Anerkennung. Sie war enttäuscht.

Beefy brach der kalte Schweiß aus. Es war noch schlimmer, als er es sich vorgestellt hatte. Aber da eroberte schließlich ein Wort die unerforschten Gebiete seines Gehirns. «Fabrik», stieß er eifrig hervor. «Fabrik.»

«Fabrik? Was soll das heißen?» fragte Ida resigniert.

«Sie wollen eine bauen», sagte Beefy hastig. «Das heißt, nicht 'ne Fabrik, sie wollen . . .»

Etwas knackte. Es war sein Bleistift. Beefy betrachtete ihn betrübt.

«Beefy will sagen», fuhr Heck dazwischen, «daß er gehört hat, wie der Pfarrer sagte, daß sie das Gemeindehaus an eine Fabrik verkaufen und neben der Kirche ein neues bauen wollen. Und nun fragt er sich, wo er schlafen soll, wenn es wirklich dazu kommt.»

Beefy starrte seinen Freund bewundernd an. Ein paar Worte, und schon war alles klar.

Aber Ida schien weniger beeindruckt. Sie musterte die jetzt beklommen blickende Runde mit funkelnden Augen. «Hört zu, Jungens», sagte sie, «ich bin eure Präsidentin. Ich habe euch organisiert, und ich werde auch für die Firma sorgen. Aber ich bin kein Kindermädchen. Ich habe keine Lust, euch die Lätzchen umzubinden oder euch ins Bett zu bringen. Und ich denke nicht dran, für euch 'ne andere Unterkunft zu suchen, wenn ihr hier rausfliegt. Das könnt ihr gefälligst selber besorgen, verstanden?»

Schweigen.

«Liegt sonst noch was vor?» fragte sie und stützte die Hände auf den Tisch, um ihre Massen aus dem Stuhl hochzustemmen.

Die Sitzung war zu Ende.

Ida ging in ihr Hotel zurück. Das Direktorium kletterte verzagt die Leiter hinauf. «Was machen wir bloß, was machen wir bloß», murmelte Beefy kläglich.

Heck zog eine Stecknadel aus seinem Revers und stocherte sich wieder in den Zähnen. «Vielleicht könnten wir's mal mit Verzögerungstaktik probieren», sagte er nachdenklich.

«Wie geht denn das?» fragte Beefy hoffnungsvoll. Er hatte es ja gleich gewußt, Heck würde schon etwas aushecken.

Doch der Sek würdigte ihn keiner Antwort. Er warf sich auf seinen Kunstrasen und blätterte in einem Wildwest-Heft.

Beefy ließ seine Gedanken wandern. «Heck», sagte er, «diese Zylinderhüte, kriegt die jeder bei der Bank?»

«Wer nicht lesen und schreiben kann wie du, natürlich nicht», antwortete Heck, ohne aufzublicken.

«Das haben sie mir auf der Schule nicht beigebracht», sagte Beefy betrübt. «Versucht haben sie's schon, aber nach 'ner Weile haben sie's aufgegeben.»

Einauge bearbeitete mit einer Nagelfeile gedankenverloren sein Glasauge. «Mach dir nichts draus, Beefy. Nach dem Fünfzehnten kannst du dir 'nen Vorleser leisten», sagte er.

Beefy hatte den Fünfzehnten ganz vergessen. Da würde er ja reich werden!

«Ich glaub, ich nenn mein Schwein Emilie», sagte er mit einem strahlenden Lächeln zu Willie Einauge.

5

In dem großen Pfarrhaus, das einmal lärmende Kinder und geschäftige Dienstboten beherbergt hatte, wusch jetzt John Adams das Teegeschirr ab und fragte sich, ob er wohl je eine neue Haushälterin finden würde. Schon seit drei Monaten versorgte er sich allein – seit die gute Miss Jenkins ihn hatte verlassen müssen, um ihren alten Bruder zu pflegen. Im Sommer war es ohne Haushälterin nicht so beschwerlich gewesen, aber jetzt war es bald Winter, und da würde es verdammt ungemütlich werden. Wenn er doch nur eine zuverlässige, tüchtige Person auftreiben könnte. Lizzie Tubb putzte zwar regelmäßig, aber, Lizzie in allen Ehren, eine große Hilfe war sie wirklich nicht.

Er hängte das Geschirrtuch neben den Herd und ging in sein Arbeitszimmer. Es war schon dunkel, wie kurz die Tage jetzt waren! Er knipste das Licht an und betrachtete wohlgefällig die ersten Entwürfe für das neue Gemeindehaus auf seinem Schreibtisch. Er hatte wahrhaftig keine Zeit verloren. Drei Wochen erst waren seit der Sitzung des Kirchenvorstands verstrichen, und schon hatte der Architekt die Baupläne, das heißt die ersten Entwürfe, ausgearbeitet. Immerhin waren sie so detailliert, daß er sie dem Kirchenvorstand bei der Sondersitzung, die er für heute abend einberufen hatte, vorlegen konnte.

Als er die Entwürfe jetzt noch einmal prüfte, verwandelten sich die Zeichnungen vor seinem inneren Auge in helle, freundliche Räume für eine frohe, lebendige Gemeinde. Er rollte sie wieder zusammen, steckte sie unter den Arm und machte sich auf den Weg zum Gemeindehaus.

In seinem Eifer kam er zu früh. Es war noch niemand da. Er machte Licht in dem kleinen Sitzungszimmer und legte die Pläne auf den Tisch, um seinen Mantel auszuziehen.

Jetzt fehlte nur noch eine Tafel, um die Pläne aufzuhängen. Sie mußte im Nebenraum sein. Er ging hinüber, sprach kurz mit den Pfadfindern, die sich dort versammelt hatten, und schleppte mit einem von ihnen die Tafel ins Sitzungszimmer. Unterdessen waren George Bloodshot und Bert Briggs eingetroffen.

«Guten Abend, George, guten Abend, Bert», sagte er.

«Guten Abend, Herr Pfarrer.»

«Halten Sie mir doch bitte die Pläne an die Tafel, damit ich sie mit Reißzwecken befestigen kann», sagte er. Er sah zum Tisch hinüber. «Aber – wo sind die Pläne denn *geblieben*?» fragte er.

«Welche Pläne, Herr Pfarrer?»

«Die Entwürfe für das neue Gemeindehaus. Eben noch lagen sie hier auf dem Tisch. Haben Sie schon einen Blick darauf geworfen?»

«Ich hab sie gar nicht gesehen», sagte George Bloodshot.

«Als wir hereinkamen, lag dort nichts auf dem Tisch», sagte Bert Briggs.

Der Pfarrer sah sie hilflos an. «Aber Sie *müssen* sie doch in der Hand gehabt haben», sagte er.

Bert und George machten gekränkte Gesichter. Dachte der Pfarrer vielleicht, sie wollten ihm einen Streich spielen?

«Haben Sie sie auch wirklich dort auf den Tisch gelegt, Herr Pfarrer?» fragte George Bloodshot. Er kannte seine Pfarrer. Der alte Kanonikus Tumble, John Adams' Vorgänger, war immer mit dem Fahrrad zum Gottesdienst gekommen und dann oft, ohne sich an sein Stahlroß zu erinnern, zu Fuß nach Hause gegangen.

«Natürlich habe ich sie da hingelegt», sagte der Pfarrer ärgerlich.

«Also, Herr Pfarrer, ich möchte wetten, daß sie noch im Pfarrhaus sind», sagte Briggs. Auch er kannte die Pfarrer.

Joe Grayson erschien und sah, wie der Pfarrer kniend unter das Harmonium spähte.

«Was verloren, Herr Pfarrer?» fragte er.

John Adams richtete sich auf. Sein Gesicht war gerötet. «Eine überaus merkwürdige Geschichte, Joe», sagte er. «Vor fünf Minuten habe ich die Pläne da auf den Tisch gelegt, und nun sind sie wie vom Erdboden verschwunden.»

Aber auch Grayson glaubte die Pfarrer zu kennen. «Sind Sie denn auch ganz sicher, daß Sie sie wirklich mit hierhergebracht haben, Herr Pfarrer?» fragte er grinsend.

«Selbstverständlich», sagte der Pfarrer kurz.

Mrs. Fosdyke kam herein und meinte, sie würde sich nicht wundern, wenn die Pläne noch im Arbeitszimmer des Pfarrers lägen. Wenn sie nur daran dachte, was der gute alte Tumble immer alles hatte liegenlassen. Nichts gegen Kanonikus Tumble, Gott bewahre. Ein wirklicher Herr, der alte Kanonikus.

Miss Titterton erschien und versicherte, sie habe die Pläne nicht in der Hand gehabt und so könnte sie keine Schuld treffen. Und der Herr Pfarrer wisse das ja auch genau, nicht wahr? Ihr wäre es peinlich, wenn vielleicht jemand auf den Gedanken käme . . .

Lord Wapentake konnte sich die Aufregung nicht erklären. Pläne? Was für Pläne? Wieso brauchte man denn Pläne für die neuen Altarvorhänge. Ach so, Pläne für das Gemeindehaus. Das war natürlich etwas anderes. Ja, irgendwer hatte einmal ein paar Pläne ausgearbeitet. Wann? Oh, noch vor des alten Tumbles Zeiten. Wenn er sich recht erinnerte, lägen sie zuunterst im großen Schrank auf dem Treppenabsatz des Pfarrhauses.

Cyril Mayflower und Willie Ironmonger, die sich beide verspätet hatten, meinten ebenfalls, der Pfarrer habe sicher vergessen, die Pläne aus dem Pfarrhaus mitzubringen.

Mit puterrotem Gesicht wandte sich der Pfarrer an die Versammelten.

«Um sieben Uhr fünfundzwanzig», sagte er in beschwörendem Ton, «betrat ich diesen Raum mit den Plänen für das neue Gemeindehaus unter dem Arm. Bevor ich ins Nebenzimmer ging, um die Tafel zu holen, habe ich sie auf diesen Tisch da gelegt. Ich bin dann zurückgekommen, fand George Bloodshot und Bert Briggs hier vor, aber von den Plänen keine Spur mehr. Vielleicht kann irgend jemand Licht in diese mysteriöse Angelegenheit bringen?»

Betretenes Schweigen.

«Hat jemand mal auf dem Dachboden nachgesehen?» fragte Joe Grayson, in der Hoffnung auf einen Heiterkeitserfolg.

Niemand lachte.

«Seit Jahren ist kein Mensch dort oben gewesen», fuhr ihn der Pfarrer an. «Und wer sollte sie da auch so rasch hinaufgeschleppt haben?»

«Oh, das ist ein Punkt, den ich schon lange zur Sprache bringen wollte», sagte Mrs. Fosdyke. «Dieser Dachboden muß ja eine wahre Rumpelkammer sein. Ich schlage vor, daß wir, wenn es dem Herrn Pfarrer recht ist, die Pfadfinder bitten, ihn bei nächster Gelegenheit einmal aufzuräumen.» Sie lachte unbekümmert. «Wer weiß, was wir da alles noch finden», fügte sie hinzu.

«Können wir vielleicht bei der *Sache* bleiben, Mrs. Fosdyke?» bat der Pfarrer.

Betretenes Schweigen.

«Ponsonby!» rief Lord Wapentake so plötzlich, daß alle zusammenfuhren. «Ponsonby hieß er!» Offenbar merkte er, daß die Anwesenden nicht begriffen, von wem er redete, und fügte erklärend hinzu: «Das war der, der die Pläne entworfen hat.»

Der Pfarrer erhob sich. Er war sehr blaß. Das Zittern in seiner Stimme war unüberhörbar, als er sagte: «Die Sitzung ist geschlossen.» Würdevoll verließ er den Raum.

Am nächsten Tag suchte er den Architekten auf und rang ihm nach einer etwas stürmischen Unterredung das Versprechen ab, neue Entwürfe zu liefern, die er am Dreizehnten erhielt. Für den Vierzehnten berief er eine Sitzung ein, auf der er sie dem Kirchenvorstand vorlegte, der sie voll billigte. Er kehrte ins Pfarrhaus zurück, verschloß sie in seinem Schreibtisch und legte sich, zufrieden mit sich und der Welt, schlafen.

Klar und heiter brach der Fünfzehnte an. «Zwölf Monde gibt's im ganzen Jahr, doch der fröhlichste Mond im ganzen Jahr ist der fröhliche Monat Mai», sang Beefy, als er die Leiter hinunterkletterte. Es war das einzige

Lied, das er kannte. Oma hatte es ihm beigebracht, als er noch ein kleiner Junge war.

Er war glücklich! Morgen würde er soviel Geld haben, wie er sich nur wünschte. Dann konnten sie ihr blödes Gemeindehaus verkaufen, wenn sie wollten. Sogar seine Linoleumrolle konnten sie haben. Wieder einmal betrat er in Gedanken sein Häuschen in Shepherd's Delight, zündete die Lampe an, zog die Fenstervorhänge zu und ließ sich mit einem Wildwestschmöker in den Sessel fallen. «Zwölf Monde gibt's im ganzen Jahr», schmetterte er, als er durch den Flur zur Küche ging, «doch der fröhlichste Mond im ganzen Jahr –» Er bemerkte Hecks finsteren Blick und brach ab. Heck hatte für Beefys Gesangskünste nicht viel übrig.

«Ich hör ja schon auf, Heck», sagte Beefy zerknirscht.

Der Fünfzehnte! Die alte Lizzie Tubb band sich die ‹Knochenmehl›-Schürze um und machte sich auf den Weg, um bei Mrs. Fosdyke zu putzen. Vorher aber warf sie noch einen besorgten Blick auf Blackie, der unglücklich in seinem Körbchen hockte. Liebevoll betrachtete sie ihn, die matten Augen, das ergraute Fell. Blackies Versuch, mit dem Schwanzstummel zu wedeln, rührte sie.

«Ich bin bald wieder da, Blackie», sagte sie, und es war wie eine Liebkosung. «Bin bald wieder da.» Sie schlurfte in den goldenen Morgen hinaus.

Der Fünfzehnte! Edward Macmillan, der Kirchenälteste, rief den Pfarrer an. Ob es wohl möglich sei, daß er sich die Pläne in aller Ruhe noch einmal ansähe. Vielleicht hätte er eine Idee, wie man die Kosten etwas reduzieren konnte. Also sprach der Pfarrer um sechs Uhr bei der Northern Counties Bank vor, um ihm die Pläne zu übergeben. «Und um Himmels willen, verlieren Sie sie bloß nicht», sagte John Adams lachend.

«*Ich* werde sie nicht verlieren», sagte Mr. Macmillan. Und das klang so, als sagte er, es gibt zwar Leute, die Pläne verlieren, aber ich, Edward Macmillan, gehöre nicht zu ihnen.

Zögernd händigte ihm der Pfarrer die große Papierrolle aus. «Sie wissen, wir haben morgen früh um elf Uhr diese Besprechung mit dem Erzdiakon und dem Architekten», sagte er. «Würden Sie die Pläne dazu bitte wieder mitbringen?»

«Keine Sorge, Herr Pfarrer.»

John Adams ging. Er hatte die Pläne nur ungern aus der Hand gegeben, auch wenn es sich hier um einen so zuverlässigen und vertrauenswürdigen Mann wie Mr. Macmillan handelte. Der Skandal war nicht auszudenken, wenn auch diese Zweitausfertigung noch verschwände. Aber wie sollte das schon passieren, sagte er sich, während er nachdenklich die Hauptstraße entlangradelte.

In den Banken war das Licht schon erloschen. Draußen am Stadtrand, in kleinen Reihenhäusern und gepflegten Villen, zogen sich die Angestellten und Direktoren der Banken für das große Fest um, während die Frauen sich noch einmal Puder auf die Nase tupften und jede sich fragte, ob sie wohl die einzige im *Kursaal* wäre, die das Kleid vom vergangenen Jahr trug.

Mr. Macmillan haßte solche Veranstaltungen, und prompt bekam er heftige Kopfschmerzen und hatte damit einen Grund, abzusagen und statt dessen den Abend in aller Ruhe über den Plänen zu verbringen. Mrs. Macmillan mochte noch so sehr schmollen, wenn er nicht ging, hatte sie auch dazubleiben. Punktum.

Eben hatte es elf geschlagen, da glitt Heck wie ein Schatten auf den Eingang der Western National Bank zu. Fünf Minuten später war er im Innern des Gebäudes. Eine halbe Stunde genialer Arbeit – und schon zog er die schwere Tresortür auf.

Aber er erlebte eine bittere Enttäuschung. Mit dem gemeinen Mißtrauen, für das sie in der ganzen Welt bekannt sind, hatten diese Bankmenschen doch tatsächlich in dem Haupttresor einen kleineren Safe installiert – ein solides, unzugänglich aussehendes Ding mit drei Sicherheitsschlössern.

Heck hatte nie eine sonderlich hohe Meinung von der menschlichen Natur gehabt und fühlte sich jetzt darin vollauf bestätigt. Mürrisch betrachtete er den Tresor von allen Seiten und versetzte dabei allem, was ihm in die Quere kam, einen Fußtritt. So trat er auch gegen einen Schrank, dessen Tür daraufhin zuvorkommend aufsprang und den Blick auf einen Stapel pralle Leinwandsäcke freigab, die alle mit dem Aufdruck ‹£ 100 Münzgeld› versehen waren.

Also war doch noch nicht alles verloren. Heck zog seine Jacke aus und machte sich ans Werk. Gegen Mitternacht hatte er fünfzig Münzsäcke säuberlich an der Eingangstür aufgestapelt, die nun auf Beefy und den Lieferwagen warteten. Heck war dabei richtig in Schweiß geraten. Nicht zu glauben, wie schwer diese Säcke waren. Fünftausend Pfund in Kleingeld! Selbst wenn die Präsidentin einen Teil davon in die Firma stecken wollte, so blieb doch immer noch ein nettes Taschengeld für jeden übrig.

Genießerisch ließ er sich auf den Säcken nieder. Wie Aschenputtel sollte Beefy beim zwölften Glockenschlag erscheinen. Noch fünf Minuten, und sie würden die Beute in den Lieferwagen verfrachten.

Beefy saß auf dem Dachboden und zitterte vor freudiger Erregung. Ida hatte ihn ermahnt: «Hör nur ja auf die Rathausuhr und zähl genau die Schläge.» Eine böse Ahnung überfiel sie. «Zählen wirst du ja schließlich noch können.»

Beefy hatte sie beleidigt angesehen. «Entschuldige», hatte Ida gesagt und ihm dann nochmals eingeschärft: «Also, wenn es zwölf schlägt, rast du runter, springst in den Lieferwagen und fährst zur Bank. Heck wird dich am Eingang erwarten und dir beim Einladen helfen. Weitere Anweisungen erhältst du dann von ihm.»

Jetzt ertönte ein tiefer Glockenton durch die Nacht. Und noch einer. Beefy fing an zu zählen.

Zu seinem größten Erstaunen waren es sechzehn Schläge. Aufgeregt kletterte er die Leiter hinunter, war mit einem Satz im Lieferwagen und raste zur Bank.

Dort erwartete ihn eine böse Überraschung. Die Tür war zu. Leise klopfte er. Nichts regte sich.

Heck mußte noch drinnen sein und Schwierigkeiten haben. Was sollte er bloß machen? Wenn Heck sein Ohr noch immer an das Kombinationsschloß hielt, würde ihn lautes Klopfen nur stören. Andererseits konnten Polizisten mißtrauisch werden, wenn sie ihn, Beefy, um Mitternacht vor der Bank im Lieferwagen sitzen sahen.

Nein, hier war nur eins zu tun. Beefy zog seinen Dietrich aus der Tasche.

Drinnen in der Bank war es dunkel – dunkel und unheimlich still. «Heck», flüsterte Beefy, «Heck, wo bist du?» Und aus der Dunkelheit echote es zurück: «. . . eck – eck.»

Beefy geriet in Panik. Irgend etwas war mit Idas wunderschönem Plan schiefgegangen. Aber was? Wenn die Polizei womöglich Heck geschnappt hatte und jetzt überall hinter den Schränken und Tresen auf der Lauer lag und nur darauf wartete, auch ihn zu schnappen? Eine Gänsehaus überlief ihn. Am liebsten wäre er sofort wieder davongelaufen.

Aber es gab jemanden, den Beefy noch mehr fürchtete als die Polizei, und das war Ida. Beefy war stets bemüht, alles zu tun, was sie ihm auftrug, auch wenn er oft nicht recht begriff, worum es ging.

Er ließ seine Taschenlampe aufleuchten und ging tapfer weiter in das Gebäude hinein, bis er auf eine in der Wand eingelassene gewaltige Stahltür stieß.

Beefy stöhnte auf. Diese Tür hätte eigentlich offenstehen sollen und Heck davor, fröhlich damit beschäftigt, die Tausender einzukassieren.

Beefy kannte seine Grenzen. *Er* war nicht imstande, diese Tür zu öffnen, das konnte niemand von ihm erwarten. Dazu hatte er nicht genug Grips.

Doch in einer so großen Bank lag bestimmt noch irgendwo anders Geld herum. Zwei belgische Francs und vier Zwei-Penny-Briefmarken, die er in einer Schublade entdeckte, bestärkten ihn in seiner Zuversicht. Er suchte weiter. Doch plötzlich stockte ihm der Atem. Er wagte seinen Augen kaum zu trauen.

Denn vor ihm glänzte im Schein seiner Taschenlampe der Zylinder eines Bankboten auf.

Der Direktor der Northern Counties Bank hatte über den Entwürfen für das Gemeindehaus einen gut genutzten Abend verbracht. Kurz nach Mitternacht war er zu dem Schluß gelangt, daß er der Gemeinde eintausend Pfund erspart hatte. Zufrieden aufseufzend lehnte er sich zurück. Nun wollte er noch zehn Minuten mit der Lektüre der *Financial Times* verbringen und dann zu Bett gehen.

Aber wo war die Zeitung? Verdammt, er mußte sie im Direktionszimmer liegengelassen haben. Ärgerlich erhob er sich und ging in sein Büro hinunter.

Mr. Macmillan war ein Mann mit kühlem Kopf. Doch selbst er geriet einen kurzen Moment in Panik, als er das Licht anschaltete und entdeckte, daß er nicht allein war. Er sah sich einem kräftig gebauten Individuum in gestreiftem Trikot gegenüber, das andächtig damit beschäftigt war, Watsons Zylinder aufzuprobieren. Doch rasch gewann Mr. Macmillan seine Fassung wieder und rief energisch: «Bleiben Sie stehen, wo Sie sind. Ich rufe jetzt die Polizei an. Und nehmen Sie diesen verdammten Zylinder vom Kopf.»

Beefy war gekränkt. «Wer sind Sie eigentlich?» fragte er scharf.

«Zufällig bin ich der Direktor der Northern Counties Bank. Wenn Sie nun . . .» Beefy erschrak. «Und was», fragte er vorwurfsvoll, «haben Sie dann hier in der Western National zu suchen?»

«Das werden Sie schon sehen», sagte Mr. Macmillan. «Im übrigen sind wir hier nicht in der Western National, sondern in der Northern Counties Bank.»

Diese Enthüllung traf Beefy wie ein Kinnhaken. «Wissen Sie das – wissen Sie das auch ganz genau?» stotterte er keuchend.

«Selbstverständlich weiß ich das genau, Sie Rieseneinfaltspinsel», brüllte Mr. Macmillan. «Schließlich leite ich den verdammten Laden hier schon seit Jahren.»

Beefy hatte es gar nicht gern, wenn man ihn anbrüllte. «Dann muß ich wohl die falsche Bank erwischt haben», sagte er niedergeschlagen.

«Jedenfalls scheint mir, daß *ich* den richtigen Mann erwischt habe», sagte Mr. Macmillan boshaft.

«Also, ich hab gemeint, *dies* wär die Western National», fuhr Beefy mühsam fort. «Aber nachprüfen konnt ich's ja nicht. Denn . . . Wissen Sie, ich kann nämlich nicht . . .»

Mr. Macmillan ging zielbewußt und scheinbar unbekümmert auf das

Telefon zu.

Plötzlich rastete es in Beefys Gehirn ein. Seinen Hut krampfhaft festhaltend, stürzte er zur Tür. Mr. Macmillan versuchte gar nicht erst, ihn aufzuhalten. Er wählte bereits die Überfallnummer 999. Der wird nicht weit kommen, dachte er. Schon gar nicht mit dieser dämlichen Kopfbedeckung.

Heck wartete und wartete. Ungeduldig kaute er an den Fingernägeln. Er war wütend. Er hätte ja wissen müssen, und Ida eigentlich auch, daß auf Beefy kein Verlaß war.

Die Rathausuhr schlug halb eins. Kurz danach hörte Heck ein weit unheilvolleres Geräusch – die Sirene eines Polizeiwagens. Und dieses Geräusch wurde lauter und lauter. Da blieb nichts anderes übrig, als das ganze schöne Geld liegen zu lassen. Er sah noch einmal aus der Tür und spähte besorgt links und rechts die Straße hinunter; dann schlug er die Tür hinter sich zu und verschwand lautlos im Dunkel. Es war ein bitterer Augenblick. Er hatte nicht einmal Zeit gehabt, sich mit einer Handvoll Kleingeld zu versorgen.

Beefy fuhr inzwischen nordwärts durch die Nacht. Er hatte beschlossen, ein paar Tage bei seiner Großmutter zu verbringen, da er das Gefühl hatte, daß ihm jetzt eine kleine Luftveränderung nur guttun konnte.

Der Morgen dämmerte bereits, als der Wagen plötzlich bockte und Beefy feststellte, daß der Benzintank leer war. Er ließ den Wagen stehen und wanderte rüstig bergauf, den in den ersten Strahlen der Morgensonne glänzenden Zylinder auf dem Kopf.

6

Gegen zehn Uhr an diesem Morgen sah sich die Polizei einigen merkwürdigen Tatbeständen gegenüber. Irgendein Verrückter war nachts in die Northern Counties Bank eingebrochen, offenbar mit der einzigen Absicht, sich einen Zylinderhut anzueignen. Soweit schön und gut. Aber als dann die Angestellten der Western National Bank verkatert zur Arbeit erschienen, fanden sie den Haupttresor aufgebrochen und einen Haufen Münzsäcke mit viel Mühe säuberlich neben der Eingangstür aufgestapelt. All das ergab überhaupt keinen Sinn.

War irgendeine Verbindung zwischen den beiden Einbrüchen denkbar? Die Polizei tappte im dunkeln, bis einer ihrer regelmäßigen Informanten, ein Mann mit schwarzen Koteletten, der den Decknamen X_3

hatte, den Rat gab, man solle sich einmal nach einem gelben Lieferwagen umsehen.

«Das ist ja mein kleiner Beefy», rief Oma. «Ja, wo kommst du denn her?» Sie betrachtete ihn mit liebevollem Stolz. «Und was hast du denn für einen schönen Hut auf, Beefy?»

«Das ist mein Finanzhut», sagte er bescheiden.

«Du liebe Güte! Bist du denn jetzt bei der Finanz?»

«Sozusagen», antwortete Beefy.

Oma drückte ihn in die Sofaecke. Beefy sah sich in dem vertrauten Raum um: die rauchgeschwärzte Feuerstelle, die tiefe, breite Fensterbank mit den Geranientöpfen, das Bild des Turms von Blackpool im Plüschrahmen, das Jagdgewehr in der Ecke – alles war wie immer. Selbst Oma hatte sich nicht verändert. Sie saß ihm gegenüber, hatte die Hände über der Schürze gefaltet und sah ihn zärtlich an.

Aber Beefy war ungeduldig. Er wollte das Dorf seiner Träume wiedersehen. «Ich glaub, ich mach noch 'nen kleinen Bummel ins Dorf, Oma», sagte er. «Bin zum Mittagessen wieder zurück», fügte er hoffnungsvoll hinzu und brach auf. Bald erreichte er den Pfad am Waldrand und stapfte vergnügt durch das raschelnde Laub. Gleich mußte das Dorf in Sicht kommen. Schließlich erreichte er eine Lichtung und setzte sich auf einen ihm wohlvertrauten alten Baumstumpf, von dem aus man das Dorf sehen konnte. Da lag es nun friedlich im Mittagsschlaf. Die Rauchfahnen stiegen von den Schornsteinen gerade in den Himmel auf. Alles war genauso, wie er es in Erinnerung gehabt hatte.

«Schön», flüsterte Beefy leise, «sehr schön.» Wenn er doch nur schon da unten ein Häuschen hätte. Das vom alten Mardachai Wainwright hatte ihm immer besonders gefallen. Ob der wohl noch lebte?

Ein Kaninchen schlüpfte zu Beefys Entzücken aus seinem Bau, schnupperte die frische Luft, hoppelte auf ihn zu, hielt dann inne und begann gierig am Gras zu knabbern. Beefy stieß einen zärtlichen Lockruf aus. Er liebte Tiere. Bei ihnen fühlte man sich wohl, auch wenn man nicht lesen und schreiben konnte. *Sie* konnten es schließlich auch nicht.

Er war so versunken, daß er die sich nähernden Schritte auf dem trockenen Gras überhörte. Zwei Hände wurden ihm von hinten vor die Augen gehalten.

Polizei, war sein erster Gedanke. Aber dann merkte er, daß es zarte und wohlriechende Hände waren. Die Hände gaben ihn frei. «Sally», rief er und strahlte übers ganze Gesicht.

«Ich hab dich gleich erkannt, Beefy», sagte sie. «Du hast dich kein bißchen verändert.

Sie standen sich gegenüber und lächelten sich an, während er Sallys weiße Hände leicht in seinen mächtigen Pranken hielt. Sallys Fragen überschlugen sich: «Was machst du denn hier, Beefy? Willst du meine Mutter besuchen? Was treibst du denn so?» Sie sah den Zylinder, den Beefy neben dem Baumstumpf auf sein ausgebreitetes Taschentuch gelegt hatte. «Gehört er dir? Wo hast du den denn hier?»

«Ich bin bei der Finanz», sagte Beefy stolz. «Das ist mein Finanzhut.»

Sie runzelte erstaunt die Stirn. «Den solltest du aber nicht zu einem gestreiften Trikot tragen, weißt du.»

«Warum denn nicht?» fragte er.

«Zu einem Zylinder gehört ein Gehrock», sagte Sally, und im stillen fragte sie sich, ob Beefy überhaupt wußte, was ein Gehrock war. «Komm», sagte sie, «gehen wir zu Mutter.»

Ihr kühler Arm schob sich unter den seinen. Beefy errötete beglückt. Er rieb vorsichtig mit dem Taschentuch über den Zylinder, setzte ihn auf und ließ sich von Sally ins Dorf führen. Sie schritten durch einen Vorgarten voll wuchernder Chrysanthemen in die kühle Dämmerung eines mit Steinfliesen ausgelegten Häuschens.

«Mutter, sieh mal, wer da ist», rief Sally.

«Aber das ist ja unser Beefy», sagte Tante Nellie. «Ich dachte, du wärst da in der Stadt schon längst unter die Räder gekommen. Bei all den Autos», fügte sie etwas unsicher hinzu.

«Beefy ist beim Finanzamt», sagte Sally.

«Dann kannst du doch sicher dort auch Sally eine Stellung besorgen», sagte Tante Nellie. «Sie hatte eine so gute Arbeit als Haushälterin im Pfarrhaus. Aber nach dem Tod des alten Pfarrers haben sie jetzt einen neuen mit Frau und vier Töchtern. Da brauchen sie meine Sally nicht mehr. Möchtest du ein Gläschen Kräuterlikör?»

Beefy befürchtete, daß das etwas ähnlich Unangenehmes wie Cognac oder Gin war.

«Nein, vielen Dank, Tantchen», sagte er höflich.

«Wenn dein Onkel Bert öfter einmal ein Glas Kräuterlikör getrunken hätte, wäre er heute noch am Leben», meinte Tante Nellie. «Du schlägst ihm immer mehr nach.» Und im Ton einer düsteren Prophezeiung fügte sie hinzu: «Du wirst zu dick – schlecht fürs Herz!»

«Aber nein, Beefy geht es sehr gut, nicht war, Beefy», sagte Sally lachend.

«Ja», stimmte Beefy vollen Herzens zu. In diesem dämmrigen kleinen Häuschen, bei Menschen, die er seit seiner Kindheit kannte, war er weder scheu noch ängstlich. Hier konnte er reden, ohne daß ihm die Worte sofort durcheinandergerieten. «Lebt der alte Mr. Wainwraight eigentlich noch?» fragte er die Tante.

«Leider ja. Man muß alles für ihn machen. *Alles*», wiederholte Tante

Nellie bedeutungsvoll, und damit war das Stichwort gegeben für einen ausführlichen Bericht über Krankheiten und Gebrechen sämtlicher Dorfbewohner. Beefy hörte höflich zu. Schließlich entstand eine Pause, und Beefy, der auch etwas zur Unterhaltung beisteuern wollte, sagte: «Neulich hatte ich Backenschmerzen.»

«Joe Grummitt ist an Backenschmerzen gestorben», sagte Tantchen prompt. «Es waren gar nicht die Zähne. Es war was *ganz Schlimmes.*»

«Mir geht's jetzt aber besser», sagte Beefy erschrocken.

«Ihm ging's damals auch eine Zeitlang besser. Aber dann kamen sie wieder. Ganz furchtbar. Komisch, wie oft die Leute denken, sie hätten bloß ein bißchen Backenschmerzen oder Magendrücken, und dann stellt sich heraus, daß es was *ganz Schlimmes* ist.»

Beefy sank der Mut. Aber dann erschien Sally mit einer dicken Scheibe kalter Kaninchenpastete, einem kroß gebackenen Brot, taufrischer Butter und einem großen Krug Milch. Sie stellte alles vor ihm auf den Tisch. «Hier, Beefy», sagte sie, «zieh deinen Stuhl heran und laß dir's schmecken.»

«Ja, am Magen fehlt mir ja auch nichts», meinte er erleichtert, und lächelte ihr dankbar zu. Sie hatte sich eine geblümte Schürze umgebunden und wirkte sehr fraulich mit ihrem kastanienbraunen Haar und ihren braunen, heiteren Augen. Plötzlich hatte Beefy eine Vision. Er war nicht mehr allein mit Emilie, dem Schwein. Sally war in seinem Häuschen. Sie trug eine geblümte Schürze, eilte von der Küche in die gute Stube und kuschelte sich zu seinen Füßen nieder, während er seinen Wildwestschmöker las. Er errötete. Wenn nun Sally seine Gedanken erriet. Womöglich würde sie ihn dann auslachen. Mit gesenktem Blick setzte er sich an den Tisch. Sally stand neben ihm, goß ihm Milch ein, und er spürte ihre Frische.

Beefy schmeckte das Essen. Seine Vision hatte ihn wieder schüchtern werden lassen, aber während er aß, brauchte er ja nicht zu reden; er nickte nur immer wieder mit vollem Mund, während Sally drauflosplauderte. Nachdem er sein letztes Stück Kaninchenpastete verschlungen hatte, fiel ihm Oma ein, die ihn zum Mittagessen erwartete. «Ich muß gehen», sagte er.

«Ich werde dich noch bis zur Lichtung bringen», meinte Sally und band ihre Schürze ab.

«Also, laß dir's gutgehen», sagte Tante Nellie und küßte ihn.

Sie traten in die helle, warme Nachmittagssonne hinaus und gingen schweigend nebeneinander her. Beefy war zu schüchtern, um zu reden, und Sally schien in Gedanken versunken. Schweigend gelangten sie zu der Lichtung. Sally reichte ihm die Hand und sah ihn fest an, mit einem traurigen und zugleich amüsierten Ausdruck. «Auf Wiedersehen, Beefy», sagte sie. «Schade – du bist so nett geworden.»

«Nett?» Beefy starrte sie voller Staunen an.

«Ja, ich finde, du bist der netteste und bescheidenste Mensch, der mir je begegnet ist», sagte sie. Sie legte die Hände auf seine Schultern und berührte seine Wange flüchtig mit den Lippen; im nächsten Augenblick war sie im schimmernden Nachmittag verschwunden.

Es dauerte eine Weile, bis sich Beefy von diesem geheiligten Fleck, an dem ihn jemand nett gefunden und geküßt hatte, trennen konnte. Er konnte es kaum glauben. Er war es gewohnt, daß die Menschen ihn beschimpften und herumkommandierten. Das größte Wunder aber war für ihn, daß ausgerechnet Sally ihn nett gefunden hatte.

Sie war schon lange außer Sichtweite, als er sich wieder auf den Weg machte. Der Nachmittag hatte durch ihr Verschwinden etwas von seinem Glanz und seiner Wärme verloren. Dunst hing jetzt zwischen den Bäumen, und eine kalte Brise strich über das Gras und wirbelte das Herbstlaub vor sich her.

Doch in Beefy herrschte in diesem Augenblick ewiger Frühling, und ausgelassen sang er: «. . . doch der fröhlichste Mond im ganzen Jahr ist der fröhliche Monat Mai!» Beschwingt lief er bergab und hinein in Omas Häuschen. Zu spät entdeckte er, daß sie Besuch hatte: zwei Polizisten.

Die beiden erhoben sich. «Sie haben da aber einen schönen Zylinder auf, Mr. Jones», bemerkte der eine mit höflicher Ironie.

Beefy ließ sich dadurch nicht täuschen. Er hatte noch nie viel von der Polizei gehalten. Und als die beiden, immer noch höflich, aufforderten, sie zum Bahnhof zu begleiten, wußte er, daß er in die Falle gegangen war.

Aber er kam mit einer milden Strafe davon. Zunächst einmal ließ sich beim besten Willen nicht feststellen, was er bei seinem Einbruch wirklich im Sinn gehabt hatte. Und für die Staatsanwaltschaft wurde die Situation dadurch noch komplizierter, daß man es in der einen Bank mit einem Einbruch ohne Einbrecher und in der anderen Bank mit einem Einbrecher ohne Einbruchsdelikt zu tun hatte. Schließlich gab das Gericht Beefy aus reiner Verzweiflung sicherheitshalber sechs Monate.

Bei der nächsten Sitzung stand Ida feierlich auf. «Meine Herren», sagte sie, «wir haben hier einen leeren Stuhl. Wir wollen uns von unseren Plätzen erheben und schweigend eines treuen Freundes gedenken, der umständehalber verhindert ist, an dieser Sitzung teilzunehmen.»

Alle erhoben sich. Heck strich sich über seine schwarzen Koteletten.

«Guter alter Beefy», sagte er und schneuzte sich die Nase vor Rührung. «Er brummt für uns alle.»

Einige wischten sich die Augen, und dann ging man zur Tagesordnung über.

7

Der Frühling zog in das Gemeindeviertel von St. Judas ein. Ein paar Krokusse drängten sich aus der Erde und wurden prompt von der Spatzenwelt geköpft. Graue Wolken trieben über graue Dächer, Regentropfen tanzten und spritzten in den Rinnsteinen. Ein Regiment von Hausfrauen, bewaffnet mit Besen und Staubtuch, nahm, von einem urzeitlichen Drang besessen, den Frühjahrsputz in Angriff.

Der Winter war für niemanden besonders angenehm gewesen. Lizzie Tubb schlich stumm und bedrückt herum, denn mit Blackie ging es zu Ende. Wenn sie nach Hause kam, rappelte er sich noch manchmal trotz seiner steifen Beine mühsam auf, um sie zu begrüßen, und wedelte gewissenhaft mit dem Schwanz. Doch dann fiel er wieder in sich zusammen und blickte sie aus verzweifelten Augen an.

Heck und seine Freunde hausten immer noch auf dem Dachboden des Gemeindehauses. Ganz gegen Idas Grundsätze hatten sie den Winter über mit wenig einträglichen Einzelaktionen ihr Leben gefristet: Langfinger waren ein paar Taschendiebstähle geglückt, Heck drei Betrugsmanöver, und Ida selbst hatte mit einigen Ladendiebstählen Erfolg gehabt. Holzbein war am tiefsten gesunken: er hatte ehrliche Arbeit als Postbote angenommen.

Auch John Adams, der Pfarrer, hatte einen unerfreulichen Winter hinter sich. Noch immer hatte er keine Haushälterin. Abends war er in ein kaltes, leeres Pfarrhaus zurückgekehrt, morgens hatte er sich sein Frühstück selbst zubereiten müssen. Nicht einmal an einem Rugbymatch hatte er teilgenommen, denn in Danby spielte man nur Fußball. Zudem war das Projekt des neuen Gemeindehauses zu einer Quelle ständigen Ärgers geworden. Zu viele Leute hatten in dieser Sache ein Wort mitzureden. Gelegentlich dachte er schon, daß sein schöner Plan nie verwirklicht werden würde. Und als wäre es damit nicht genug, schienen sich irgendwelche dunklen Mächte gegen ihn verschworen zu haben. So war die kleine Miss Titterton an einem Winterabend, als sie von einer Sitzung des Kirchenvorstands heimkehrte, von einem großen Mann mit schwarzen Koteletten überfallen worden, der es weder auf ihr Leben noch auf ihre Tugend oder ihre Handtasche abgesehen hatte, sondern unerklärlicherweise auf ihr Protokollheft. Auch die Post für das Pfarrhaus ging merkwürdigerweise immer wieder verloren. Wichtige Bescheinigungen der städtischen Baubehörde, Briefe vom Erzdiakon und vom Architekten erreichten ihren Empfänger nie, so daß der Pfarrer oft Stunden am Telefon verbringen mußte, um die verärgerten Absender zu besänftigen oder sich mit völlig mysteriös klingenden Anrufern herumzuschlagen. Manchmal fragte er sich, ob es vielleicht an der Unerfahrenheit und Unfähigkeit des neuen Briefträgers lag, der zu allem Unglück auch noch ein Holzbein hatte.

Aber an einem schönen Frühlingsmorgen brachte ihm eben dieser Postbote einen Brief, der ihn sogleich in gute Laune versetzte. Er kam von Mrs. Mary Phillips, die zwanzig Jahre lang Haushälterin bei einem kürzlich verstorbenen Landpfarrer gewesen war und sich jetzt auf Grund seiner Anzeige im *Daily Telegraph* als Haushälterin bei ihm bewarb.

Der Brief war höflich, freundlich und gut formuliert. Die beigefügten Empfehlungen waren ausgezeichnet. Fröhlich pfeifend griff der Pfarrer nach einem Briefbogen und bat Mrs. Phillips, sich möglichst bald bei ihm vorzustellen.

Am selben Tag wurde Beefy aus dem Gefängnis entlassen. Er war mißmutig, denn man hatte ihn schlecht behandelt, ja, sich sogar geweigert, ihm seinen Dietrich wieder auszuhändigen. Das war ungerecht. Heck hatte immer gesagt, sie müssen dir *alle* deine Sachen wiedergeben, sonst beschwere dich beim Gefängnisdirektor. Beefy hatte die krummen Sachen satt, sie brachten immer nur Ärger. Und aus dem Gemeindehaus war inzwischen sicher längst eine Fabrik geworden, dachte er trübe. Also mußte er sich auch noch eine neue Bleibe suchen.

Aber als das Haus in Sicht kam, schien es, als habe sich dort nicht viel verändert. Die Eingangstür stand offen. Er schlich hinein.

Innen war es schon dunkel. Die alte Lizzie Tubb räumte noch das Zimmer auf, wo die Pfadfinder zusammengekommen waren, bevor sie endgültig abschloß. Sie hatte sich erst gar nicht die Mühe gemacht, Licht anzuknipsen. Plötzlich sah sie sich zu ihrem Schrecken einem gedrungenen, kräftigen jungen Mann in einem gestreiften Trikot gegenüber. Sie schrie auf.

Auch Beefys erste Worte beruhigten sie nicht. «Was steht denn da auf Ihrem Bauch?» fragte er.

Sie sah ihn ängstlich an und wich ein wenig zurück. Beefy folgte ihr. «Da steht doch was», sagte er. «Ich hab immer wissen wollen, was es heißt.»

Sie blickte ihn an. «Was wollen Sie?» fragte sie verstört.

Geduldig wiederholte Beefy: «Was da auf Ihrem Bauch steht, möchte ich wissen.»

Lizzie blickte auf ihre Schürze hinunter.

«Ich – ich weiß nicht», stammelte sie.

«Vielleicht weil Sie's verkehrtrum sehen», sagte Beefy hilfsbereit.

Lizzie ließ den Kopf hängen. Sie wußte nicht, was sie sagen sollte.

«Ich kann nicht lesen», gestand sie schließlich verschämt.

Beefy hätte sie am liebsten umarmt. «Wissen Sie was?» sagte er. «Ich nämlich auch nicht.»

«Ich dachte immer, außer mir kann jeder lesen», sagte Lizzie mit stockender Stimme.

«Und ich dachte immer *außer mir.*» Beefy lachte glücklich.

Auch Lizzie lächelte jetzt. «Wollen Sie nicht mitkommen und 'ne Tasse Tee bei mir trinken?» fragte sie.

Beefy war von Lizzies Freundlichkeit überwältigt.

«Ja, gern», sagte er. «Aber schließen Sie hier mal nicht ab, ich wohn nämlich hier, ich und die Jungens.»

«Das soll wohl 'n Scherz sein», sagte Lizzie kichernd.

«Nein, wirklich, ich wohn hier. Ich hab meine Schlüssel verloren. Wir wohnen da oben.» Er wies auf den Dachboden. «Aber sagen Sie's bloß keinem weiter.»

«Ach so.» Lizzies Interesse verflog. «Da oben putze ich sowieso nie. Kennen Sie sich vielleicht mit Hunden aus?»

«Meine Oma und ich hatten mal einen. Hieß Blackie.»

Lizzie war außer sich vor Verblüffung. «Das ist ja komisch. Meiner heißt auch Blackie. Aber er ist alt und krank.»

Inzwischen waren sie in der Nottingham Road angelangt; Lizzie führte Beefy in das dunkle Häuschen und zündete das Gas in der Küche an.

«Da ist er», sagte sie und wies auf das kraftlose kleine Fellbündel.

Beefy beugte sich nieder und wollte Blackie streicheln. «Aber er ist ja tot», sagte er traurig.

Lizzie schrie auf, und dann schluchzte sie herzerweichend. «Das arme liebe Hundchen», sagte sie schließlich.

Beefy, der tote Tiere nicht berühren mochte, war sehr erstaunt, als er sich plötzlich sagen hörte: «Ich begrab ihn, wenn Sie wollen», war dann aber doch sehr erschrocken, als Lizzie meinte, das wäre sehr nett von ihm. Er ging in den Hinterhof, hob eine kleine Grube in der rußbedeckten Erde aus und legte Blackie hinein. Ein feiner Regen ging nieder. Als er wieder hereinkam, setzte Lizzie ihm einen Becher Tee vor. Sie schluchzte noch immer. «Ob er sich da draußen wohl fühlen wird?» fragte sie.

«Ja, bestimmt», sagte Beefy tröstend. Schlürfend trank er seinen Tee. «Ich muß eben mal weggehen», sagte er. «In einer halben Stunde bin ich wieder da.»

Aber nach zehn Minuten stand er schon wieder in der Tür, und in seinen Armen zappelte ein aufgeregter junger Hund.

«Der hat sich verlaufen, ich hab ihn in der Leicester Road gefunden», sagte Beefy.

Der Hund leckte erst sein Gesicht und dann Lizzies.

«Braver Hund», koste Beefy.

«Braver Hund», koste Lizzie.

«Er ist lieb», sagte sie. «Nicht so lieb wie Blackie, aber lieb.»

«Da steht was auf dem Halsband.»

«Vielleicht seine Adresse», meinte Lizzie.

«Aber wir können's ja nicht lesen», sagte Beefy.

«Da haben Sie recht», sagte Lizzie.

«Das Ding hat keinen Wert, wenn wir doch nicht wissen, was drauf steht», sagte Beefy.

«Da haben Sie recht», sagte Lizzie.

«Dann können wir es ihm auch abnehmen», sagte Beefy, nahm das Halsband und warf es ins Feuer.

Lizzie gab dem Hund eine Untertasse mit Milch, und die beiden lauschten gemeinsam seinem vergnügten Schlabbern.

«Er füllt schon fast Blackies Korb aus», sagte Lizzie.

«Tun Sie ihn mal rein», sagte Beefy, «wir wollen mal sehen.»

Das kleine Tierchen drehte sich dreimal schnüffelnd im Korb herum, rollte sich satt und zufrieden zusammen und schlief sogleich ein.

Der Anblick erinnerte Beefy an sein eigenes Bett. Er verabschiedete sich von Lizzie, ging zum Gemeindehaus hinüber und kletterte auf den Dachboden, wo er zu seiner größten Freude die Linoleumrolle an der gleichen Stelle fand, wo er sie zurückgelassen hatte. Er kroch gleich hinein. Na, die Jungens würden Augen machen!

«Na so was», riefen sie, als sie endlich kamen, «da ist ja Beefy!»

«Wie war's denn, Beefy?» fragte Holzbein.

«Also stell dir vor, die haben mir nicht mal meinen Dietrich wiedergegeben», sagte Beefy.

«Hast du dich nicht beschwert?» fragte Heck scharf und mit ärgerlich flackernden Augen.

«Nein», sagte Beefy. «Zum Glück brauch ich ihn ja auch nicht mehr. Von jetzt an mach ich nämlich keine krummen Sachen mehr.»

«Nicht möglich», sagte Heck unfreundlich.

«Ja, man kriegt ja nur Ärger dadurch», sagte Beefy mürrisch. «Und außerdem ist es – ist es nicht ehrlich», fügte er hinzu.

Holzbein kam ihm zu Hilfe. «Okay, Beefy», sagte er. «Du willst also keine krummen Sachen mehr machen. Geht auch so in Ordnung, nicht wahr, Jungens? Laßt Beefy ruhig ehrlich werden, wohnen kann er trotzdem bei uns, einverstanden?»

Willie Einauge wischte sich sein Glasauge und sagte pathetisch: «Wir verlieren einen Kollegen, aber behalten einen Freund.»

Auch Beefy schniefte. «Aber was wird bloß Ida dazu sagen?» fragte er ängstlich.

«Oh, Ida ist gar nicht so. Die hindert einen Mann nicht an seinem Glück», beruhigte ihn Holzbein. «Sie würde nie versuchen, einem ein Bein zu stellen.»

«Meint ihr?» fragte Beefy erleichtert. Es war also alles in Ordnung, und seine Zukunft lag rosig und gesichert vor ihm. Glücklich sank er in Schlaf.

Gleich am nächsten Morgen machte er sich auf den Weg zum Arbeitsamt. Vorher sah er noch kurz bei Lizzie Tubb herein. Der neue Hund knabberte zufrieden an einem Tischbein.

«Ist er nicht lieb», sagte Lizzie zärtlich.

«Wie soll er denn heißen?» fragte Beefy.

«Whitey», sagte Lizzie.

«Hübscher Name», sagte Beefy. Er dachte angestrengt nach. «Wohl weil er weiß ist, wie?» fügte er hinzu, tief beeindruckt von seinem eigenen Scharfsinn.

Lizzie suchte nach Worten der Dankbarkeit. «Ich war so traurig wegen Blackie», sagte sie. «Ich hab ihn so lange gehabt. Deshalb ist es schön, gleich wieder einen neuen Hund zu haben.»

Beefy war verlegen. «Schon recht», murmelte er. «Ich muß sehen, daß ich zum Arbeitsamt komme.» Aber dorthin sollte er nie gelangen, denn unterwegs begegnete er einem Begräbniszug. Voller Teilnahme sah er auf den Sarg. Armer Kerl, einfach so abzukratzen, dachte er. Doch dann erblickte er plötzlich etwas, das ihn bis ins Innerste aufwühlte. Der Leichenzug hatte vor der St.-Judas-Kirche angehalten, und mehrere Männer mit *Zylindern* stiegen aus den Autos. Mit Zylindern und seltsamen schwarzen Röcken. Das mußte Sally wohl gemeint haben, als sie sagte, er dürfe einen Zylinderhut nicht zu einem gestreiften Trikot tragen. Er mußte zugeben, sie hatte recht. Zu so einer langen schwarzen Jacke sah ein Zylinder wirklich viel besser aus.

Jetzt stemmten sie den Sarg hoch. Sechs Mann, um einen Sarg hochzuheben. Also das, sagte sich Beefy, würde er zur Not auch noch allein schaffen.

«Ja, Mr. Jones, das ist wirklich ein merkwürdiger Zufall», sagte William Smith, der Leichenbestatter, zwei Stunden später. «Wir haben tatsächlich zufällig eine Stelle frei. Der arme Robinson. Sie haben ihn kurz vor der Dämmerung aus dem Fluß gezogen.»

Beefy sah sich um. Auf dem Tisch lag ein Gehrock und auf dem Gehrock ein Paar schwarze Handschuhe und ein Zylinderhut. Wie traurig, daß der arme Robinson diese Sachen nie mehr tragen würde.

Ja, traurig war das wohl, aber für Beefy war dieser Unglücksfall ein wahrer Glücksfall.

Jetzt saß er neben dem Fahrer im letzten Wagen des Leichenzuges, und auf seinem Kopf prangte wieder ein Zylinderhut. Sein untersetzter Körper steckte in einem schwarzen Gehrock. Und seine Pranken hatte er tatsächlich in die Handschuhe des seligen Mr. Robinson gezwängt.

Der feierliche Zug hielt vor der St.-Judas-Kirche. Beefy beobachtete aufmerksam die anderen Zylindermänner. Dann trug er mit ihnen den Sarg in die Kirche, kehrte um und setzte sich wieder ins Auto.

Und da saß er nun; er, Beefy, piekfein gekleidet, in einem Rolls-Royce. Es war der stolzeste Augenblick seines Lebens. Er hüstelte vornehm und hielt dabei die behandschuhte Hand vor den Mund, wie er es bei den anderen gesehen hatte.

Aber dann schlug mit erschreckender Plötzlichkeit das Schicksal zu. Denn die Straße entlang kam, scheinbar absichtslos, eine Gruppe fröhlich plaudernder Menschen direkt auf ihn zu: eine füllige Frau mit feuerrotem Haar, ein großer Mann mit schwarzen Koteletten, ein Briefträger mit einem Holzbein, und ein Mann, dessen linkes Auge glasig ins Leere starrte.

Beefy zog sich den Zylinder tief ins Gesicht. Aber unausweichlich – wie in einer griechischen Tragödie – bewegte sich die Gruppe auf ihn zu, bis sie in gleicher Höhe mit ihm war.

«Also, ich werde nicht mehr! Das ist ja unser Beefy! Beefy in der Leichenbranche!» schrie eine forsche Stimme.

Beefy duckte sich.

«Und ganz groß in Schale», sagte ein anderer.

«Wohl auf dem Weg zum Rennplatz?» fragte ein dritter.

Schweigen.

«Wohl zu stolz, um noch mit alten Freunden zu reden», sagte Ida beleidigt.

«Psssst», flehte Beefy. «Wir müssen leise sein. Versteht doch, eine Beerdigung.»

«Seht euch das an, Handschuhe und Bratenrock», schrie Holzbein.

«Bitte, geht weg», flehte Beefy verzweifelt. «Sonst schmeißt man mich raus.»

«Sehr wohl, Euer Gnaden», sagte Heck und machte eine ironische Verbeugung. Ida und die Jungens brüllten vor Lachen. In diesem Augenblick kam Mr. William Smith aus der Kirche, um die Träger zu rufen. Er traute seinen Augen nicht. Mit energischen Schritten ging er auf die lachend lärmende Gruppe zu. «Ich bitte Sie», sagte er, «haben Sie denn gar kein Gefühl für Anstand und Würde?»

Mr. Smith funkelte den unglücklichen Beefy zornig an. «Wir sprechen uns später noch», zischte er.

Und so kam es denn auch. Wutbebend saß er hinter seinem Schreibtisch und blickte finster auf Beefy. «Seit fünfzig Jahren», fauchte er, «haben mein Vater und ich dieses Geschäft mit Würde und Anstand betrieben, und heute hatten wir dank Ihnen so etwas wie eine Zirkusnummer. Nehmen Sie den Hut ab», befahl er.

«Aber . . .» fing Beefy an.

«Abnehmen, sage ich.»

Beefy gehorchte.

«Und den Gehrock.»

Beefy gehorchte.

«Und nun raus», sagte Mr. Smith wütend.

«Aber . . .» sagte Beefy.

«Raus.»

Beefy ging zur Tür. «Es tut mir so leid», sagte er kläglich.

Mr. Smith griff nach einem großen Briefbeschwerer, der die Form eines Sarges hatte, und warf damit nach Beefy, ohne ihn zu treffen. Beefy hob ihn höflich auf und legte ihn auf den Schreibtisch zurück. Dann drehte er sich traurig um und verließ das Zimmer.

Ihm war jetzt nicht danach zumute, den Jungens zu begegnen. Natürlich war es nicht ihre Schuld, daß er den Job verloren hatte. Sie hatten einfach nicht begriffen, wie man sich bei solchen Anlässen verhalten mußte. Aber das Bedürfnis nach Trost lenkte seine Schritte zu Lizzie Tubb. Er mußte ihr alles erzählen.

Ihr Gesicht strahlte vor Freude auf, als sie ihm die Tür öffnete. «Kommen Sie rein», sagte sie. «Der Teekessel steht auf dem Herd.»

Er trat ein. Whitey stürzte sich auf ihn und machte sich an seinen Hosenbeinen zu schaffen. Lizzie brachte Beefy einen Becher Tee. Beefy trank ihn langsam aus.

«Ich bin meine Arbeit wieder los», sagte Beefy. «Sie wissen wohl nicht zufällig was anderes für mich?»

«Ich weiß nur, daß der Pfarrer eine Haushälterin sucht, das ist alles», sagte Lizzie. «Aber ich glaube nicht . . .»

«Meine Cousine in Shepherd's Delight ist Haushälterin», sagte Beefy aufgeregt. «Das heißt, sie ist es nicht mehr, weil der Pfarrer tot ist, und nun haben sie einen neuen geholt, einen mit vier Töchtern.»

«Na, dann soll sie doch herkommen und unseren Pfarrer versorgen», sagte Lizzie.

Beefy war außer sich vor Freude. Sally in derselben Stadt wie er! Sally hier in Danby! Das wäre großartig.

«Braucht er wirklich jemand?» fragte er hoffnungsvoll.

«Brauchen? Er ist schon ganz verzweifelt. Er wird sie sofort nehmen, wenn Sie sie herbringen.»

Beefy sank wieder der Mut. «Aber ich kann's ihr doch nicht schreiben, weil ich nicht schreiben kann», sagte er verzagt. «Und hinfahren kann ich auch nicht, weil ich kein Geld hab.»

Lizzie stand auf und ging zum Kaminsims. Wortlos nahm sie eine Vase herunter, griff hinein und gab Beefy zwei Pfundnoten.

«Reicht das?» fragte sie.

Beefy wich zurück. «Das kann ich nicht annehmen», sagte er.

«Sie haben mir den Hund besorgt», sagte sie hitzig. «Nun müssen Sie das auch von mir annehmen.» Beefy war es peinlich, aber sie stopfte ihm das Geld ungeschickt und ärgerlich in die Tasche.

«Und nun fahren Sie los und sagen Sie es Ihrer Cousine.»

«Aber angenommen, sie kommt und dann will sie der Pfarrer gar nicht?»

«Der wird sie schon wollen. Der ist so weit, daß er die erste beste nimmt. Und sonst gibt's auch 'ne Menge andere Jobs in Danby.»

«Wenn's nicht Ihr Geld wär, führ ich ja gern nach Shepherd's Delight. Ich will da nämlich für immer wohnen, wenn ich mal nicht mehr arbeiten muß und Geld hab.»

Lizzie hing an seinen Lippen. «Ich hoffe, daß was draus wird, Beefy», sagte sie schließlich mit ihrer rauhen Stimme. «Ich war auch immer gern auf dem Land, aber ich werde wohl bis ans Ende meiner Tage in der Nottingham Road bleiben müssen. Aber ich hab ja Glück: Ich hab mein eigenes Häuschen.»

Beefy faßte einen spontanen Entschluß. «Sie können zu mir nach Shepherd's Delight kommen und mir den Haushalt führen», sagte er. «Vorher lerne ich noch lesen, und dann kann ich Ihnen abends Wildwestromane vorlesen.»

Ein warmer Glanz trat in Lizzies Augen. «Ich werd's mir überlegen, Beefy», sagte sie.

Am nächsten Tag schon brach Beefy nach Shepherd's Delight auf. Er wollte nicht mehr von Lizzies Geld verbrauchen als unbedingt nötig, deshalb fuhr er die ganze Strecke per Anhalter. Er erreichte sein Ziel erst, als der blaue Abenddunst das Dorf einhüllte und hinter den Fenstern der kleinen Häuser das Licht anging.

Er ging direkt zu Tante Nellie und klopfte.

Sally, die die Tür öffnete, blickte ihn zuerst etwas verstört an, als er da vor ihr im Dämmerlicht stand. Dann aber riß sie die Tür weit auf. «Ich habe dich zuerst gar nicht erkannt, Beefy, wie kommst du denn hierher», sagte sie lächelnd. «Komm herein.»

Beefy trat ins Wohnzimmer, wo Tante Nellie saß und im Schein der Lampe strickte. Er wollte sie mit einem kleinen Scherz begrüßen und sagte breit grinsend: «'n Abend, Tante Nellie. Sieh mal, ich bin noch immer nicht an Backenschmerzen gestorben.»

Tante Nellie schien nicht sonderlich belustigt. «Wenn du hierbleiben willst», sagte sie, «mußt du mit dem Sofa vorlieb nehmen.»

«Danke, das tu ich gern», sagte Beefy und platzte bald vor Begier, seine Neuigkeit loszuwerden. «In Danby sucht 'n Pfarrer 'ne Haushälterin», brach es aus ihm hervor.

«Ist das wahr, Beefy?» rief Sally. «Mutter und ich haben uns gerade gestritten, weil ich mir eine neue Stellung suchen will. Deshalb ist sie ein bißchen schlechter Laune.»

«Sie will mich ganz allein lassen und in die Stadt gehen», fuhr Tante Nellie verärgert dazwischen.

«Für ein Mädchen in meinem Alter gibt es doch in Shepherd's Delight nichts, nicht wahr?» wandte sich Sally hilfesuchend an Beefy.

«Wie alt ist denn der Pfarrer?» fragte Tantchen und klapperte ärgerlich mit den Stricknadeln.

Aber auf eine so belanglose Frage war Beefy nicht vorbereitet. «Ich weiß nicht», sagte er, «ich hab ihn nur einmal gesehen, durchs Schlüsselloch.»

«Also gut, Beefy», sagte Sally, «dann fahre ich hin und sehe mir mal die Sache an. Wo wohnt er denn, dein Pfarrer?»

«Ganz in meiner Nähe», sagte Beefy.

Tante Nellie wischte sich eine Träne fort.

«Wahrscheinlich bin ich längst dahin, wenn du wieder nach Hause kommst», sagte sie mit zittriger Stimme. «Ich mach's nicht mehr lange.»

«Ach Unsinn, Mutter, du bist so gesund wie ein Fisch im Wasser, aber vielleicht ist es wirklich vernünftiger, wenn ich mich erst einmal schriftlich bewerbe», entschied Sally.

Beefy wurde ungeduldig. Schließlich wollte der Pfarrer eine Haushälterin und Sally wollte eine Stellung. Wozu also das ganze Getue?

Tantchen seufzte. «Ich geh jetzt zu Bett», verkündete sie. «Und zieh deine Schuhe aus, bevor du dich aufs Sofa legst, Beefy.»

Sie verschwand. Sally holte ein paar Laken und Kissen für Beefy. Ein letzter Scheit glimmte im Kamin, loderte auf, zerbrach und prasselte auf den Rost. Sally lächelte Beefy an. «Hast du wirklich die weite Reise gemacht, nur um mir von der Stellung zu erzählen?» fragte sie.

Beefy blickte auf seine Schuhe. «Ja, Sally», sagte er verlegen.

«Das war sehr lieb von dir», sagte sie leise. «Schlaf gut, Beefy.» Dann ging sie auf Zehenspitzen die knarrende Treppe hinauf.

Jetzt seufzte auch Beefy. Er zog sich die Schuhe aus und löschte das Licht. Dann, beim letzten Aufflackern des Feuers, machte er es sich auf dem Sofa bequem.

Schläfrigkeit umhüllte seine Gedanken. Im Traum wanderte er den blauen Berg hinauf. Fast hatte er schon den Gipfel erklommen, wo ihn etwas ganz Wunderschönes erwartete, etwas, wonach er sich immer gesehnt hatte.

Nur noch wenige schwierige Schritte, und er war am Ziel . . .

Da schüttelte ihn jemand hartnäckig an der Schulter.

Unwillig öffnete er die Augen. Über ihn gebeugt stand Sally, in einem geblümten Morgenrock. Ihre Augen blickten angstvoll. «Wach auf, Beefy, Mutter ist krank», rief sie.

Mühsam löste sich Beefy von seinem Traum. «Wie spät ist es?» fragte er.

«Das ist jetzt egal. Mutter ist sehr krank. Du mußt den Arzt holen. Weißt du noch, wo er wohnt?»

Beefys Gedanken begannen sich zu überschlagen. Wenn Tantchen krank war, konnte Sally sie nicht allein lassen, und er mußte ohne sie nach Danby zurückfahren.

«Schon gut, Sally», sagte er, «ich geh ja schon.»

«Vielen Dank, Beefy.» Sie rannte in die Küche. Beefy sprang auf, zog seine Schuhe an und stürzte hinaus in die sternenhelle Nacht, um den Doktor zu holen. Später, viel später, als der Doktor wieder gegangen war, saß er mit Sally zusammen und trank Tee, während allmählich das graue Morgenlicht ins Zimmer drang.

«Ich fürchte, aus der neuen Stellung wird nun erst mal nichts, Beefy», sagte Sally. «Der Arzt meint, Mutter braucht eine ganze Zeitlang Pflege.»

Beefy betrachtete sie voller Mitleid. Geräuschvoll schlürfte er seinen Tee. Er wollte ihr etwas Tröstliches sagen: «Reg dich nicht auf, Sally, vielleicht macht's deine Mutter nicht mehr lange, und dann kannst du ja kommen.»

Bestürzt sah er, daß sie daraufhin zu weinen anfing. Er kam sich völlig hilflos vor. Er grub aus der Hosentasche ein nicht mehr ganz frisches Taschentuch hervor. Stumm reichte er es seiner Cousine. «Wein doch nicht, Sally», bat er.

Mit tränenglänzenden Augen blickte sie zuerst auf das Taschentuch, dann auf Beefys entsetztes Gesicht. Einen Augenblick lang saß sie still da. Ihre Lippen bebten schmerzlich. Dann allmählich begann sie zu lächeln. «Ach, Beefy», seufzte sie, «du bist ein Schatz. Mach dir keine Sorgen um mich, es wird schon alles gut werden.»

«Aber ich wollte dich doch mitnehmen», sagte er.

Sie sah ihn ernst an, ihr Gesicht nahe an seinem. «Ich verspreche dir, Beefy, sobald es Mutter besser geht, schreibe ich dir und werde mich auch erkundigen, ob der Posten noch frei ist. Und wenn ja, dann komme ich.» Sie stand auf. «In Ordnung?»

Beefy bat sie, ihm an Lizzie Tubbs Adresse zu schreiben. Dann kehrte er enttäuscht nach Danby zurück.

Es war elf Uhr nachts, als er heimkam. Die Eingangstür des Gemeindehauses stand offen. Er ging hinein und kletterte die Leiter zum Dachboden hinauf, wo die Jungens gerade zu Bett gingen.

Sie freuten sich, ihn zu sehen. «Da ist ja der alte Beefy wieder», riefen sie. «Na, zurück vom Pferderennen?»

Beefy grinste. Er mochte es, wenn sie ihn neckten.

Heck, der sich gerade sorgfältig das Haar bürstete, fragte bissig: «Und was gibt's Neues in der Leichenbranche?»

Beefy grinste nicht mehr. «Sie haben mich rausgeschmissen», sagte er mürrisch.

Die Jungens sahen ihn teilnahmsvoll an. «Rausgeschmissen?» rief Holzbein. «So schnell? Aber warum denn, Beefy?»

Beefy machte ein unglückliches Gesicht. Er mochte ihnen nicht sagen, daß sie und Ida schuld daran waren. Vielleicht würden sie dann gekränkt sein oder gar ein schlechtes Gewissen haben. «Ich . . . ich . . .» stammelte er.

«Hat man Worte? 'nen Job schon am ersten Tag zu verlieren! Das muß jetzt aber anders werden, wenn du ehrlich werden willst.»

Einauge kam ein schrecklicher Verdacht. «Es hat doch nicht etwa was mit uns zu tun, weil wir ein bißchen mit dir geplaudert haben?»

«Hm – nein, eigentlich nicht. Das heißt –» Beefy wand sich und trat von einem Fuß auf den anderen.

«Na, Gott sei Dank», sagte Einauge. «Wäre uns auch verdammt unangenehm gewesen.»

Beefy schluckte. «Ehrlich gesagt –» begann er.

«Du kannst trotzdem hier bleiben, so lang du willst, Beefy», unterbrach Holzbein ihn freundlich. «Hier hast du immer 'ne Bleibe, was, Jungens?»

«Na klar», versicherten alle herzlich.

«Danke, Holzbein.» Beefy war gerührt. Aber er mochte soviel Freundschaft nicht ohne Gegenleistung annehmen. «Wenn's mal was gibt, was ich für euch tun kann, dann sagt's mir ruhig, auch wenn ich eigentlich keine krummen Sachen mehr machen will.»

Er schlüpfte in seine Linoleumrolle.

Am nächsten Tag besuchte Beefy Lizzie. Er gab ihr die zwei Pfundnoten zurück. «Ich bin per Anhalter gefahren», erklärte er.

Lizzie hielt das Geld einen Moment lang in der Hand und blickte enttäuscht vor sich hin. «Eigentlich wollt ich, daß Sie's behalten», sagte sie. Sie setzte sich an den Tisch und befingerte die Kante des Tischtuchs. «Wie ist denn die Sache mit ihrer Cousine ausgegangen?» fragte sie.

«Sie konnt nicht mitkommen, weil ihre Mutter krank geworden ist», erklärte er.

«Um so besser», sagte Lizzie. «Er hat nämlich schon eine.»

Beefy lief vor Ärger rot an. «Aber Sally wollt doch kommen, so schnell sie kann. Sie schreibt bald.»

Lizzie zupfte am Tischtuch. «Er hat eine», wiederholte sie. «Und was für eine! Ich wünschte, er hätte sie nicht.»

«Ist sie denn böse?» fragte Beefy neugierig.

«Böse ist gut. Man könnte meinen, das ganze Haus gehört ihr. Mekkern, nichts als meckern. Ich weiß, ich bin alt», fuhr sie fort, «und vielleicht seh ich den Dreck und Staub nicht mehr so gut wie früher. Aber das ist doch kein Grund, mich so zu schikanieren.»

«Nein, wirklich nicht», sagte Beefy.

«Lange seh ich mich da nicht mehr bleiben, nicht, wenn die bleibt.»

«Die wird nicht bleiben», sagte Beefy bestimmt.

Doch Lizzies Befürchtungen erwiesen sich als berechtigt.

Im Pfarrhaus hob John Adams den Blick von einem exzellent gekochten, appetitlich servierten Mittagessen, richtete ihn auf die verkniffenen, farblosen Lippen seiner neuen Haushälterin und fragte sich, nicht zum erstenmal, wie eine so kalte Frau es fertigbrachte, so warmherzige Briefe zu schreiben und so gut zu kochen.

«Diese Lizzie Tubb», fragte Mrs. Phillips, «gehört sie zum Inventar?»

«Ja», erwiderte der Pfarrer ein wenig kühl.

«Es ist Ihnen doch klar, Sir, daß sie ihren Aufgaben nicht mehr gewachsen ist?»

«Vielleicht. Aber sie ist eine gute alte Seele.»

«Ich habe es nie für richtig gehalten, untüchtiges Personal zu beschäftigen, nur weil es gute alte Seelen sind.»

«Sie ist ja auch nicht bei Ihnen beschäftigt», erinnerte sie der Pfarrer, «sondern bei mir.»

Mrs. Phillips sagte nicht: ‹Um so schlimmer für Sie›, aber ihr Gesichtsausdruck gab es deutlich zu verstehen.

Der Pfarrer blickte sie durchdringend an. «Und im übrigen werde ich sie auch weiterhin beschäftigen», erklärte er abschließend. Mrs. Phillips schürzte verächtlich die Lippen. Sie verließ das Zimmer, und das Klappern ihrer Absätze auf den Steinfliesen des Korridors klang für den Pfarrer wie das ferne Grollen eines abziehenden Gewitters. Mrs. Phillips machte zweifellos nicht viel Federlesens. Sie war erst einen Tag da und schon wollte sie das Personal entlassen. Nun, die alte Lizzie Tubb sollte jedenfalls nicht auf dem Altar der Tüchtigkeit geopfert werden. Dann fielen dem Pfarrer wieder die trostlosen Wintermonate ohne Haushälterin ein, und er dachte an das ausgezeichnete Mahl, das er gerade genossen hatte. Nein, er wollte seine Putzfrau nicht um ihr Brot bringen. Aber ebensowenig wollte er seine vorzügliche Haushälterin verlieren. Er beschloß, Diplomatie walten zu lassen.

«Morgen früh Sitzung, Jungens», sagte Heck einige Abende später, als er seine Jacke auszog. Beefy, der sich schon in seiner Linoleumrolle verkrochen hatte, blickte ängstlich auf. «Kann ich auch kommen, Heck?» fragte er.

«Wieso? Ich denke, du machst keine krummen Sachen mehr», sagte Heck.

«Oooch», sagte Beefy unglücklich. Er kam sich plötzlich verlassen und beiseite geschoben vor. So hatte er sich die Sache auch nicht vorgestellt.

«Ich dachte, ich könnte vielleicht zuhören», murmelte er.

Holzbein meinte: «Vielleicht könne er *ex officio* kommen.»

Beefy faßte wieder Mut. «Was ist das?» fragte er.

«Das bedeutet, daß du gewissermaßen kommst, ohne daß du richtig kommst, verstehst du?» erklärte Holzbein überzeugend.

Heck tat so, als ließe er es sich durch den Kopf gehen. Schließlich sagte er leicht widerstrebend: «Na gut, wenn du unbedingt willst, kannst du kommen, Beefy.»

Am nächsten Morgen kam Lizzie ins Gemeindehaus, noch ehe die Jungens mit dem Frühstück fertig waren. Sie schien die anderen gar nicht zu bemerken, sondern schlurfte direkt auf Beefy zu. «Hier, das muß wohl ein Brief für Sie sein», sagte sie. «Mir schreibt ja niemand Briefe.»

Beefy betrachtete den Umschlag von allen Seiten.

«Ich hab 'nen Brief gekriegt, Heck. Kannst du ihn mir vorlesen?» sagte er bittend.

«Jetzt vor der Sitzung hab ich genug anderes zu tun, als auch noch Kindermädchen für dich zu spielen», sagte Heck wichtigtuerisch.

«Entschuldige, Heck», sagte Beefy, «ich hab nicht dran gedacht, daß du zu tun hast.» Er trollte sich. «Ich hab 'nen Brief, Holzbein», sagte er. «Kannst du ihn mir vorlesen?»

Holzbein nahm den Umschlag, riß ihn auf, zog den Brief heraus und las vor:

«Lieber Beefy, Mutter geht es viel besser, und wenn alles klappt, hoffe ich, daß ich in ungefähr drei Wochen kommen kann, um mich bei Deinem Pfarrer vorzustellen. Wenn ich nichts von Dir höre, nehme ich an, daß er immer noch eine Haushälterin sucht. Viele Grüße, Sally.»

«Vielen Dank, Holzbein», sagte Beefy. Er nahm den Brief wieder an sich und steckte ihn in die Tasche. «Sally ist meine Cousine», erklärte er. «Aber Lizzie sagt, der Pfarrer hat schon eine.»

«Was? 'ne Cousine?»

«Nein, 'ne Haushälterin. Eigentlich wollte Sally gern bei ihm Haushälterin werden, aber nun geht das ja nicht mehr, wo er schon eine hat.»

«Das heißt also, der jetzige Hausdrachen muß weg?»

Beefy nickte.

«Machen wir», sagte Holzbein großspurig. «Überlaß das nur mir und den Jungens.»

«Vielen Dank, Holzbein», sagte Beefy. Es war doch gut, hilfsbereite Freunde zu haben. «Wie wollt ihr sie denn loswerden?»

«Da wird uns schon was einfallen», sagte Holzbein. «Aber jetzt komm. Die Sitzung fängt an.»

Sie gingen in den großen Raum hinüber. Ida saß schon am Tisch. Sie grinste Beefy an. «Na, Beefy, du auch hier? Ich hab doch mal läuten hören, daß du keine krummen Sachen mehr machen willst?»

«Stimmt», sagte Beefy, «aber Heck hat's mir erlaubt.»

«Wir dachten, wir könnten ihn vielleicht gebrauchen», warf Heck schnell ein.

«Mir soll's recht sein», sagte Ida und raschelte mit ihren Papieren. «Können wir nun bitte mit dem Protokoll beginnen?»

Als das Protokoll verlesen war, unterschrieb es Ida. Dann stützte sie die Ellbogen auf die Tischplatte und blickte herausfordernd in die Runde ihrer Direktoren. Ihr großer Augenblick war gekommen.

«Jungens», sagte sie mit vor Aufregung rauher Stimme, «Jungens, ich bin einer ganz großen Sache auf der Spur.»

Sie hielt inne. Gespanntes Schweigen.

«Vielleicht der größten Sache, die wir je unternommen haben», verkündete sie eindrucksvoll. Mit tonloser Stimme fügte sie dann hinzu: «Die Northern Counties Bank erwartet Mittwoch eine Barsendung von £ 100000 in Ein-Pfund-Noten. Zwischen elf und zwölf Uhr vormittags wird ein Lieferwagen am Hintereingang der Bank vorfahren und das Geld abliefern.» Sie schlug mit ihrem Totschläger auf den Tisch: «Meine Herren, dies ist unsere Chance. Und sie kann für uns alle Glück und Reichtum bedeuten.»

Doch Holzbein schien weniger beeindruckt. «Dürfte ich die Präsidentin nach der Quelle ihrer Information fragen?» erkundigte er sich.

«Nein», fuhr Ida ihn an. «Das darfst du nicht. Aber die ist in Ordnung. Das Geld wird am Mittwoch zwischen elf und zwölf bei der Bank abgeliefert. Und wir werden es uns holen.» Sie stand auf. «Ich ersuche den Herrn

Sekretär, uns jetzt den Schauplatz genau aufzuzeichnen.»

Heck, der Sek, erhob sich und schob die Gemeindetafel rechts an den Tisch heran. Nachlässig zog er ein Stück Kreide aus der Tasche und zeichnete zwei parallele Linien auf die Tafel. Dann wandte er sich um und blickte die anderen bedeutsam an.

«Dies hier ist die Hauptstraße», erklärte er. Er fügte zwei weitere Linien hinzu. «Und das hier ist die Marktstraße, die in die Hauptstraße einmündet.» Er zeichnete ein Viereck, wo sich die beiden Straßen kreuzten. «Und das ist die Northern Counties Bank mit dem Eingang an der Marktstraße.» Er ließ das Stück Kreide in der hohlen Hand auf und ab tanzen und musterte die Klasse. «Irgendwelche Fragen?»

Heck wandte sich wieder zur Tafel um. «Hier in der Marktstraße», sagte er, «ist eine breite Einfahrt. Sie führt in einen großen Hof an der Rückseite der Bank. Die Lieferwagen fahren dort rein, liefern ihre Sachen am Hintereingang ab und haben dann Platz genug, um zu wenden und wieder rauszufahren. Aber dieser spezielle Lieferwagen, von dem hier die Rede ist, wird nicht wieder rausfahren, jedenfalls 'ne ganze Zeitlang nicht.»

Er verbeugte sich vor der Präsidentin, die sich daraufhin erhob. «Der Plan sieht so aus», begann sie. «Erstens: Holzbein wird in seiner Briefträgeruniform ab elf Uhr im Hof auf der Lauer liegen. Sobald der Lieferwagen in den Hof fährt, wird Holzbein am Hintereingang der Bank klingeln und die eingeschriebenen Briefe abgeben, die alle aufgerissen oder sonstwie beschädigt sein werden. Das ist als Ablenkungsmanöver gedacht. Zweitens: Sobald der Lieferwagen in den Hof gefahren ist, werden Heck, Langfinger, Willie Einauge und Wodka-Joe in einem geliehenen Wagen folgen, ihn in der Einfahrt parken, den Zündschlüssel rausziehen, die Handbremse anziehen, alle Türen abschließen und, wenn die Zeit reicht, bei ein oder zwei Reifen die Luft rauslassen, so daß die Einfahrt blockiert ist. Dann werden sie sich auf die Männer stürzen, die das Geld abladen, und es ihnen abnehmen. Drittens: In der Zwischenzeit ist Beefys Ersatzmann schon mit dem Lieferwagen genau vor dem Tor in der Marktstraße vorgefahren und parkt dort mit laufendem Motor. Heck, Langfinger, Willie und Joe haben sich inzwischen das Geld geschnappt. Sie werden aus dem Hof rennen, in den Lieferwagen springen, natürlich mit dem Geld unterm Arm, und Beefys Ersatzmann wird auf die Tube drücken und zu unserem geheimen Rendezvous rasen, wo ich euch erwarte.» Sie nahm einen Schluck Wasser. «Irgendwelche Fragen?»

«Und was wird aus mir?» fragte Holzbein prompt.

«Du bist nicht in Gefahr, du bist ja in Uniform. Niemand wird dich verdächtigen. Wenn die Bankangestellten erst merken, daß von dem Inhalt der aufgerissenen Briefe nichts fehlt, werden sie dich am liebsten umarmen.»

Beefy hatte alldem mit wachsendem Staunen zugehört. «Wer ist denn der Ersatzmann, Ida?» fragte er unterwürfig.

«Na, eben der, der mit dem Lieferwagen die anderen in der Marktstraße abholt», sagte Ida.

Schweigen.

Schließlich sagte Beefy: «Eigentlich würde ich ja doch ganz gern mitmachen.»

«O nein, Beefy», sagte Ida bestimmt. «Wir wollen niemand vom Pfad der Tugend abbringen.»

«Aber ich *möchte* doch so gern mitmachen», sagte Beefy.

Holzbein mischte sich ein: «So einen guten Fahrer wie Beefy werden wir nie wieder kriegen», erklärte er nachdenklich.

Ida tat, als überlege sie ernsthaft. Dann schüttelte sie den Kopf. «Nein, nein, ich möchte das nicht auf mein Gewissen nehmen.»

«Aber ich *will* mitmachen», sagte Beefy.

Lofty Langfinger, der auf den Sitzungen meist wenig sprach, gab jetzt zu bedenken: «Ist es denn wirklich so, daß wir was Ungesetzliches von Beefy verlangen? Schließlich fährt er doch nur den Lieferwagen. Ich meine, er klaut oder stiehlt ja nicht richtig.»

Ida blickte ihn gedankenvoll an. «Sobald es um moralische Fragen geht, gibt es niemand, dem ich lieber zuhöre als dir, Lofty», sagte sie. Mit ernstem Ausdruck beugte sie sich über den Tisch. «Meint ihr wirklich, Beefy würde dabei nichts Unrechtes tun?» Dann fügte sie entschlossen hinzu: «Also gut, Beefy, du kannst den Lieferwagen fahren.»

Beefy strahlte. «Ihr werdet sehen, ich werde den Wagen so schnell fahren wie kein anderer.»

8

Der Mittwoch begann alltäglich genug. Am Himmel breitete sich der Glanz der Morgensonne aus. Lerchen stiegen in die Lüfte und schraubten sich höher und höher ins dunstige Blau. In Danby erwachte das Leben mit dem tausendfachen Schrillen und Rasseln von Weckern. Verschlafene Augen öffneten sich, Hände schoben Bettdecken weg, Füße angelten nach Pantoffeln. Hände drehten Hähne auf und füllten Kessel mit Wasser, das aus einem fünfzig Kilometer entfernten See kam, schütteten in Teekannen getrocknete Blätter, die vom anderen Ende der Welt stammten, und in die Tassen Milch, die einmal Gras, Sonnenlicht und sanfter Regen auf englischen Wiesen gewesen war.

Ja, der Mittwoch begann alltäglich genug. Als John Adams, der Pfarrer, von der Früh-Kommunion nach Hause kam und die Eingangstür öffnete, schlug ihm ein so köstlicher Duft von Ham und Eggs und frischem Kaffee entgegen, daß er auf die Knie hätte sinken können, um Gott auch für diese Wohltat zu danken.

Dieses Gefühl der Dankbarkeit steigerte sich noch durch einen Brief des Architekten, den er auf dem Frühstückstisch vorfand. Die Dinge kamen nun endlich in Schwung. Bald konnten die Ausschreibungen an die Baufirmen hinausgehen, bald würden sich die papierenen Pläne in Ziegel und Mörtel und in eine schöne Wirklichkeit verwandeln.

Beim Frühstück stellte John Adams Überlegungen darüber an, wer wohl das niedrigste Angebot abgeben würde. Er hatte das dunkle Gefühl, es würde Amos Coldbarrow sein, und hoffte nur, daß ihm das erspart bliebe. Kein sympathischer Mann, dieser Amos. Ein guter Bauunternehmer, zweifellos, und sehr rührig; aber ein rotnasiger, unmäßig trinkender und wüst fluchender alter Sünder, der mit der Kirche nichts im Sinn hatte und sich nur auf astrologischen Mumpitz verließ. Wirklich eine Gestalt aus dem achtzehnten Jahrhundert, dachte John Adams, ein Mensch, der den Teufel fürchtete, für den aber Gott nicht vorhanden war.

Mit einem Seufzer der Befriedigung schob er das letzte knusprige, mit Orangenmarmelade bestrichene Stück Toast in den Mund, trank seinen Kaffee aus und ließ die Serviette auf den Tisch fallen. Mrs. Phillips trat ein. «War alles recht, Sir?» fragte sie.

«Alles ganz wunderbar! Vielen Dank, Mrs. Phillips.»

Sie schickte sich an, das Geschirr abzuräumen. «Wenn das übrigens so weitergeht, wird bald kein Geschirr mehr da sein, von dem Sie essen können», bemerkte sie spitz.

«Wieso?» fragte John Adams, obwohl er schon wußte, worauf das hinauslief.

«Diese Lizzie Tubb hat gestern schon wieder zwei Teller zerbrochen.»

«Ach, wirklich?»

Mrs. Phillips stützte die Hände auf die Hüften und sah ihn herausfordernd an.

Unverblümt sagte sie: «Wenn Sie möchten, daß ich bleibe, verlange ich, daß ich mir mein Personal selbst aussuchen kann.»

«Lizzie Tubb würden Sie sich also nicht aussuchen?»

«Auf keinen Fall.»

John Adams stand auf und ging, seine Pfeife stopfend, im Zimmer auf und ab. «Nun hören Sie mir einmal zu, Mrs. Phillips», sagte er schließlich. «Sie sind eine ausgezeichnete Haushälterin, und ich möchte Sie auf keinen Fall verlieren. Aber Lizzie Tubb ist eine arme alte Frau. Sie ist seit

Jahren bei mir. Sie hat schon bei dem alten Kanonikus Tumble gearbeitet und sogar schon bei dessen Vorgänger. Sie jetzt in ihrem Alter zu entlassen, wäre mehr als unchristlich. Und ich bin nicht bereit, das auch nur in Erwägung zu ziehen.» Er steckte sich die Pfeife zwischen die Zähne und sah seine Haushälterin ernst und entschlossen an.

«Dann kündige ich zum nächsten Ersten», sagte sie prompt.

Der Pfarrer zündete seine Pfeife an und warf das Streichholz in den leeren Kamin.

«Was haben Sie denn eigentlich gegen Lizzie Tubb, Mrs. Phillips?» fragte er.

«Ihre Untüchtigkeit. Ich kann Untüchtigkeit nun einmal nicht ausstehen.»

Der Pfarrer musterte die hagere, verbitterte Frau, die da vor ihm stand. «Wollen wir uns nicht ein andermal in Ruhe darüber unterhalten, wenn Sie etwas weniger gereizt sind?» schlug er vor.

«Ich muß doch sehr bitten, Herr Pfarrer», sagte Mrs. Phillips. Mit eisiger Miene nahm sie das Tablett und ging hinaus.

Doch John Adams schien, als hätte er einen flüchtigen Ausdruck des Bedauerns in ihren Zügen bemerkt, als sie die Kündigung ausgesprochen hatte. Er war daher nicht erstaunt, als sie etwas später am Vormittag in seinem Arbeitszimmer erschien und mit beflissener Sanftmut sagte: «Ich bin wohl vorhin leider etwas heftig gewesen, Sir.»

Ohne eine Miene zu verziehen, fragte der Pfarrer: «Dann wollen Sie Ihre Kündigung also zurücknehmen?»

«Wenn es gestattet ist, Sir.»

«Schon recht, Mrs. Phillips.» Betont wandte er sich wieder seiner Arbeit zu. Er wartete, bis sie an der Tür war, dann hob er den Kopf, legte den Füllfederhalter nieder und sagte: «Mrs. Phillips, ich möchte doch hoffen, daß Sie es jetzt nicht etwa darauf anlegen, Lizzie Tubb das Leben unerträglich zu machen, so daß sie nun selbst kündigt.»

Der Pfarrer und seine Haushälterin maßen sich schweigend.

«Ich bin schließlich kein Unmensch», sagte Mrs. Phillips.

«Aber eine ungewöhnlich zielbewußte Frau», sagte der Pfarrer.

Mrs. Phillips senkte den Kopf. Schweigend verließ sie das Zimmer. Der Pfarrer seufzte und wandte sich wieder den Korrekturfahnen des Gemeindeblattes zu.

Für Lizzie Tubb begann der Mittwochmorgen mit einem Alptraum. Sie lag unter ihrer grauen Decke und stöhnte im Schlaf. Über ihrem Kopf hing, umrankt von Geißblatt und Efeu in Kreuzstichmanier, ein rot gestickter Spruch: ‹Liebe deinen Nächsten!› Angst schnürte ihr die Kehle zu, und sie erwachte. Sofort mußte sie an Mrs. Phillips denken. Ein neuer

Tag war angebrochen. Ein neuer Tag, an dem man sie fühlen lassen würde, daß sie alt, ungeschickt und unnütz war. Ein neuer Tag voller Tadel und Vorwürfe. Mrs. Phillips!

Mr. Macmillan erwachte und dachte sogleich an überzogene Konten, Hypotheken, Aktien und Effekten. Welcher Tag war heute? Mittwoch. Nichts besonders Wichtiges auf dem Terminkalender, überlegte er. Ach ja, der Geldtransport.

Beefy begrüßte den Tag in bester Laune und sang vergnügt: «. . . aber der fröhlichste Mond im ganzen Jahr ist der fröhliche Monat Mai.» Er würde den Jungens helfen, ohne sich selbst auf krumme Sachen einzulassen. Er fuhr ja nur den Lieferwagen.

Es war noch nicht halb elf, als er bereits voller Eifer mit seinem Lieferwagen die Marktstraße entlangbrauste. Diesmal hatte die Firma einen grünen Wagen organisiert, ein feines Fahrzeug, leicht zu manövrieren.

Beefy hatte noch eine halbe Stunde Zeit und wußte nicht so recht, was er inzwischen anfangen sollte. Langsam fuhr er auf die Einfahrt zu, die in den Hof der Bank führte. Dort bog gerade ein anderer Lieferwagen ein, und Beefy mußte bremsen. Gerade wollte er wieder Gas geben, da erstarrte er. Ein Lieferwagen! Ein Lieferwagen, der in den Hof hineingefahren war! Und die Jungens kamen doch erst in einer halben Stunde.

Angestrengt dachte er nach. Dann parkte er seinen Lieferwagen, stieg aus und lief zitternd vor Aufregung in die Einfahrt hinein. Der andere Wagen hielt vor dem Hintereingang der Bank. Zwei Männer hoben große Kisten heraus und trugen sie hinein.

Beefy war außer sich. Da brachten sie, direkt vor seinen Augen, all das schöne Geld in Sicherheit! Er sah noch einmal rechts und links die Marktstraße hinunter. Keine Spur von den Jungens. Natürlich nicht, es war ja auch noch viel zu früh.

Doch dann geschah etwas Unerwartetes. Gerade als die beiden Männer die sechste Kiste zur Tür trugen, erschien ein Bankbote mit zwei Tassen Tee. Prompt setzten die beiden Männer die Kiste auf der Türschwelle ab, nahmen den Tee und begannen zu frühstücken. Beefy beobachtete sie heimlich. Dann zog einer der Männer eine zusammengefaltete Zeitung aus der Tasche und zeigte dem anderen einen Artikel auf der Sportseite, und ein lebhaftes Gespräch begann. Beefy fing einzelne Brocken auf: «Danby Rovers . . . Pokalspiel . . . haben nicht weich genug gespielt!» Beefy beobachtete sie. Er zitterte förmlich vor Aufregung.

Schließlich gingen die drei Männer in die Bank und ließen die Kiste auf der Schwelle stehen.

Katzenartig schlich sich Beefy in den Hof, spähte durch die Türöffnung in die Bank: die Luft war rein. Schnell bückte er sich, wuchtete sich die große Kiste auf die Schulter, wankte mit ihr aus dem Hof und verstaute sie unter den Augen eines gelangweilt zusehenden Polizisten in seinem Lieferwagen.

Hunderttausend Pfund sollten in den sechs Kisten sein. Nun, immerhin hatte er im letzten Augenblick noch eine davon erwischt. Wenn die Sache auch schiefgegangen war, er, Beefy, hatte sein Bestes getan. Ida und die Jungens konnten stolz auf ihn sein. Er hatte gerettet, was zu retten war.

Ängstlich blickte er in den Rückspiegel, als er anfuhr. Nein, der Polizist stand immer noch gelangweilt vor der Einfahrt. Aber der Verkehr wurde jetzt dichter. Er mußte langsam fahren. Dann näherte sich von hinten eine schwarze Limousine. Plötzlich erkannte Beefy den Fahrer: Es war Heck. Beefy hupte wie wahnsinnig, winkte und fuhr an den Bürgersteig. Die schwarze Limousine hielt hinter ihm, und die Jungens sprangen heraus und kamen angerannt. «Ja, wo zum Teufel fährst du denn hin?» fragte Heck wütend.

«Ich hab das Geld», sagte Beefy, «das heißt, 'nen Teil. Sie sind zu früh gekommen.»

«Was, du hast das Geld?» fragte Langfinger atemlos.

«Ja, sie sind zu früh gekommen, versteht ihr, und ich hab gerade noch die letzte Kiste erwischt.»

«Und was stehst du dann hier noch so saublöd herum?» schrie Heck. «Fahr doch bloß los, du Idiot. Sonst haben wir gleich die ganze Polente von Danby auf dem Hals.»

Beefy startete den Lieferwagen und gab Gas. Gekränkt schob er die Unterlippe vor. Heck hätte ihn schließlich nicht anzubrüllen brauchen. Wenn er nicht so früh dagewesen wäre und die Sache in die Hand genommen hätte, dann hätten sie das Nachsehen gehabt.

In seinem Rückspiegel war noch immer kein Polizeiauto zu sehen, nur die schwarze Limousine. Sie kam näher, überholte ihn, raste vorbei und war im Nu außer Sicht.

Bald hatte er die Stadt hinter sich gelassen und brauste die Landstraße entlang. Glücklich beobachtete er, wie die Tachonadel zwischen achtzig und neunzig hin und her schwankte. Die Luft war noch immer rein.

Schließlich tauchte vor ihm die einsame alte Scheune auf, die Ida als Treffpunkt bestimmt hatte; ein verfallener Ziegelbau, von überhängenden Zweigen und Gebüsch halb verdeckt. Ein ideales Versteck. Er bog bei einem morschen Gatter ein und holperte ein paar Meter über einen zerfurchten Feldweg. Die Scheunentore standen offen, und er fuhr hinein.

Er hatte kaum den Motor abgestellt, da stürzten Heck und die Jungens herbei, ließen die Klappe des Laderaumes herunter und ergriffen die

Kiste. Sie stellten sie vor Ida auf den Boden hin und hoben den Deckel ab.

Quälende Stille. Beefy stapfte näher und sah, wie sie alle entgeistert in die große Kiste starrten.

Das Schweigen schien kein Ende zu nehmen. Dann war es Heck, der aufstöhnte: «Sammelbüchsen, verfluchte, saublöde Sammelbüchsen.»

Ida nahm wortlos den Deckel hoch und las jetzt mit gebrochener Stimme die Aufschrift vor: «Mr. Edward Macmillan, ehrenamtlicher Schriftführer der Gesellschaft zur Hilfe bedürftiger Bankangestellter, per Adresse Northern Counties Bank, Danby.»

Allgemeines Schweigen. Zuoberst in der Kiste lag ein Frachtbrief: ‹6 Kisten, Inhalt: 180 Sammelbüchsen, 50000 Anstecknadeln für die Straßensammlung am 3. Mai.›

Beefy war zerschmettert. «Es tut mir schrecklich leid», sagte er tonlos.

Ida blickte auf ihre Armbanduhr. «Zwölf Uhr», sagte sie, «inzwischen haben sie das Geld im Tresor.»

Fünf Schulterpaare sackten zusammen. Keiner antwortete.

«Ich hab gedacht, sie wären zu früh gekommen», murmelte Beefy verzweifelt und schluckte.

Drückendes Schweigen. Gewitterschwüle. Beefy war auf Blitz und Donner gefaßt. Heck musterte ihn kalt und verächtlich. Wodka-Joe nahm eine drohende Haltung ein.

In diesem Augenblick erschien ein Kopf in der Türöffnung, der Kopf eines Landgendarmen. Wahrscheinlich war es das erste Mal in Beefys Leben, daß ihn der Anblick eines Polizisten froh stimmte.

«Was geht hier vor?» fragte der Hüter des Gesetzes.

Ida riß sich zusammen. Geistesgegenwärtig sagte sie: «Oh, wir machen hier nur ein kleines Picknick, Herr Wachtmeister», und sah ihn strahlend an.

Der Gendarm strich sich über den Schnurrbart. «Wo haben Sie denn Ihren Proviant?» fragte er mißtrauisch.

Ida klopfte auf den Deckel der Kiste. «Hier drin», sagte sie.

Der Gendarm kam in die Scheune herein. «Hier dürfen Sie aber nicht picknicken», sagte er, «dieses Gebäude ist Privatbesitz.»

Ida sah ihn mit einem Augenaufschlag an und säuselte: «O du liebe Güte, Herr Wachtmeister, das haben wir ja nicht ahnen können. Entschuldigen Sie nur, es tut uns schrecklich leid. Kommt, Jungens, wir müssen uns einen anderen Picknick-Platz suchen.»

Unter dem strengen Blick des Gendarmen verstauten sie die Kiste im Lieferwagen. Dann verteilten sie sich auf die beiden Fahrzeuge und fuhren, dem Hüter des Gesetzes freundlich zuwinkend, davon.

Geknickt saßen sie da und starrten vor sich hin, aber plötzlich hatte Ida eine Erleuchtung: «Jungens», sagte sie, «da gibt's nur eins: wir müssen die Straßensammlung selber veranstalten. Alle haben sich am Sonnabend, dem 3. Mai, um neun Uhr bei mir zu melden. Sammelbüchsen sind mitzubringen.»

Im schnellen Tempo fuhren sie der Stadt zu.

Beefy hatte die Vorwürfe der anderen geduldig über sich ergehen lassen. Doch schon am nächsten Tag hatte er andere Sorgen. Lizzie brachte ihm einen Brief von Sally, den ihm Holzbein vorlas. Sally schrieb, daß sie am Sonnabend, dem 10. Mai, in Danby zu sein hoffe. Ihr Zug treffe um 16.20 Uhr ein. Ob Beefy sie wohl abholen würde? Da sie nichts mehr von ihm gehört habe, nähme sie an, der Pfarrer brauche noch immer eine Haushälterin.

Beefy war in höchster Aufregung. Sally – endlich kam sie. Aber die Stelle, die sie übernehmen wollte, war besetzt. Er erinnerte Holzbein an sein Versprechen. Doch dieser beruhigte ihn: «Keine Angst», sagte er, «das erledigen wir schon.»

Seit einigen Monaten konzentrierte sich die Aufmerksamkeit ganz Englands auf Danby. In den Kämpfen um den Pokal der Fußballiga hatten die *Danby Rovers* Runde nach Runde gewonnen; und auch im Semifinale hatten sie gesiegt. Nun sollten sie am Sonnabend, dem 26. April, in Wembley zum Pokalendspiel gegen die *Bolton Kickers* antreten. Die Spannung grenzte inzwischen ans Unerträgliche. Die Sportberichterstatter schrieben sich mit Prognosen die Finger wund. Die Frauenzeitschriften interviewten die Frauen der gegnerischen Mittelstürmer und verrieten deren Kochrezepte. Die Eintrittskarten für das Pokalendspiel waren seit Wochen ausverkauft. Am Sonnabendmorgen verließen mehrere Sonderzüge unter allgemeinem Jubel und dem Tuten von Trompeten und Signalhörnern den Bahnhof von Danby in Richtung Wembley.

John Adams begab sich sofort nach dem Frühstück in sein Arbeitszimmer und begann seine Predigt zu verfassen, in die er einige Hinweise auf die segensreichen Wirkungen des Sports im allgemeinen einzuflechten gedachte. Doch kaum hatte er seine Pfeife gestopft, klopfte es an der Tür und Mrs. Phillips trat ein. Was mochte Lizzie Tubb nun schon wieder angestellt haben?

Aber es ging nicht um Lizzie Tubb. «Entschuldigen Sie, daß ich Sie störe, Sir», sagte Mrs. Phillips. «Aber ich habe gerade einen Brief erhalten. Meine Schwiegertochter hat gestern ein Söhnchen bekommen. Wäre es möglich, daß ich mir heute einen freien Tag nehme? Ich würde Ihnen eine kalte Platte hinstellen, wenn Ihnen das recht ist.»

Sie stand steif und ausnahmsweise einmal etwas verlegen vor ihm. Offensichtlich fiel es ihr nicht leicht, um etwas bitten zu müssen. Der

Pfarrer konnte sich einen kleinen Scherz nicht verkneifen: «Ihre Schwiegertochter wohnt nicht zufällig in Wembley, Mrs. Phillips?»

Einen Augenblick lang sah ihn die Haushälterin verdutzt an. Dann sagte sie säuerlich: «Für Fußball habe ich mich noch nie interessiert.»

«Da haben Sie ganz recht», sagte der Pfarrer lebhaft. «Wenn es Rugby wäre! Aber natürlich kann ich Sie heute entbehren. Hoffentlich haben Sie einen netten Tag.»

Mühsam rang sie sich ein «Vielen Dank, Sir» ab.

Der Pfarrer wandte sich wieder seinem Predigtkonzept zu, doch kurz darauf öffnete sich die Tür aufs neue. Mrs. Phillips, in dunkelblauem Kostüm und streng geschlossener weißer Hemdbluse, kam herein. «Ich darf jetzt wohl gehen, Sir», sagte sie.

«Auf Wiedersehen, Mrs. Phillips. Viel Vergnügen.»

Eine Minute später hörte er, wie die Haustür hinter ihr ins Schloß fiel.

John Adams wollte sich eben seine Pfeife anzünden, da hörte er, wie sich schlurfende Schritte seinem Zimmer näherten. Ein zaghaftes Klopfen ertönte. «Herein», rief er resigniert.

Die Tür ging auf, und das rundlich-runzlige Gesicht von Lizzie Tubb erschien. Ängstlich sah sie ihn durch ihre dicken Brillengläser an. «Störe ich?»

«Sie stören mich doch nie, Lizzie», sagte er und versuchte seine Stimme so freundlich wie möglich klingen zu lassen. «Was gibt es denn?»

Sie kam ins Zimmer und starrte angestrengt, wie alle Kurzsichtigen, nach rechts und links. Sie ging gebückt, ihre Arme hingen nach vorn, als trüge sie einen Wäschekorb. John Adams beobachtete sie und zog einen Sessel für sie heran. «So setzen Sie sich doch, liebe Lizzie», sagte er freundlich.

Schüchtern und unbeholfen ließ sie sich auf der Kante des Sessels nieder.

«Also, Lizzie, wo fehlt's denn?» fragte er.

Sie schluckte. «Ich bin hier, um zu kündigen», sagte sie.

«Nanu, Lizzie, das werden Sie mir doch nicht antun. Oder gefällt es Ihnen nicht mehr bei mir?»

Sie suchte angestrengt nach Worten. «*Das* ist es nicht. *Sie* waren immer nett zu mir, immer.»

«Was ist es denn dann?»

Hinter ihren dicken Brillengläsern sah er jetzt Tränen.

«Ich bin nicht mehr die Jüngste, Herr Pfarrer. Ich schaff es nicht mehr», murmelte sie.

«Davon merke ich aber gar nichts, Lizzie. Wollen Sie es sich nicht doch noch einmal überlegen? Sie wollen mich doch nicht im Stich lassen, wo es durchaus sein kann, daß Mrs. Phillips nicht mehr lange bei mir bleibt.»

Er sah, wie eine leise Hoffnung in ihren Augen aufschimmerte, aber sie wiederholte nur: «Ich schaff es nicht mehr.»

Menschen wie Lizzie, dachte der Pfarrer, schienen es nicht über sich zu bringen, ihre Peiniger bloßzustellen. «Überlegen Sie sich's doch noch einmal, Lizzie», sagte er. «Sie würden mir sehr fehlen. Aber jetzt trinken wir erst einmal eine Tasse Tee zusammen. Dann sieht die Welt schon ganz anders aus. Warten Sie hier, Lizzie», sagte John Adams und lief in die Küche, um zwei Tassen Tee aufzugießen, stark und mit sehr viel Zucker. Er kehrte zurück und drückte ihr eine Tasse in die Hand.

«Sie sind immer so gütig, Herr Pfarrer», sagte Lizzie stammelnd.

Er legte seine Hand auf ihre Schulter. «Warum sollte ich denn nicht nett zu Ihnen sein? Schließlich haben Sie die ganze Zeit über für mich gesorgt, als ich noch keine Haushälterin hatte.»

Lizzie lächelte verlegen. «Ich geh jetzt», sagte sie. «Ich wasch rasch noch die Tassen da ab.»

Er hörte, wie sie mit den klirrenden Tassen durch den Flur zur Küche schlurfte. Dann wandte er sich wieder seiner Predigt zu. Der Tag ging weiter.

Am Nachmittag saß alles, was in Danby zurückgeblieben war, mit gebanntem Blick vor dem Fernsehapparat. Leere Autobusse kreuzten durch verödete Straßen. Ampeln schalteten von rot auf grün und regelten einen nicht vorhandenen Verkehr. Dann zerriß ein einziger langer triumphierender Schrei den Nachmittag der schweigenden Stadt. Eine Minute vor Schluß des Spiels hatten die *Danby Rovers* das entscheidende Tor geschossen. Der Pokal war gewonnen.

Das sonst so nüchterne Danby war an diesem Abend nicht wiederzuerkennen. Die Menschen tanzten auf den Straßen. Dem barhäuptigen Nelson auf der Straßenkreuzung hatten junge Burschen einen Zylinder aufgesetzt. Die Sonderzüge aus Wembley spien siegestrunkene Heimkehrer aus, die jubelnd in alle Richtungen davonstoben. Der Pokal wurde im Triumphzug durch die lärmenden Straßen getragen.

Im Pfarrhaus dagegen herrschte friedliche Stille. John Adams war über seinem Predigtkonzept eingeschlafen. Da klopfte es gebieterisch an der Haustür. Erschrocken fuhr der Pfarrer auf, öffnete und war noch erschrockener, als er sich einem Polizisten gegenübersah.

«Guten Abend, Sir», sagte der Beamte, «kennen Sie diese Dame?»

Der Pfarrer starrte in die Dunkelheit hinaus und glaubte seinen Augen nicht zu trauen. «Ja, selbstverständlich», sagte er nach Luft schnappend, «es ist meine Haushälterin.» Aber was war nur Mrs. Phillips zugestoßen!

Mit vereinten Kräften trugen sie sie auf das Sofa im Wohnzimmer. «Ich fand sie am Marktplatz, Sir», sagte der Polizist. «Eigentlich wär ja 'ne Anzeige fällig. Aber – na ja, heute ist ja 'n Ausnahmetag, nicht wahr?»

«Sehr gütig, daß Sie von einer Anzeige absehen wollen», sagte der Pfarrer ernst. «Hat sie denn unliebsames Aufsehen erregt?»

«Das kann man wohl sagen. Mindestens hundert Leute sind um sie herumgetanzt.»

«Du lieber Himmel», sagte der Pfarrer und begleitete den Freund und Helfer an die Haustür. «Versprechen Sie mir nur, daß Sie in der Sache nichts mehr weiter unternehmen.»

«Aber gewiß, Sir. Gute Nacht.»

«Gute Nacht, Herr Wachtmeister. Und vielen Dank.»

John Adams ging ins Wohnzimmer zurück und betrachtete seine Haushälterin.

Zusammengesunken saß sie auf dem Sofa, die Beine weit von sich gestreckt. Auf ihren Kopf war ein verwegenes Papierhütchen in den Farben der *Danby Rovers* gestülpt. In der einen Hand hielt sie eine Rassel, in der anderen eine leere Whiskyflasche.

Mrs. Phillips war volltrunken.

«Der Himmel steh mir bei», sagte John Adams. Er war völlig ratlos und sah nur einen Ausweg. Er ging in die Nacht hinaus und holte Lizzie Tubb ins Pfarrhaus. Denn wer sollte sie sonst auskleiden und zu Bett bringen, dachte er.

Am nächsten Morgen erwartete ihn ein hübsch gedeckter Frühstückstisch: ein bräunliches gekochtes Ei unter einem Eierwärmer, eine Kanne Tee unter einem Teewärmer, dünne, dick mit Butter bestrichene Schwarz- und Weißbrotscheiben, Orangenmarmelade, Erdbeergelee und Honig.

Und neben seinem Teller lag ein Briefchen. «Sehr geehrter Herr Pfarrer, hiermit reiche ich meine sofortige Kündigung ein. Unter den gegebenen Umständen liegt es wohl im beiderseitigen Interesse, auf die ursprünglich vereinbarte Kündigungsfrist von einem Monat zu verzichten. Ihre sehr ergebene Mary Phillips.»

John Adam las den Brief. Dann köpfte er zufrieden und erleichtert sein Ei. Eine unerforschliche Fügung hatte es ihm erspart, selbst die Kündigung auszusprechen. Er schenkte sich gerade genießerisch seine zweite Tasse Tee ein, da klopfte es und Mrs. Phillips trat ins Zimmer. Sie wirkte erstaunlich frisch und gepflegt, wenn auch etwas blaß. Im übrigen zeigte sie nicht die geringste Spur von Verlegenheit.

«Guten Morgen, Sir», begrüßte sie ihn. «Darf ich Ihnen noch etwas Tee bringen?»

«Nein, vielen Dank, Mrs. Phillips.» Ihre Gelassenheit reizte ihn. «Ich habe Ihren Brief gelesen», sagte er. «Ich nehme Ihre Kündigung an. Und ich bin ganz Ihrer Meinung, daß unter den gegebenen Umständen die Einhaltung der einmonatigen Kündigungsfrist für alle Beteiligten nur peinlich wäre.»

Sie neigte den Kopf. «Ich bedaure den Vorfall von gestern abend», sagte sie kühl.

«Bitte, sprechen wir nicht mehr davon. Machen Sie es sich nicht unnötig schwer. Ich bin sicher, Sie bereuen den Vorfall.»

«Im Gegenteil», sagte sie bestimmt. «Mein Verhalten bereue ich in keiner Weise.»

John Adams blickte sie entgeistert an. So etwas von Unverfrorenheit war ihm noch nicht vorgekommen.

Mrs. Phillips fuhr fort: «Sie werden mir vermutlich nicht glauben, wenn ich Ihnen sage, daß ich mich bei der Rückkehr von meiner Schwiegertochter von einer Bande von Rohlingen umringt sah. Einer – einer umfaßte mich von hinten und hielt mir die Nase zu, und ein anderer flößte mir mindestens eine halbe Flasche Alkohol ein, wie ich annehme Whisky. Dann haben sie mich offenbar als Fußballfan verkleidet und auf dem Marktplatz stehen lassen. Ich erinnere mich noch vage daran, daß man später wie wild um mich herumtanzte.»

«Ja, um Gottes willen. Kannten Sie einen von diesen Männern?»

«Wie sollte ich. Der eine war groß und hatte lange schwarze Koteletten, und einer hatte, glaube ich, ein Holzbein. Aber ich bezweifle, ob ich einen von ihnen identifizieren könnte. Sie haben natürlich keinerlei Anlaß, mir zu glauben», schloß sie.

John Adams ging zum Kamin hinüber, nahm seine Pfeife aus dem Ständer und klopfte den Pfeifenkopf nachdenklich auf seinem Handteller aus.

«Ich glaube Ihnen schon, Mrs. Phillips», sagte er ruhig. «Aber viele Gemeindemitglieder würden das wohl nicht tun. Ich fürchte, dieses nächtliche Vorkommnis macht Sie für mich als Haushälterin untragbar.»

«Dessen bin ich mir bewußt», sagte sie. «Deshalb habe ich auch von mir aus gekündigt und Ihnen erst danach von diesem unwürdigen Vorfall erzählt.»

«Ich weiß Ihre Haltung zu schätzen.» Er schwieg einen Augenblick. «Mrs. Phillips», fuhr er dann fort, «ich halte es nur für fair, Sie wissen zu lassen, daß ich Sie ohnehin bitten wollte zu gehen. Ich hatte das Gefühl, daß ich mich zwischen Ihnen und Lizzie Tubb entscheiden müßte. Sie sind zwar eine ausgezeichnete Haushälterin, aber Lizzie Tubb zu entlassen – das kommt für mich nicht in Frage.»

Mrs. Phillips verzog verächtlich den Mund und rümpfte die Nase. «Sicher hat sie sich über mich beschwert», sagte sie.

Ganz wider ihr Erwarten fuhr sie der Pfarrer scharf an. «Sie hat sich *nicht* beschwert, sondern nur gesagt, sie schaffe es nicht mehr. Und den Grund dafür glaube ich zu kennen.»

Schweigen.

Dann ging John Adams, einer spontanen Eingebung folgend, zu ihr hinüber und streckte ihr die Hand entgegen. «Leben Sie wohl und vielen Dank, daß Sie mich so gut versorgt haben. Es tut mir leid, daß die Dinge so gelaufen sind.»

Sie ignorierte seine Geste, blickte ihn starr an und sagte: «Darf ich noch eine Frage an Sie stellen, Herr Pfarrer?» Sie holte tief Atem. «Wer – wer hat mich gestern abend zu Bett gebracht?»

«Lizzie Tubb», sagte John Adams.

Jetzt schien sie die Fassung zu verlieren. In dem Zucken um ihre Mundwinkel lag Haß. «*Das* hätten Sie mir wohl ersparen können», sagte sie, drückte mit einem heftigen Ruck die Klinke herunter und ging aus dem Zimmer. Eine halbe Stunde später, gerade als die Glocken zum Frühgottesdienst riefen, hörte John Adams, wie sie die Haustür knallend zuschlug.

In der Gemeinde von St. Judas machte die Geschichte von der Haushälterin des Pfarrers bald die Runde und nahm wie eine Lawine immer ungeheuerlichere Ausmaße an.

«. . . zerschmetterte eine Whiskyflasche auf dem Kopf eines Polizisten. Sechs Klammern brauchten sie für die Wunde.»

«. . . kletterte auf das Denkmal und setzte Nelson die Flasche an die Lippen. Dabei fluchte sie wie ein Matrose, weil er nicht trinken wollte.»

«. . . sechs Polizisten waren nötig, um sie herunterzuholen.»

«. . . aus dem *Fröhlichen Anker* wurde sie hinausgeworfen.»

Lizzie aber sagte zu Beefy: «Mrs. Phillips war am Sonnabend in einem jämmerlichen Zustand. Sie hat mir direkt leid getan.»

«Das kommt davon, wenn einer Schnaps trinkt. Ich kann das Zeug auch nicht vertragen», meinte Beefy etwas kleinlaut.

Am Montagmorgen sagte der Pfarrer, als er Lizzie beim Schrubben des Vorflurs antraf: «Lizzie, Sie müssen sich jetzt ein bißchen um mich kümmern, bis ich eine neue Haushälterin habe.»

Ein Paar dankbare Augen blickten zu ihm auf. «Heißt das – ich meine, ist sie weg?»

«Ja», seufzte John Adams in wehmütigem Gedenken an Mrs. Phillips Kochkünste. «Nun bleiben Sie doch, nicht wahr?» fragte er.

«Gern, Herr Pfarrer.» Sie richtete sich auf. «Ich weiß von 'ner Pfarrershaushälterin, die nach 'ner Stellung sucht», sprudelte sie hervor.

«Ist das wahr?» fragte er aufgeregt. «Wer ist es? Wo ist sie?»

«Sie ist 'ne Cousine oder Tante von jemand, den ich kenne. Wohnt außerhalb. Übernächsten Sonnabend kommt sie nach Danby.»

«Lizzie, Sie sind ein Schatz», sagte John Adams. «Kann ich Ihre Freundin einmal sprechen? Wo wohnt sie?»

«Es ist keine sie, es ist 'n er. Er wohnt – ich weiß nicht so genau wo», fügte sie hastig hinzu. «Aber er kommt sicher gern zu Ihnen.»

Zwei Stunden später stand Beefy, einigermaßen sauber gewaschen, in seinem Trikot vor dem Pfarrer, der ihn erstaunt musterte.

«Lizzie Tubb hat mir erzählt, daß eine Verwandte von Ihnen eine Stellung als Haushälterin sucht?» sagte er.

«Jawohl», sagte Beefy.

«Lizzie sagt, sie käme nächste Woche nach Danby?»

«Jawohl», sagte Beefy.

«Glauben Sie, sie könnte mir die Wirtschaft führen?»

«Deshalb kommt sie ja», sagte Beefy.

«Nanu», sagte der Pfarrer noch erstaunter. «Woher weiß sie denn, daß ich keine Haushälterin mehr habe und eine neue suche?»

«Das war vorher», erklärte Beefy.

«Was war vorher und wovor?»

«Vor dem, daß sie kommt.»

Der Pfarrer wußte nicht recht, was er davon halten sollte. «Ich glaube, es ist besser, ich spreche direkt mir Ihrer Verwandten», sagte er. «Würden Sie sie zu mir bringen, sobald sie da ist? Wie kann ich mich notfalls mit Ihnen in Verbindung setzen, wo wohnen Sie?» fragte er.

«Ja, hm», stammelte Beefy verlegen, «das heißt – Sie können's Lizzie sagen, wenn Sie mich brauchen», schloß er dann hastig.

Der Pfarrer sah ihm nach, als er ging. Nicht auszudenken, wenn die Sache klappte! Aber warum tat der Mann so geheimnisvoll, wenn man ihn nach seiner Adresse fragte? Man konnte nur hoffen, daß seine Verwandte etwas heller und vor allem eine geeignete Haushälterin war. Sehr zuversichtlich war John Adams freilich nicht.

9

Ein klarer, windiger Tag: Sonnabend, der 3. Mai. In Danby konnte man sich vor Abzeichenverkäufern nicht mehr retten. Es gab kein Entrinnen. Sie beherrschten alle strategischen Punkte der Stadt. Wenn Edward Macmillan sich einer Sache annahm, dann tat er es gründlich.

Aber dieser Sammeltag unterschied sich von anderen: Mr. Macmillan hatte mehr Helfer, als er ahnte. Amos Coldbarrow, der Baumeister und

Unternehmer, bemerkte eine üppige rothaarige Dame, die ihn bezwingend anlächelte. Geizig wie er war, versuchte er, ihr durch ein Ausweichmanöver zu entkommen. Jedoch zu spät.

«Sie werden doch ein Abzeichen kaufen?» fragte die Walküre.

Amos zog grunzend drei Pennies hervor.

«Aber, aber, mein Herr», sagte die Dame tadelnd. «Ein bißchen mehr können Sie doch wohl entbehren, habe ich recht?»

Mr. Coldbarrow fiel plötzlich ein, was er beim Frühstück in der Morgenzeitung gelesen hatte: 3. Mai. Für alle im Zeichen des Stiers Geborenen ein günstiger Tag, um sich Freunde zu machen und auf ihre Mitmenschen Einfluß zu gewinnen. Bemühen auch Sie sich, großzügig zu sein.

Er ließ die Münzen verschwinden und stopfte mit schmerzlichem Gesichtsausdruck eine Zehn-Shilling-Note in die Büchse. Ida schlenderte weiter.

Nun ja, es war nicht gerade das, was sie sich unter einem profitablen Coup vorstellte, aber ein paar Pfund würden schon zusammenkommen. Außerdem hatte sie auf diese Weise Gelegenheit, ihr Organisationstalent zu beweisen. Sie hatte einen wohlüberlegten Plan entworfen. Alte, abgelegte Kleider aus einer Sammlung für den bevorstehenden Kirchenbasar, die die Pfadfinder im Gemeindehaus von St. Judas abgeliefert hatten, kamen ihr dabei sehr zustatten. Heck fuhr in einem «geborgten» Wagen nach einem genau festgelegten Zeitplan durch die Stadt: Zu jeder vollen Stunde passierte er das Rathaus, fünf Minuten danach die Marktstraße, fünfzehn danach Woolworth und so weiter. Idas Sammler konnten sich also mit ihrer Spendenaufforderung so lange Zeit lassen, bis der Wagen vorbeikam – eine sichere Sache, weil sie ja wußten, daß Heck pünktlich da sein würde, um mit ihnen ins Gemeindehaus von St. Judas zu rasen. Dann ein schneller Kostümwechsel aus dem Vorrat für den Kirchenbasar – und auf ging es zu neuen Sammelstellen an Hecks Route.

Aber Mr. Macmillan hatte an diesem Morgen der Polizei den Verlust der Kiste gemeldet. Man rechnete deshalb damit, daß sich unberufene Elemente in die Sammelaktion eingeschaltet hatten. Da jedoch Mr. Macmillan mit hundertfünfzig Büchsen sammeln ließ, Ida aber nur mit sechs, wurde die Polizei, nachdem sie drei unbescholtene Bürger Danbys versehentlich verhaftet hatte, so hysterisch, daß man jetzt, wie Wachtmeister Moggs es ausdrückte, selbst Nelson dingfest gemacht hätte, hätte er eine von diesen Sammelbüchsen bei sich gehabt.

Beefy war in seinem Element. «Helft den bedürftigen Bankangestellten!» schrie er vergnügt. «Helft den Bedürftigen!» Über seinem gestreiften Trikot trug er einen viel zu großen schwarzen Mantel mit einem Krimmerkragen. Sein rötliches Haar war unter einer modischen Kordsamtmütze versteckt. Auf der Nase hatte er eine Sonnenbrille.

Die Rathausuhr schlug drei. In knapp fünf Minuten war Heck fällig. Ungeduldig sah Beefy sich nach einem geeigneten Opfer um. Und zu seiner Freude kam auch gerade ein großer, seriös und wohlhabend aussehender Mann auf ihn zu.

Beefy trat einen Schritt vor. «Helft den bedürftigen Bankangestellten», rief er.

Der Mann wies schweigend auf das Abzeichen an seinem Revers. Ihm war an diesem Nachmittag nicht nach überflüssigen Gesprächen zumute. Mr. Macmillan war in schwärzester Stimmung.

Da war die Geschichte mit den fehlenden dreißig Sammelbüchsen. Er hatte sich deswegen bereits mit der Hauptverwaltung in Verbindung gesetzt, und man hatte ihm versichert, daß ihm das ganze angeforderte Kontingent zugegangen war. Solche Unstimmigkeiten waren gar nicht nach seinem Geschmack. Diese Blamage vor der Hauptverwaltung hätte er sich ersparen können, wenn das Personal ihm das geheimnisvolle Verschwinden der Kiste sofort gemeldet hätte. Er war sich wie ein Idiot vorgekommen. Und zudem hatte er den ganzen Vormittag damit zugebracht, Anrufe von der Polizei zu beantworten. Nun war er selbst auf die Straße gegangen, um einmal nach dem Rechten zu sehen.

Der Mann im Krimmermantel kam ihm verdächtig vor, aber in diesem Augenblick lief er auch schon an ihm vorbei und sprang in eine eben an den Bordstein heranfahrende Limousine, die rasch davonfuhr.

Da stimmte etwas nicht. Mr. Macmillan schrieb sich sorgfältig die Nummer auf. Dann sah er sich nach einem Polizisten um. Aber es war keiner in Sicht. Schnell ging er zur Bank zurück und rief die Polizeiwache an.

Ida und Holzbein saßen auf dem Rücksitz der Limousine; zu ihren Füßen lagen volle Sammelbüchsen. Keuchend sagte Beefy: «Das da war dieser Bankdirektor.»

«Hat er dich wiedererkannt?» fragte Ida aufgeregt.

«Ich weiß nicht», sagte Beefy. «Gesagt hat er nichts.»

«Nun hört mal zu», sagte Ida. «Der schreibt sich bestimmt beim leisesten Verdacht die Wagennummer auf und ruft die Polizei an. Und bevor wir noch bis drei zählen können, wird die Stadt von Polizeiwagen wimmeln.»

Sie fuhren weiter, alle schwiegen bedrückt. Die Rathausuhr schlug eben Viertel, sie hielten vor Woolworth, und Lofty Langfinger stieg ein. «Mach schnell, die Polizei ist uns auf den Fersen», sagte Ida. «Sie haben wahrscheinlich unsere Nummer.»

Langfinger griff nach dem Türdrücker. «Da steig ich lieber wieder aus», sagte er.

«Wir steigen besser alle aus», meinte Heck.

«Nein, das tun wir nicht», sagte Ida entschlossen. «Das erregt nur Aufsehen. Nein», erklärte sie, «Heck soll uns in eine ruhige Seitenstraße fahren, wo wir alle unbeobachtet verduften können. Alle, außer dem Fahrer natürlich. Der muß weiterfahren, um die anderen zu warnen, und dann den Wagen möglichst weit draußen abstellen.»

Sie fuhren jetzt die Derby-Straße entlang und sahen zu ihrem Entsetzen, daß ihnen ein Polizeiwagen entgegenkam. Heck konnte eben noch in eine Seitenstraße abbiegen. Durch das Rückfenster beobachteten sie, wie der Polizeiwagen vorbeisauste. Dann trat Heck so scharf auf die Bremse, daß der Wagen sich fast auf die Hinterräder gestellt hätte. «Es hat keinen Zweck», keuchte er. «Ich kann nicht weiter. Ich hab wieder einen dieser Anfälle.»

«Nanu, was denn für Anfälle?» fragte Holzbein erstaunt.

Ida trat ihm kräftig gegen das Schienbein. «Frag nicht so dumm», sagte sie, «es ist sein Herz. Er kann dann nicht mehr fahren, wenn so ein Anfall kommt. Eh man noch weiß, was los ist, ist er bewußtlos, und der Wagen klebt am nächsten Laternenpfahl.»

«Hier wär eigentlich kein schlechter Platz zum Aussteigen», meinte Langfinger. «Schön einsam hier.»

«Aber irgend jemand muß jetzt ans Steuer», sagte Ida entschlossen. «Irgend jemand mit kühlem Kopf und ein bißchen Grips.»

«Ich wünschte, ich könnte fahren», sagte Holzbein.

«Ich würde es selbst machen», sagte Ida, «aber mein Führerschein ist nicht mehr gültig.»

Sie warteten. Sie wußten, sie würden nicht umsonst warten.

Endlich sagte Beefy: «So 'n Rolls wollt ich schon immer gern mal fahren. Also laß mich mal ran.»

Aber nicht nur der elegante Wagen, sondern noch etwas anderes war für ihn ausschlaggebend. Schließlich war es seine Schuld gewesen, daß sie überhaupt eine Straßensammlung hatten organisieren müssen. Wenn er nicht die falsche Kiste erwischt hätte, könnten sie jetzt alle im eigenen Rolls herumfahren und dem Chauffeur sagen, er solle aussteigen und den armen Abzeichen-Verkäufern ein paar Shillinge in die Büchse stecken. Die Schande lastete schwer auf ihm. Und hier bot sich nun eine Gelegenheit, diesen schrecklichen Fehler wiedergutzumachen.

«Macht es dir wirklich nichts aus, Beefy?» fragte Ida heuchlerisch-besorgt.

Heck preßte noch einmal die Hand aufs Herz und stöhnte entsetzlich auf.

«Geht schon in Ordnung», sagte Beefy. «Verduftet. Ich übernehm den Wagen.»

Drei Autotüren wurden aufgerissen. Beefy blieb allein im Wagen zurück. «Alles Gute, Beefy», rief ihm Ida nach. Beefy sah noch, wie Heck hastig die Straße entlanglief. Hoffentlich schadet es ihm nicht, dachte er etwas überrascht. Er hatte immer geglaubt, daß man sich mit einem kranken Herzen vorsichtig und langsam bewegen müsse.

Er trat auf den Gashebel. Zuerst mußte er Wodka-Joe und Einauge finden, dann den Wagen loswerden und sich selbst aus dem Staub machen.

Aber schon nach kurzer Fahrt entdeckte er einen Polizeiwagen im Rückspiegel, der zu seinem großen Schrecken rasch aufholte. Beefy trieb die Tachometernadel hoch. Siebzig – achtzig. Doch die Polizei blieb ihm auf den Fersen. Und jetzt sah er eine Verkehrsampel vor sich. Unbarmherzig schaltete sie auf rot. Nun hatten sie ihn!

Da entdeckte er eine Fluchtmöglichkeit. Rechts, kurz vor der Ampel, ging eine Seitenstraße ab. Mit quietschenden Reifen fuhr er hinein, haarscharf an einem Lastwagen vorbei. Im Rückspiegel sah er, wie der Lastwagenfahrer vor Schreck oder Wut stoppte und so die Einfahrt in die Seitenstraße blockierte. Beefy raste weiter. Er bog um die nächste Ecke in eine ruhige baumbestandene Allee ein. Dort fand er zu seiner Erleichterung ein großes schmiedeeisernes Tor, das offenstand. Beefy fuhr hindurch und sah, daß hier vor einem hohen roten Backsteinbau mehrere Autos parkten. Er stellte seinen Wagen ab, rannte durch ein anderes Tor und kam auf eine Wiese hinaus. Hier hatte sich vor einem riesigen Zelt eine große Menschenmenge versammelt. Es mußte ein Zirkus sein. Wenn er dort hineinginge, wäre er eine Weile lang sicher. Niemand würde auf die Idee kommen, ihn dort zu suchen.

Aber er hatte ja kein Geld.

Doch dann geschah etwas ganz Unerwartetes. Ein Mann, der am Eingang des Zeltes stand, lächelte ihm zu und winkte ihn heran. Beefy drängte sich unsicher zu ihm durch.

«Wollen Sie nicht hereinkommen?» fragte der Mann sehr höflich.

«Das kann ich leider nicht», sagte Beefy traurig. «Ich hab nämlich kein Geld, verstehen Sie?»

«Treten Sie nur ein, Bruder. Sie brauchen kein Geld», sagte der Mann mit freundlicher Stimme. «Gott segne Sie.»

Beefy trat ein.

Ida kehrte auf abgelegenen und unbelebten Straßen in ihr Hotel zurück.

Sie war beunruhigt und enttäuscht und sie hatte Angst. Der Tag war alles andere als ein Erfolg gewesen. Sogar die Sammelbüchsen hatten sie im Wagen zurücklassen müssen. Es wäre zu gefährlich gewesen, die Dinger durch die Stadt zu schleppen. Nun war das ganze Geld zum

Teufel, und die Polizei war ihnen auf der Spur.

Eilig packte sie ihre Sachen. Im Wagen hatte sie plötzlich eine Vision gehabt: eine kleine unauffällige Absteige, mitten in London, wo ihr niemand viele Fragen stellen würde. Sie hatte die Spießigkeit der Provinz satt und sehnte sich nach dem großstädtischen Leben.

Sie schnallte gerade ihren Koffer zu, da klopfte es schüchtern an die Tür. Die Polente klopfte anders, aber dennoch war ihr ungemütlich zumute. Es klopfte noch einmal. Sie schlich zur Tür, öffnete sie einen Spalt und spähte hinaus.

Draußen stand Beefy. Ein sehr bekümmert aussehender Beefy.

Sie stieß einen tiefen Seufzer der Erleichterung aus und riß die Tür weit auf. Beefy schob sich langsam hinein.

«Hat alles geklappt, Beefy?» fragte Ida und setzte sich aufs Bett.

«Also, ich hab mich in 'nem Zelt versteckt. Von wegen der Polente, die hinter mir her war. Und da waren 'ne Menge Leute und 'n Kerl, der vorn stand, sagte: ‹Aufstehen, alle die, die gerettet sein wollen›, und 'n paar von den Leuten standen . . .»

Er verstummte. Ida betrachtete ihn besorgt. «Und du, Beefy», sagte sie, «du bist doch nicht etwa . . .»

Beefy wurde purpurrot. Er starrte auf seine Schuhspitzen. «Ja, Ida, ich – ich bin aufgestanden.»

In dem kleinen Zimmer herrschte Schweigen. Endlich sagte Ida vorwurfsvoll: «Das hättest du nicht tun dürfen.»

«Aber ich bin doch sowieso ehrlich jetzt», verteidigte sich Beefy.

«O nein, das bist du nicht», sagte Ida und ließ ihre Maske fallen, «nicht, solange ich ein Wort mitzureden habe. Das ehrliche Leben ist nichts für dich, Beefy.» Sie versuchte es mit Schmeichelei. «Für die meisten mag es richtig sein, aber du, Beefy, du bist viel zu gut dafür.»

Beefy würgte. «Ich darf nichts Krummes mehr machen», sagte er kläglich.

Ida zuckte gereizt die Achseln. Doch einen Trumpf hatte sie noch in der Hand. «Na, Beefy, wenn du das so ernst nimmst», sagte sie, «dann mußt du jetzt auch jeden Sonntag in die Kirche gehen.»

Beefy erbleichte. «Jeden Sonntag, Ida?»

«Jeden Sonntag», sagte sie mit Nachdruck.

Beefy antwortete ruhig und würdevoll: «Wenn es sein muß, muß ich es tun.»

«Quatsch.» Ida war wütend. Sie sah auf ihre Armbanduhr. Sie hatte nur noch fünf Minuten Zeit bis zur Abfahrt des Busses. Sie griff nach ihrem Koffer. «Ich muß jetzt gehen», sagte sie. «Sag den Jungens, meine Nerven brauchen dringend Erholung. Sonst klappe ich noch völlig zusammen.»

Sie stürzte davon. Beefy folgte ihr unglücklich. Die Zukunft sah für ihn wirklich alles andere als rosig aus. Nun mußte er wohl wirklich jeden Sonntag in die Kirche gehen.

Aber dann fiel ihm ein, daß am nächsten Sonnabend Sally kommen wollte. Vielleicht würde sie ihn begleiten.

10

Am Sonntag, dem 4. Mai, strömten von allen Seiten die Andächtigen zur Abendandacht herbei.

Einer von ihnen war der schüchterne und verwirrte Beefy. In einer der letzten Bankreihen nahm er Platz.

Als der Chor mit lieblichem Gesang durch die Kirche zog, allen voran der Kreuzträger, dem langsam und feierlich die Fahnen- und Bannerträger folgten, war Beefy von diesem Schauspiel ganz hingerissen und fragte sich, warum er nicht längst einmal in die Kirche gegangen war.

Schließlich betrat der Pfarrer die Kanzel. «Dies ist der Festtag des heiligen Judas des Finsteren», sagte er. «Nun ist dieser heilige Judas aber ein äußerst bescheidener Mann gewesen. Ja, er war so bescheiden, daß wir nichts, aber auch gar nichts über ihn wissen. Was also können wir an diesem seinem Festtag von dem heiligen Judas lernen? Doch wohl nur, daß auch wir bescheiden sein sollten.»

Beefy starrte mit offenem Mund zur Kanzel hinauf. Bescheiden – genau das hatte Sally doch von *ihm* gesagt. Der freundlichste und bescheidenste Mensch, den sie je getroffen hätte. Bescheiden. Das war er. Genau wie dieser Judas.

Die Predigt endete. Der Schlußchoral hob an. Beefy war glücklich. Aber dann geschah etwas Entsetzliches. Ein Rascheln ging durch die singende Gemeinde. Die Männer griffen in ihre Jackentaschen, die Frauen kramten in ihren Handtaschen; und Männer mit Tellern bewegten sich den Gang herauf und kassierten von jedem Geld.

Man mußte in der Kirche bezahlen!

Die Männer näherten sich. Sie waren jetzt zwei Reihen vor ihm. Im ersten Augenblick hatte Beefy davonlaufen wollen. Aber er wußte, das ging nicht, nicht in einer Kirche.

Jetzt wanderte der Teller durch seine Reihe. Er kam auf ihn zu – wurde ihm gereicht. Beefy scheute zurück wie ein verschrecktes Pferd. «Ich – ich hab kein Geld», stammelte er zu seinem Nachbarn. «Weil ich nämlich nicht gewußt hab, daß man zahlen muß.»

«Geben Sie ihn weiter», flüsterte der Mann.

Aber Beefy war viel zu aufgeregt, um irgend etwas Vernünftiges zu tun.

Jetzt beugte sich einer der Kirchenältesten herüber und sagte energisch: «Bitte, reichen Sie den Teller weiter!»

Beefy wandte den Kopf und sah den Sprecher an.

Es war ein Glück, daß er den Teller nicht hielt, sonst hätte er ihn unweigerlich fallen lassen. Denn dieser Kirchenälteste war niemand anders als Mr. Macmillan.

Schließlich gelang es doch irgendwie, den Teller an Beefy vorbei weiterzureichen, und dann war der Gottesdienst zu seiner großen Erleichterung zu Ende. Er hatte nur den einen Gedanken, so schnell wie möglich die Kirche zu verlassen und sie nie wieder zu betreten. Aber es ging nur langsam vorwärts, und bevor er noch die Tür erreicht hatte, bemerkte er zu seinem Entsetzen, daß Mr. Macmillan auf ihn zusteuerte.

An Flucht war nicht zu denken. Beefy blickte mit angstgeweiteten Augen zu dem großen Mann auf. «Kann ich Sie einen Moment sprechen?» flüsterte Mr. Macmillan.

Beefy brachte kein Wort heraus. Er nickte. «Kommen Sie hier entlang», sagte Mr. Macmillan und führte ihn in einen kleinen, dunklen Raum am Ende des Kirchenschiffs. Beefy sah sich nach Fluchtmöglichkeiten um, aber der Raum hatte keine Fenster und nur eine Tür. Wenn sie ihn hier einschlossen und dann die Polizei riefen, saß er fest.

Es dauerte eine ganze Weile, bevor Mr. Macmillan zu sprechen anfing. Endlich sagte er förmlich: «Ich wollte Ihnen nur sagen, wie sehr es mich gefreut hat, Sie heute in der Kirche zu sehen. Darf man daraus schließen, daß Sie in Zukunft ein ehrliches Leben führen wollen?»

Diese Worte kamen für Beefy so unerwartet, daß er Mr. Macmillan nur wortlos anstarren konnte. Schließlich stotterte er: «Jawohl, weil ich nämlich gerettet bin.»

«Aha», sagte Mr. Macmillan und beschloß, es dabei bewenden zu lassen. «Versprechen Sie mir, nächsten Sonntag wiederzukommen?» Er lächelte steif. «Was sich zwischen uns abgespielt hat, soll vergeben und vergessen sein.»

Beefy nickte.

«Nun gut.» Dann blickte er Beefy durchdringend an. «Sie haben nicht zufällig gestern Abzeichen verkauft?»

Beefy schluckte und schüttelte den Kopf.

«Muß dann wohl eine Verwechslung gewesen sein», sagte Mr. Macmillan und reichte ihm die Hand. «Auf Wiedersehen, bis nächsten Sonntag.»

Beefy erwiderte den Händedruck mit seiner mächtigen Pranke, so daß Mr. Macmillan leicht zusammenzuckte. «Nächsten Sonntag komm ich denn wieder und bring auch das Geld mit. Für beide Male», fügte er eifrig hinzu.

Benommen und verwirrt ging er in den klaren, friedlichen Abend hinaus. Während er heimwärts trottete, dachte er über das Leben im allgemeinen und über seine Zukunft im besonderen nach. Zum erstenmal begann er zu zweifeln, ob er je zu seinem Häuschen in Shepherd's Delight kommen würde. Er hatte immer ganz fest daran geglaubt. Aber jetzt war er ehrlich geworden, und wie sollte er, ohne mit den Jungens ein großes Ding zu drehen, je das nötige Geld dafür auftreiben? Mit ehrlicher Arbeit würde das kaum möglich sein, stellte er betrübt fest. Seine Stimmung verdüsterte sich. Ein langes Leben voll Arbeit und Ehrbarkeit lag vor ihm, ein langweiliges, eintöniges und, was das schlimmste war, nicht sehr einträgliches Leben. Wochentags schuften, sonntags Kirche. Kein sehr erheiternder Ausblick. Das Häuschen und die Sau Emilie würden ein Traum bleiben. Doch dann fiel ihm Sally ein, und seine Züge hellten sich auf. Er zählte an seinen Fingern ab: nur noch fünf Tage – oder waren es sechs? –, und sie würde in Danby sein und im Pfarrhaus wohnen. Beefy strahlte.

Der Pfarrer und der Kirchenälteste schlenderten zusammen nach Hause. «Eine Menge neuer Gesichter in der Kirche heute abend», sagte der Pfarrer.

«Ja», stimmte ihm Mr. Macmillan zu. Er machte eine Pause, dann fuhr er fort: «Erinnern Sie sich noch an die Geschichte mit diesem merkwürdigen Burschen, den ich bei mir in der Bank ertappt habe? Er war auch da.»

John Adams sah ihn überrascht an.

«Ich glaube, er will in unsere Gemeinde eintreten.»

«Ja, du lieber Himmel! Hat er Sie denn gesehen?»

«Ja.»

«Dann werden wir ihn wohl kaum wiedersehen.»

«Das war auch mein erster Gedanke», sagte Mr. Macmillan. «Deshalb habe ich ihn angesprochen und ihm gesagt, daß dieser Vorfall für mich erledigt ist.»

Der Pfarrer warf Mr. Macmillan einen bewundernden Blick zu. «Das war sehr menschlich von Ihnen», sagte er.

Mr. Macmillan errötete ein wenig. «Ich fand, es sei meine Pflicht als Kirchenälstester und – als Christ.»

«Sehr menschlich, mein Lieber», sagte der Pfarrer herzlich, «sehr anerkennenswert.» Als sie vor der Tür des Pfarrhauses anlangten, sagte John Adams: «Hätten Sie vielleicht Lust, noch auf einen Sherry mit hereinzukommen?»

«Sehr gern», sagte Mr. Macmillan. Sie traten ein. Der Pfarrer holte eine Flasche und zwei Gläser aus dem Schrank. Sie nahmen einen kleinen Schluck. Dann fragte der Pfarrer interessiert: «Wie sieht denn unser bekehrter Sünder eigentlich aus?»

«Ein etwas sonderbarer Typ. Stellen Sie sich vor, er kam in einem blau-weiß gestreiften Trikot in die Kirche. Im übrigen stämmig und kräftig, und ein Gesicht wie ein rohes Beefsteak. Unverwechselbar.»

«O je.» Der Pfarrer rang nach Luft. «Der war es also?»

«Warum? Kennen Sie ihn?»

«Ja, ich hoffte, eine Verwandte von ihm – eine Tante, Cousine oder so was ähnliches – als Haushälterin zu bekommen.»

«Mein Gott», sagte Mr. Macmillan, «da würde ich an Ihrer Stelle aber etwas vorsichtig sein.»

Der Pfarrer starrte in seinen Sherry. «Es ist wirklich zum Verzweifeln!» sagte er. «Jetzt habe ich den ganzen Winter ohne Haushälterin dagesessen. Dann bekomme ich endlich eine, und die bleibt nur eine Woche. Nun habe ich die Chance, eine andere zu kriegen, und was stellt sich heraus? Sie ist die Tante von einem Ganoven.»

«Einem gewesenen Ganoven, bitte», verbesserte ihn Mr. Macmillan ohne Überzeugung, «und *sie* kann ja immerhin eine ehrbare Frau sein.»

«Möglich», stimmte der Pfarrer zu, «aber ich muß schon sagen, es ist nicht gerade die beste Empfehlung für sie.»

Eine Weile saßen die beiden Männer schweigend da.

«Wer bekommt wohl den Auftrag?» fragte der Pfarrer schließlich.

«Für das Gemeindehaus? Ich weiß nicht. Aber ich habe so das Gefühl, es wird Coldbarrow sein.»

«Ich fürchte, Ihr Gefühl täuscht Sie nicht.»

Mr. Macmillan zog die Augenbrauen hoch. «Er ist ein fähiger Bauunternehmer. Und auch ein guter Geschäftsmann.»

«Er ist ein alter Sünder.»

«Deshalb wird das neue Gemeindehaus kaum vorzeitig zusammenstürzen.»

Der Pfarrer seufzte. «Sie haben vermutlich recht. Ich kann mich nur nicht mit dem Gedanken befreunden, das ist alles.» Sie verfielen aufs neue in Schweigen, während die Schatten im Zimmer länger wurden.

11

Am Sonnabend, dem 10. Mai, saß Sally im Zug und fuhr von den stolzen Höhen der Midlands durch wilde Schluchten und grüne Wiesen in die rauchige Ebene hinab. Sie trug ein hübsches buntes Kleid, einen neuen Hut, weiße Handschuhe und eine passende Handtasche und war eigentlich ganz mit sich zufrieden. Ihrer Mutter ging es wieder besser, und sie hatte schließlich doch ihren Segen zu dieser Reise gegeben. Nun begann etwas Neues, Aufregendes für Sally. Sie freute sich auf die geschäftige, bunte Welt der Städte. Sie wußte, sie würde glücklich sein in Danby.

Beefy wollte sie am Bahnhof erwarten. Sie mochte ihn. Natürlich war er ein bißchen linkisch, und manchmal mußte sie über ihn lächeln, aber sie freute sich auf ihn. Sie hoffte, daß sie dem alten Pfarrer gefiele und daß er sie anstellen würde. Es wäre sicher interessant, in einer Industriestadt in einem Pfarrhaus zu arbeiten. Sie würde alle möglichen Leute kennenlernen, und vielleicht konnte sie sogar gelegentlich zum Tanzen gehen. Eine schöne Zeit lag vor ihr.

Der Zug verlangsamte das Tempo. Sally blickte auf ihre Armbanduhr. Gleich mußte sie da sein. Die Mitreisenden hoben schon die Koffer aus den Gepäcknetzen und zogen die Mäntel an. Der Zug ratterte in den Bahnhof. «Danby», schrien die Gepäckträger, und eine laute, mechanische Stimme verkündete: «Der Zug nach Euston, Ankunft 16 Uhr 20, hat Einfahrt auf Gleis vier.» Der Zug hielt. Mit wütendem Zischen ließ die Lokomotive Dampf ab. Türen wurden aufgerissen, und die Menschen strömten auf den Bahnsteig hinaus. Auch Sally stieg aus und betrat den verheißungsvollen Boden Danbys.

Und da war auch Beefy; er lächelte strahlend, als er sich ihr eilig entgegendrängte. Es war rührend zu sehen, wie er sich freute. Lächelnd streckte sie ihm die Hand entgegen. «Hallo, Beefy», sagte sie glücklich. «Wie nett, daß du gekommen bist.»

«Ich hab mir schon alles genau überlegt», sagte er stolz. «Erst nehme ich dich mit zu Lizzie Tubb, und dann kannst du dich beim Pfarrer vorstellen.»

Sally lachte. «Heute abend wird er keine Zeit mehr für mich haben. Er arbeitet sicher an seiner Predigt. Ich gehe erst Montag zu ihm.»

Beefy sah sie ganz enttäuscht an. «Wo willst du denn dann bis Montag wohnen?»

«Ich habe mir im Hospiz in der Marktstraße ein Zimmer bestellt. Weißt du, wo das ist?»

«Ja», sagte Beefy. Er griff nach ihrem Gepäck, und sie machten sich auf den Weg. Das Hospiz war schnell gefunden. Beefy blieb an der Eingangstür zurück. «Ich warte hier auf dich», sagte er.

Während Sally ihr Gepäck aufs Zimmer brachte, malte er sich in Gedanken Lizzies Überraschung aus, wenn er sie mit Sally besuchte, denn er hatte ihr nichts von ihrer bevorstehenden Ankunft erzählt.

Endlich erschien Sally wieder. Stolz führte er sie durch die Straßen. Sie blickte sich staunend mit leicht geöffneten Lippen nach allen Seiten um. Jede Kleinigkeit interessierte sie. Beefy zappelte vor Ungeduld, als sie lange vor der Nelsonstatue verweilte.

«Was hat Nelson eigentlich mit Danby zu tun?» fragte sie.

«Ich weiß nicht», sagte Beefy, der an diese Frage noch nie einen Gedanken verschwendet hatte. Er überlegte krampfhaft. «Ich glaub, er steht da nur, weil er tot ist», sagte er nachdenklich. Dabei fiel ihm etwas ein. «Wie geht's Tante Nellie?» erkundigte er sich.

«O danke, viel besser.»

Er kicherte verschmitzt. «Wenn du ihr schreibst, mußt du ihr sagen, daß ich immer noch nicht an Backenschmerzen gestorben bin», sagte er triumphierend.

Sie waren jetzt in der Nottingham Road angelangt. Beefy führte seine Cousine durch einen Torweg und eine morsche Holzpforte in einen düsteren Hinterhof. Er klopfte an eine Tür, von der die Farbe abblätterte. Aus dem Innern des Hauses ertönte ein Bellen. «Das ist Whitey», sagte Beefy stolz.

Schlurfende Schritte näherten sich. Die Tür wurde geöffnet, und Lizzies verblüfftes rundliches Gesicht erschien.

«Tag, Lizzie», sagte Beefy. «Das ist meine Cousine.»

Lizzie sah die beiden verwirrt an. «Kommen Sie doch rein», sagte sie.

Sie betraten die kleine, dunkle Küche. Whitey rollte sich, nachdem er genügend protestiert hatte, in seinem Körbchen zusammen. Lizzie musterte Sally mit gerunzelten Augenbrauen. Plötzlich dämmerte es bei ihr. «Sie sind sicher die Cousine, die zum Pfarrer in Stellung will?» fragte sie.

«Ja, wenn es klappt», sagte Sally.

Lizzie blickte sie neugierig an. Offensichtlich hatte sie Mühe, die richtigen Worte zu finden. Schließlich sagte sie: «Ich mach euch 'ne Tasse Tee.» Ihre Stimme klang mißbilligend.

Es schien jedenfalls nicht die freundliche Teerunde zu werden, die Beefy sich vorgestellt hatte. Beklommen spielte er mit Whiteys Ohr, während Lizzie den Teekessel aufsetzte und drei einfache weiße Tassen und Untertassen hervorholte.

«Hätten Sie mir auch sagen können, daß Sie mir Ihre Cousine ins Haus bringen, dann hätte ich mich wenigstens 'n bißchen zurechtgemacht. Wie seh ich denn aus in den alten Sachen!» Sie schien beschämt.

«Ich hab gedacht, die tragen Sie immer», sagte Beefy. «Ich hab Sie nie in was anderm gesehen.»

«Ach was!» fuhr Lizzie ihn an. Dann wandte sie sich Sally zu. «Ich hab nämlich so 'n hübsches Kleid, blau, mit kleinen weißen Blümchen», sagte sie.

«Es tut mir schrecklich leid, daß wir Sie so überfallen haben», sagte Sally. «Ich hatte natürlich keine Ahnung, daß Beefy Ihnen nichts von meinem Kommen gesagt hat. Na ja, die Männer», fügte sie lächelnd hinzu.

Lizzies Gesicht hellte sich sofort auf. «Ist ja auch nicht so wichtig. Beefy weiß, daß er immer willkommen ist, er *und* seine Freunde.»

Sie wurde etwas freundlicher und schenkte Tee ein. Beefy nahm schlürfend einen Schluck.

Aber es wollte doch keine rechte Stimmung aufkommen. Nachdem sie eine Weile geplaudert hatten, meinte Beefy: «Wir müssen wohl wieder gehen.»

Sally stand auf und reichte Lizzie die Hand. «Auf Wiedersehen», sagte sie, «und vielen Dank für den Tee.»

Lizzie erhob sich schwerfällig und ergriff Sallys Hand. «Tut mir leid, daß ich mich nicht 'n bißchen nett machen konnte», sagte sie, «aber ich krieg nicht viel Besuch. Sonst hätte ich mir das Geblümte für Sie angezogen.»

Sally lächelte. «Es war reizend. Ich habe mich so gefreut, eine gute Freundin von Beefy kennenzulernen.»

«Auf bald, Lizzie», rief Beefy. Seufzend folgte er Sally hinaus in die Nottingham Road.

Sie schlenderten zum Hospiz zurück. «Sie ist eine gute alte Seele», sagte Sally. «Übrigens hast du mir noch gar nicht gezeigt, wo du wohnst.»

Beefy wurde verlegen. «Es ist nicht weit von hier», murmelte er, «das heißt, eigentlich doch. Ich zeig es dir mal, wenn wir mehr Zeit haben.»

Zu seiner Erleichterung sagte sie: «Gut. Ich muß jetzt sowieso ins Hospiz und meine Sachen auspacken. Und ich will auch gleich noch an Mutter schreiben, damit sie weiß, daß ich gut angekommen bin.»

Beefy wurde langsam wieder besserer Laune. «Vergiß nicht, es ihr zu schreiben», sagte er.

«Was?»

«Na, daß ich noch immer nicht an Backenschmerzen gestorben bin.»

«Natürlich schreibe ich ihr das.» Sie waren jetzt vor dem Hospiz angelangt. Beefy trat von einem Bein aufs andere. Er schluckte. Dann sprudelte er heraus: «Wahrscheinlich willst du dich nicht so oft mit mir sehen lassen, weil du so hübsch und klug bist und so gebildet reden kannst und ich ja nicht mal lesen und schreiben kann. Aber – also morgen abend geh ich in die Kirche. Es ist hübsch da. Sie singen Lieder und ziehen durch die Kirche, und es sind viele Kerzen da und so was. Wahrscheinlich willst du nicht mit mir hingehen», fuhr er ängstlich fort, «aber wenn du doch willst, wär es nett von dir.»

Sie drückte seine Hand. «Aber natürlich komme ich mit, Beefy, furchtbar gern.»

Er strahlte übers ganze Gesicht. «Du brauchst aber nicht, wenn du lieber nicht willst. Es macht nichts.»

«Aber ich möchte wirklich gern mit dir gehen», sagte sie lächelnd. «Holst du mich ab? So um sechs? Viertel nach?»

«Viertel nach», sagte Beefy leise und machte sich fröhlich pfeifend auf den Heimweg.

John Adams stieg während der letzten Choralstrophe auf die Kanzel.

Die Kanzel zu betreten war für ihn immer noch aufregend. Es war erstaunlich, was diese paar Zoll ausmachten.

Er blickte um sich. Ein leichtes Lächeln lag auf seinem jungen Gesicht. Sein Herz schlug der Gemeinde entgegen. Die kleine Miss Titterton, die so hingegeben mit ihrer dünnen, piepsigen Sopranstimme sang; George Bloodshot und Bert Briggs mit ihren tiefen, vollen Stimmen; der alte Lord Wapentake auf der vordersten Kirchenbank, der an besonders interessanten Stellen der Predigt Lady Wapentake immer in die hochwohlgeborenen Rippen stieß; Edward Macmillan, unter dessen kühler Blässe vielleicht nicht gerade ein Herz von Gold, aber doch, wie der Pfarrer jetzt wußte, ein christliches Gewissen schlug. Und da war auch wieder dieser seltsame Bursche im gestreiften Trikot. John Adams konnte seine dröhnende Stimme deutlich aus der übrigen Gemeinde heraushören. Und dann, als die Gemeinde gerade das Amen sang, erblickte er Sally.

Jetzt setzte sich die Gemeinde in der angenehmen Gewißheit, daß man in den nächsten zwanzig Minuten weder aufzustehen noch zu knien, oder zu singen und nicht einmal zu denken brauchte. John Adams hielt eine strenge, aufrichtige Predigt. Aber seine Gefühle waren in Aufruhr. Er hatte schon oft schöne Frauen gesehen und war ungerührt geblieben. Doch nie zuvor hatte er so viel Liebreiz in einem Gesicht erblickt wie jetzt in Sallys.

Der Gottesdienst ging zu Ende. John Adams stellte sich wie immer am Südportal auf, um seiner Gemeinde einen guten Abend zu wünschen. Ein leichter Wind blies durch die Tür, zerzauste sein Haar und verfing sich in seinem weißen Übergewand. Die Gemeinde ging langsam, lächelnd, kopfnickend und grüßend an ihm vorbei. Wer mochte wohl das schöne junge Mädchen sein? Sie hatte neben diesem Burschen im gestreiften Trikot gesessen. Aber die beiden konnten doch wohl kaum zusammengehören. Die Kirche war jetzt beinahe leer. Die Kirchenältesten hatten schon die Bücher fortgeräumt. Jetzt holten sie ihre Hüte und verabschiedeten sich.

Da endlich entdeckte er sie. Sie stand tatsächlich mit dem Burschen im Trikot zusammen, und die beiden schienen sich über irgend etwas nicht einig werden zu können. Schließlich kamen sie auf das Südportal zu.

Als der Gottesdienst zu Ende war, hatte Sally Beefy zugeflüstert: «Was für ein netter junger Pfarrer. Wo kommt er her?»

Beefy sah sie erstaunt an. «Er kommt von nirgendwo her, er ist der Pfarrer.»

«Willst du damit etwa sagen, daß es der ist, bei dem ich Haushälterin werden soll?»

«Ja», antwortete Beefy verwirrt. «Er ist doch nett. Lizzie sagt, er wär furchtbar nett.»

Zu seinem Erstaunen stampfte Sally mit dem Fuß auf und sagte: «Aber Beefy, bei dem kann ich unmöglich Haushälterin werden. Das mußt du doch begreifen. Ich habe gedacht, du meintest einen alten Herrn.»

«Ist doch viel netter, wenn er jung ist», sagte Beefy, «nicht so langweilig, mein ich.»

«Aber Beefy, was glaubst du wohl, was die Leute sagen würden.»

Das ging über Beefys Horizont. Aber er wußte, daß Frauen seltsame Wesen waren, und wenn sie einmal eine Meinung gefaßt hatten, dann konnten sie störrisch wie Esel sein.

Sie waren nun am Südportal angelangt.

«Guten Abend», sagte John Adams. Er lächelte Sally an und nickte den beiden freundlich zu.

Doch unter dem würdevollen geistlichen Gewand schlug sein Herz ganz weltlich. Sie war noch schöner, als er sie sich vorgestellt hatte. Eine Haut wie Pfirsich, die Haltung, selbstsicher, aber bescheiden. Ein entzückendes Geschöpf, dachte er. Dann fiel ihm ein, daß sie ja zu seiner Gemeinde gehörte und daß er als Pfarrer ohne weiteres sagen konnte, woran ihm im Augenblick lag.

«Ich hoffe, wir werden Sie hier wiedersehen.»

Sie antwortete nicht, sondern schüttelte den Kopf, lächelte und ging weiter. John Adams war verwirrt. Während er ihr nachsah, wie sie da mit ihrem eigenartigen Begleiter davonging, kam ihm plötzlich ein Gedanke, bei dem sich ihm die Haare sträubten. Er steckte den Kopf aus der Kirchentür und rief: «Einen Augenblick, junger Mann.»

Beefy fuhr erschreckt zusammen. Ängstlich drehte er sich um. Der Pfarrer winkte ihn zu sich heran. «Entschuldige», sagte Beefy und ging zögernd auf den Pfarrer zu.

«Kommen Sie bitte hier herein», sagte John Adams. Er führte ihn in denselben dunklen kleinen Raum, in den ihn schon Mr. Macmillan geführt hatte.

«Wer ist die junge Dame?» fragte er.

«Das ist meine Cousine», sagte Beefy.

«Aber doch – doch nicht etwa die, die Sie mir als Haushälterin vorgeschlagen haben?»

«Das ist sie.»

«Aber sie ist ja viel zu jung.»

«Sie hat 'ne Menge Erfahrung», sagte Beefy.

«Davon spreche ich nicht. Was glauben Sie wohl, was meine Gemeinde sagen würde, wenn ich ein so junges Mädchen zu mir ins Haus nähme.»

Beefy kratzte sich den Kopf und sagte: «Aber da ist doch nichts Schlimmes dabei.»

Der Pfarrer sah ihn prüfend an. «Leider ist nicht jeder so reinen Gemüts wie Sie», sagte er ruhig. «Man würde es wahrscheinlich dem Bischof melden.»

Langsam erfaßte Beefy den Sinn der Worte, und ebenso langsam stieg ihm die Röte ins Gesicht. Er war sprachlos. Endlich sagte er bedächtig: «Aber Sally ist ein liebes Mädchen. Sie ist nicht die Sorte Mädchen. Es würde alles gutgehen. Und außerdem sind Sie doch der Pfarrer.» Beefy war zutiefst empört.

«Es kommt nicht nur darauf an, daß die Dinge gutgehen, man muß auch die guten Formen wahren», sagte der Pfarrer. «Hat – hat Ihre Cousine irgend etwas gesagt, als sie mich gesehen hat?»

Beefy schob die Unterlippe vor. «Sie sagt, Sie wären zu jung», gab er zu.

Der Pfarrer legte die Hand auf Beefys Schulter. «Es tut mir leid», sagte er. «Ich hatte sehr gehofft, wieder eine Haushälterin zu bekommen, und ich bin Ihnen für die Vermittlung sehr dankbar. Aber Sie sehen selbst, daß es unmöglich ist.»

«Ich find's blöd», murmelte Beefy. Er war bitter enttäuscht. Seine schönen Pläne lösten sich in Nichts auf, und nur, weil die Leute reden könnten. Warum kümmerte sich nicht jeder um seinen eigenen Kram?

Sie gingen zusammen durch das Portal hinaus in den Kirchgarten, wo Sally wartete. Sie lächelte ihnen zu, als sie sich näherten. John Adams sprach sie an: «Offenbar haben wir uns beide über unser Alter getäuscht.»

«Ich dachte, Sie wären siebzig», sagte Sally.

«Und ich, Sie wären mindestens fünfundsechzig.» Sie lachten beide herzlich und blickten sich lange in die Augen. Beefy kam sich plötzlich einsam und beiseite geschoben vor.

«Sie sind doch auch der Meinung, daß es nicht geht, nicht wahr?» sagte der Pfarrer.

«Um Himmels willen, natürlich.»

«Und da haben Sie nun die lange Reise gemacht. Was wollen Sie jetzt tun? Der Gedanke, daß Sie jetzt wieder zurückfahren müssen, will mir gar nicht gefallen.»

«Ich bleibe noch einige Tage hier», sagte sie, und diese Worte klangen in des Pfarrers Ohren wie Musik. «Ich werde einfach sehen, ob ich nicht eine andere Stellung in Danby finde.»

«Vielleicht kann ich Ihnen dabei helfen», sagte John Adams rasch.

«Vielen Dank. Wenn Sie zufällig hören sollten, daß ein älterer, solider Herr eine Haushälterin sucht . . .»

«Dann will ich es Sie bestimmt wissen lassen.»

Sie streckte ihm die Hand hin. «Auf Wiedersehen», sagte sie. «Vielen Dank.»

Einen Augenblick lang hielt er ihre Hand. «Auf Wiedersehen», sagte er. «Es tut mir leid, daß die Konventionen –» Sie lachten. Dann ging Sally mit dem verdrossenen Beefy an ihrer Seite zum Hospiz zurück.

«Ich wünschte, die Leute würden sich nicht immer in alles einmischen», sagte Beefy schließlich finster. Dann leuchtete sein Gesicht auf. «Willst du wirklich versuchen, Arbeit in Danby zu finden?»

Ja, denn es wäre ja eine rechte Enttäuschung, wenn sie jetzt wieder nach Hause fahren müßte. Ja, natürlich würde sie Beefy wiedersehen und ihm auch Bescheid sagen, falls sie umzöge. Oh, aber sie wisse ja noch gar nicht, wo er wohnte. Gut, dann würde sie Lizzie benachrichtigen. Sie blickte ihn neugierig an. «Ich glaube allmählich, du wohnst in einem Kloster», sagte sie.

«Sozusagen», sagte Beefy im Weggehen.

Ein seltsames Gefühl der Trauer überkam ihn. Sally und der Pfarrer mochten sich anscheinend gut leiden. Wetten, daß sie ihn lieber mag als mich, dachte er betrübt. Aber das war ja nur natürlich. Schließlich war er Pfarrer und konnte lesen und schreiben.

In seinem Kummer klopfte er bei Lizzie Tubb an. «Herein», sagte eine klanglose Stimme.

Beefy trat ein. «Oh, Sie sind's», sagte Lizzie, nicht gerade begeistert.

«Sie haben ja Ihr Geblümtes an», sagte Beefy.

«Gestern hätte ich's anhaben sollen, wenn Sie mir bloß Bescheid gesagt hätten, daß Sie mit Besuch kommen.»

Ein unbehagliches Schweigen folgte. Beefy brach es als erster. «Sie geht nicht zum Pfarrer», sagte er.

Lizzie explodierte. «Das will ich wohl meinen. Nicht in ihrem Alter.» Dann sagte sie freundlicher: «Ich hab schlechte Nachrichten für Sie, Beefy.»

Er blickte sie aufgeschreckt an. «Die Ausschreibungen für das neue Gemeindehaus sind raus», sagte sie. «Mrs. Fosdyke hat's mir erzählt.»

Beefys Mut sank.

Nun war es also doch soweit. Trotz Hecks Verzögerungstaktik wollten sie mit dem Bau des neuen Gemeindehauses anfangen, und das alte würden sie sicher noch vor dem Winter an eine Fabrik verkaufen. Beefy war so elend zumute, daß er nicht länger Gesellschaft ertragen konnte. «Ich glaub, ich geh lieber», murmelte er. «Gute Nacht, Lizzie.»

Im Gemeindehaus auf dem Dachboden angelangt, verkroch er sich schnell in seiner Linoleumrolle. Doch der Schlaf wollte nicht kommen. In seinen Ohren klang noch das vergnügte Lachen von Sally und John Adams nach. Später, als er schließlich eingeschlafen war, sah er im Traum lauter Spaten und Hacken, mit denen die Arbeiter den Boden ausschachteten. Zwischen ihnen lief grunzend die Sau Emilie herum.

12

Im Garten des Schlosses draußen vor der Stadt begoß Lord Wapentake die Tulpen seiner Frau mit einem Unkrautvertilgungsmittel. Nicht etwa mit Absicht, denn er war ein gutartiger Mann. Er hatte nur die Packungen verwechselt.

Lady Wapentake kam mit allen Anzeichen der Erregung auf ihn zu. Doch als sie sah, womit ihr Mann beschäftigt war, stutzte sie. «Was gießt du da auf meine Tulpen, Mortimer?» fragte sie mißtrauisch.

«Kunstdünger, meine Liebe. Das wird ihnen großartig bekommen.»

Lady Wapentake schien nicht sehr überzeugt. «Es wäre mir wirklich lieber, du würdest das Walters überlassen, schließlich wird er dafür bezahlt.» Dann fiel ihr wieder ein, warum sie gekommen war. Sie rang die Hände und sagte: «Ich bin nicht hier, um mich mit dir über Tulpen zu unterhalten. Etwas Entsetzliches ist passiert, Mortimer. Die Carson hat gekündigt.»

«Wer ist die Carson?» fragte Lord Wapentake, der gerade in dem Strahl aus seiner Sprühdose einen Regenbogen zu entdecken glaubte.

Lady Wapentake seufzte. «Ich bitte dich, Mortimer, versuche doch, dich ein wenig zu konzentrieren. Die Carson ist unsere Haushälterin – ich verliere eine Perle.»

Langsam richtete er sich zu seiner vollen Größe auf und starrte seine Frau an.

«Ich bin schließlich kein Trottel», sagte er ruhig und würdevoll. «Natürlich kenne ich den Namen unserer Haushälterin. Meine Güte, sie ist schließlich seit Jahren bei uns, und vor ihr schon ihre Mutter.»

«Sie hat *gekündigt*, Mortimer!» Lady Wapentakes Stimme überschlug sich fast.

«Genau wie ihre Mutter. Kündigte und heiratete irgend so einen Kerl. Kann mich jetzt nicht mehr an seinen Namen erinnern. Wie hieß er bloß noch? Hat immer Schachfiguren aus kleinen Holzstückchen geschnitzt. Schauderhaft geschmacklose Dinger übrigens.»

«Mortimer, diese Schachfiguren interessieren mich überhaupt nicht. Die Carson hat gekündigt!»

«Warum macht sie denn solche Geschichten? Du hast sie doch nicht etwa schikaniert, Alice?» fragte er argwöhnisch.

«Sie will heiraten.»

Mortimer rührte unbeirrt in einem Eimer mit seinem Höllengebräu herum. «Sag ihr, daß ich ihr das nicht erlaube», antwortete er, und damit war das Thema für ihn erledigt.

«Also, nun hör mir doch einmal zu», knirschte Lady Wapentake zwischen ihren aristokratischen Zähnen hervor. «Wir müssen uns sofort um eine neue Haushälterin bemühen, und du weißt, wie schwierig das heutzutage ist. Ich selbst werde mich natürlich sogleich an die Stellenvermittlung wenden, aber ich möchte, daß auch du dich umhörst. Vielleicht weiß ja der Pfarrer jemanden.»

«Schon gut, meine Liebe.» Lord Wapentake setzte sein gutgemeintes Zerstörungswerk fort. Lady Wapentake blieb noch einen Augenblick besorgt stehen. Dann ging sie wieder ins Haus. Hoffentlich wußte Mortimer wenigstens, was er da mit ihren Lieblingstulpen anstellte. Und hoffentlich war ihm aufgegangen, was für eine Katastrophe die Kündigung der Haushälterin bedeutete. Die Carson war einfach unentbehrlich. Nachdenklich nahm sie den Hörer auf und rief die Stellenvermittlung an. Nein, man bedauerte unendlich, aber zur Zeit sei niemand da, den man empfehlen könne. Ja, man würde es gern vormerken, bestimmt. Man werde alles tun . . .

Lady Wapentake legte den Hörer auf und seufzte.

Ein Kopf erschien in der Tür. «Gerade ist mir der Name von diesem Burschen wieder eingefallen», sagte Lord Wapentake. «*Carson* hieß er.»

Einige Tage später, als der Pfarrer von St. Judas in seinem Amtszimmer saß und arbeitete, klingelte es an der Haustür. Er wollte eben aufspringen, als er schlurfende Schritte in der Halle vernahm und sich erinnerte, daß Lizzie da war.

Jetzt wurde die Haustür geöffnet, dann näherten sich die schlurfenden Schritte seinem Arbeitszimmer, und Lizzie trat ein.

«Diese Cousine von Beefy ist da», sagte sie.

«Oh, bitten Sie sie doch herein», rief John Adams aufgeregt.

Lizzie führte die Besucherin herein. John Adams streckte Sally die Hand entgegen. «Ich freue mich, Sie wiederzusehen», sagte er herzlich.

«Ich hoffe, Sie nicht zu sehr zu stören», sagte Sally, «aber ich wollte doch einmal fragen, ob Sie vielleicht schon von irgendeiner Stellung für mich gehört haben.»

Er rückte einen Stuhl für sie heran. Dann setzte er sich hinter seinen Schreibtisch, schlug ein Bein über das andere, zog seine Pfeife aus der Tasche und sagte ernst: «Es tut mir schrecklich leid. Ich habe mich zwar umgehört, aber bisher ohne Erfolg.»

«Vielen Dank», sagte Sally. «Es ist nämlich so, ich habe in der *Times* eine Anzeige gesehen – eine Stellung ganz in der Nähe von Shepherd's Delight –, und ich bin letzten Montag hingefahren, um mich vorzustellen. Die Leute würden mich gern nehmen.»

«Sie haben aber doch noch nicht fest zugesagt?» fragte der Pfarrer hastig.

«Nein, ich habe gesagt, ich würde es mir überlegen und in einigen Tagen Nachricht geben. Die Leute waren sehr nett, aber – nun ja, mir gefällt es eigentlich in Danby. Wenn ich hier etwas finden könnte, würde ich lieber hier bleiben.»

«Es wäre schön, wenn Sie blieben», hörte sich John Adams sagen.

Sie zog die Augenbrauen hoch und errötete leicht. Es herrschte plötzlich Stille in dem sonnendurchfluteten Zimmer. «Ich muß halt da hingehen, wo ich mir meinen Lebensunterhalt verdienen kann», sagte sie bedrückt.

«Wie lange können Sie sich noch Zeit lassen, bevor Sie sich endgültig entscheiden müssen?» fragte er.

«Ich weiß nicht, aber lange kann ich die Leute auf keinen Fall warten lassen.»

«Kommen Sie doch in zwei Tagen noch einmal vorbei», bat er, «ich werde mich inzwischen nochmals bemühen.»

Sehr zum Ärger des Pfarrers läutete es in diesem Augenblick an der Haustür. Er hörte, wie Lizzie Tubb den neuen Besucher hereinließ. Ein zaghaftes Klopfen ertönte. «Herein», rief er.

Lizzie steckte den Kopf durch die Tür. «Es ist der Lord», sagte sie mit ehrfürchtiger Stimme.

Sally erhob sich. «Nein, nein», sagte der Pfarrer und forderte sie mit einer Handbewegung auf, sich wieder zu setzen. «Ich bin im Augenblick beschäftigt, Lizzie. Würden Sie bitte . . .»

Aber seine Worte kamen zu spät. Lord Wapentake stand bereits im Zimmer. «Guten Morgen, Pfarrer», rief er. «Wollte nur mal kurz bei

Ihnen reinschauen.» Da erblickte er Sally. «Oh, Verzeihung», sagte er, «wußte gar nicht, daß Sie Besuch haben.»

«Darf ich vorstellen, Miss –»

«Bryan», sagte Sally. «Sally Bryan.»

«Miss Bryan, darf ich Sie mit Lord Wapentake bekannt machen.»

«Sehr erfreut», sagte Lord Wapentake.

Der Pfarrer hatte plötzlich einen Einfall. «Miss Bryan sucht eine Stellung als Haushälterin», sagte er. «Wissen Sie zufällig von einer freien Stelle in Ihrem Bekanntenkreis?»

Lord Wapentake überlegte gründlich. «Nicht daß ich wüßte», sagte er schließlich. «Ja, einen Gärtner, den könnten wir brauchen. Stellen Sie sich bloß vor, was dieser Bursche Walters jetzt wieder angestellt hat. Hat die gesamten Lieblingstulpen meiner Alten ruiniert.»

«Wie in aller Welt hat er denn das fertiggebracht?»

«Weiß der Himmel, aber heute morgen lagen sie alle da wie hingemäht.»

«Ich glaube, ich muß jetzt gehen», sagte Sally.

«Also kommen Sie bitte in zwei Tagen noch einmal vorbei», sagte John Adams und öffnete die Tür.

«Ich danke Ihnen», sagte sie, und ehe sie ging, sahen sich beide lächelnd in die Augen.

Während der nächsten beiden Tage war der Pfarrer in heller Aufregung. Er hätte Sally zu gern in seiner Gemeinde behalten.

Er rief seinen Zahnarzt an und fragte, ob er eine Sprechstundenhilfe brauche. Nein! Er ging zu Mr. Macmillan. Nein, sie hatten genug weibliches Personal in der Bank. Er sprach beim Postamt vor. Aber niemand brauchte Sally.

Als sie zwei Tage später zu ihm kam, hatte sie einen Brief in der Hand.

«Vermutlich haben auch Sie kein Glück gehabt?» fragte sie.

«Es tut mir unendlich leid, ich habe alles versucht.»

«Vielen Dank», sagte sie. «Dann werde ich diesen Brief abschicken, es ist die Zusage an die Leute, von denen ich Ihnen erzählte.» Sie reichte ihm die Hand. «Auf Wiedersehen», sagte sie. «Sie waren wirklich besonders nett zu mir.»

«Lassen Sie mich noch einen Versuch machen», sagte er. «Ich habe eine Idee. Vielleicht kann uns Lady Wapentake helfen, ich werde sie gleich anrufen. Seine Lordschaft ist zwar ein netter alter Knabe, aber vielleicht ist es vernünftiger, einmal mit seiner Frau zu sprechen.»

Er wählte die Nummer des Schlosses und hörte das Klicken auf der anderen Seite. «Wer zum Teufel ist da?» hörte man dann Lord Wapentake fragen.

«Hier ist der Pfarrer, könnte ich bitte mal Lady Wapentake sprechen?»

«Sie wollen meine Alte? Aber gewiß doch, bleiben Sie dran, ich hole sie.»

Der Pfarrer blieb dran. Jetzt kommen wir vielleicht einen Schritt weiter, dachte er. Er hätte Lady Wapentake längst anrufen sollen. Er legte die Hand über die Sprechmuschel und lächelte Sally zu. «Hoffentlich kann sie etwas für Sie tun. Er holt sie gerade ans Telefon.»

Die beiden warteten nun schon fünf Minuten. Schließlich meinte Sally. «Es ist wohl ein sehr großer Besitz?»

Der Pfarrer seufzte und legte den Hörer auf. «Bei dem alten Herrn muß man leider befürchten, daß er meinen Anruf auf dem Weg zu seiner Frau einfach vergessen hat.» Nach weiteren fünf Minuten wählte er nochmals die Nummer: das Besetztzeichen ertönte. «Am besten fahre ich eben mit dem Rad hinüber und spreche mit ihr», sagte er.

«O nein, das möchte ich nicht», sagte Sally. Sie griff nach ihrer Handtasche. «Wir haben eben kein Glück», sagte sie lächelnd.

«Kann ich Sie nicht überreden, mir noch einen Tag Zeit zu geben?» bat er.

«Ach, bitte nicht», antwortete Sally. «Ich kann es wirklich nicht zulassen, daß Sie Ihre Zeit mit meinen Angelegenheiten vertun.»

«Darf ich Sie dann noch zum Briefkasten begleiten?»

«Aber gern», sagte Sally.

«Werden Sie mir schreiben und mir Ihre Adresse geben?» fragte er.

«Ja natürlich, wenn Sie möchten», sagte sie lebhaft.

Sie standen nun vor dem Briefkasten. Sally überprüfte die Adresse nochmals und vergewisserte sich, ob der Umschlag auch ordentlich zugeklebt war. Und das Maul des großen roten Briefkastens wartete darauf, gefüttert zu werden.

Auch Beefy tat alles, was in seinen schwachen Kräften stand.

Eines Abends, bevor das Licht ausgemacht wurde, hatte ihn Holzbein gefragt: «Hat deine Cousine die Stellung im Pfarrhaus nun eigentlich gekriegt?»

«Nein», sagte Beefy unglücklich.

Er spürte, daß alle Jungens ihn ansahen, und rutschte noch tiefer in seine Linoleumrolle.

«Soll das heißen, daß wir die halbe Flasche Whisky umsonst verschwendet haben?» fragte Langfinger.

«Ich kann ja nichts dafür», jammerte Beefy kläglich.

Auf dem Dachboden herrschte an diesem Abend ungewöhnliches Schweigen. Doch am nächsten Tag kam Beefy eine Idee, die ihn ungeheuer aufmunterte.

Mr. Macmillan hatte einen arbeitsreichen und schwierigen Vormittag. Und als ob das noch nicht reichte, kam einer seiner Kassierer herein und sagte: «Entschuldigen Sie, Sir, aber da ist ein Mr. Jones, der Sie sprechen möchte.»

«Jones? Jones? Kenne ich diesen Jones?»

«Das glaube ich nicht, Sir. Mir ist er unbekannt, und ein Konto hat er mit Sicherheit nicht bei uns.»

«Nun gut», seufzte Mr. Macmillan, «dann bringen Sie ihn schon herein.»

Der Kassierer brachte Mr. Jones herein und hörte zu seiner Überraschung, wie der Direktor rief: «Beefy! Nanu, wollen Sie bei uns ein Konto eröffnen?»

Beefy schob sich nervös ins Zimmer.

«Nein», sagte er verlegen, «aber ich hab 'ne Cousine, die lesen und schreiben kann.»

«Das ist aber schön», sagte Mr. Macmillan.

Schweigen, während Beefy nach weiteren Worten rang.

«Sie sucht 'ne Stellung», brachte er schließlich heraus.

«Das tut mir leid, aber bei uns ist nichts frei», sagte Mr. Macmillan bestimmt. Er drückte leicht auf die Klingel. «Also dann auf Wiedersehen, mein Bester.»

Niedergeschlagen verließ Beefy die Bank. Hoffentlich hatte Sally mehr Glück gehabt. Er wollte nicht, daß sie wieder nach Shepherd's Delight fuhr und ihn hier allein zurückließ. Aber ein Tag nach dem anderen verging, und von Sally kam kein Lebenszeichen.

Sally und John Adams mußten am Briefkasten warten. Jemand steckte gerade einen Brief ein. Es war Miss Carson.

Dem Pfarrer war nicht nach Konversation zumute. Er wäre die letzten Minuten gern mit Sally allein gewesen, aber er konnte ein Mitglied seiner Gemeinde nicht einfach ignorieren. Er lüftete den Hut. «Guten Morgen, Miss Carson», sagte er. Dann fiel ihm etwas ein. «Miss Bryan», sagte er, «es wird Sie interessieren, Miss Carson kennenzulernen. Sie ist Haushälterin im Schloß bei Lord Wapentake.»

«Guten Tag», sagte Miss Carson. «Übrigens, Herr Pfarrer», fuhr sie geziert fort, «ich werde dort nicht mehr lange tätig sein.»

Der Pfarrer starrte sie entgeistert an.

«Wußten Sie es noch nicht?» lachte sie. «Ich heirate nämlich.»

Einen winzigen Augenblick schien das Leben stillzustehen. Die Wolken am Himmel bewegten sich nicht, die Vögel schwiegen, der ferne Verkehrslärm verstummte. Sally war eben im Begriff, den Brief in den Kasten zu stecken. Sie hielt inne und gab ihm nicht den letzten kleinen

Schubs, der den Lebensweg mehrerer Menschen in eine andere Richtung gelenkt hätte.

Die drei standen regungslos wie in einem Film, der kurz angehalten worden ist. Dann ging alles wieder weiter. Sally zog den Brief zurück, der Pfarrer murmelte Glückwünsche, faßte Sally am Arm, und bevor sie noch wußte, wie ihr geschah, liefen sie beide zum Pfarrhaus, so schnell sie nur konnten.

Der Pfarrer stürzte ins Haus, griff zum Telefon und wählte die Nummer des Schlosses.

Das Besetztzeichen ertönte.

Er knallte den Hörer auf die Gabel. «Kommen Sie», sagte er, «wir nehmen den Bus.»

«Aber ich weiß ja gar nicht, ob ich mich in einem so großen Haushalt wohl fühlen würde», sagte Sally. «Mit einem Butler, Zimmermädchen und so weiter. Davor hätte ich Angst.»

«Die Wapentakes haben gar keinen Butler. Nur eine Haushälterin, ein Mädchen und einen Gärtner. Sie sind nicht sehr wohlhabend. Ja, Seine Lordschaft droht sogar immer damit, das Schloß aufzugeben und sich auf einen kleineren Besitz in Nordengland zurückzuziehen.»

Mittlerweile war er, Sally hinter sich herziehend, schon wieder auf der Straße und half ihr in den Autobus. Zehn Minuten später gingen sie eilig die von Unkraut überwucherte Schloßauffahrt hinauf.

Lord Wapentake, der mit einer Hacke hantierte, hielt in seiner Fronarbeit inne und sagte: «Guten Morgen, Adams.» Er blickte Sally interessiert an. «Kenne ich die junge Dame nicht?» sagte er und wandte sich an Sally.

«Ja sicher. Wir –» begann Sally.

«Ich weiß – sagen Sie nichts.» Er sah sie prüfend an. «Sie sind Birchington-Smythes Älteste.»

«Nein, ich bin Sally Bryan.»

Der alte Herr schüttelte den Kopf. «Das ist doch wohl kaum möglich, meine Beste», sagte er liebenswürdig.

«Miss Bryan sucht eine Stellung als Haushälterin», sagte der Pfarrer geduldig. «Ich dachte –»

«Wollte, Sie hätten Gärtner gesagt. Stellen Sie sich vor, was dieser Bursche Walters schon wieder angestellt hat! Hat die Lieblingstulpen meiner Alten ruiniert. Mußte den Kerl entlassen.»

«Wäre es möglich, Lady Wapentake zu sprechen?» fragte der Pfarrer.

«Kommen Sie erst mal und sehen Sie sich diese Tulpen an. Liegen da wie hingemäht.»

Er führte sie um das Schloß, ein häßliches neugotisches Backsteinmonstrum, in einem großen verwilderten Garten. Plötzlich wandte er sich an

Sally: «Wie geht es dem Herrn Vater?» fragte er.

Sally blickte ihn verwirrt an. «Ich – mein Vater ist leider schon lange tot», sagte sie leise.

Lord Wapentake starrte sie völlig perplex an. «Um Himmels willen», sagte er, «davon habe ich ja gar nichts gewußt. Nein so was.» Er sah völlig vernichtet aus und köpfte mit seiner Hacke eine Pfingstrose. «Ich glaube, wir suchen jetzt lieber meine Alte», sagte er mit belegter Stimme.

In diesem Augenblick erschien Lady Wapentake, einem zerzausten Spatz nicht unähnlich. Sie begrüßte den Pfarrer herzlich.

«Lady Wapentake», sagte John Adams, «darf ich Ihnen Miss Bryan vorstellen. Sie sucht eine Stellung als Haushälterin. Ich dachte, vielleicht –»

«Ach, Herr Pfarrer, Sie schickt mir der Himmel», sagte Lady Wapentake inbrünstig.

«Stell dir vor, Alice, der arme alte Birchington-Smythe ist zu seinen Ahnen abberufen», sagte Lord Wapentake.

Seine Frau wischte diese betrübliche Nachricht wie eine Belanglosigkeit mit einer Handbewegung beiseite und wandte sich an Sally: «Kommen Sie mit ins Haus, meine Liebe. Wir wollen sehen, ob wir nicht zu einer für beide Teile befriedigenden Vereinbarung kommen können. Mortimer, bitte den Herrn Pfarrer, daß er dir hilft, den Rasenmäher in Ordnung zu bringen.»

Die beiden Frauen gingen auf das Haus zu. Der Pfarrer sah Sally sehnsüchtig nach.

Lord Wapentake brachte ihn auf die Erde zurück. In vertraulichem Ton sagte er: «Wissen Sie, ich habe es Birchington-Smythe immer wieder gesagt, daß er nicht genug Obst ißt. Wieder und wieder.» Er hielt inne und zuckte mit den Schultern. «Wollte natürlich nicht drauf hören. Nun sieht man ja, was passiert ist.»

Das wird kompliziert werden, dachte der Pfarrer. Er holte tief Atem. «Sie irren sich, Lord Wapentake», sagte er laut und deutlich. «Oberst Birchington-Smythe ist nicht tot.»

Betroffenes Schweigen. Ein Paar gereizte graue Augen blitzten den Pfarrer an. «Wem von Ihnen soll ich nun glauben?» fragte Lord Wapentake kühl. «Ihnen oder seiner Tochter?»

«Miss Bryan hat nicht gesagt, der Oberst sei gestorben. Sie sagte, daß ihr eigener Vater schon lange tot ist.»

«Wer, zum Teufel, ist denn nun wieder Miss Bryan?»

«Die junge Dame, die gerade mit Ihrer Frau Gemahlin ins Haus gegangen ist.»

«Aha, sie ist also eine Miss Bryan.» Lord Wapentake warf ihm einen listigen Blick zu. «Und warum», fragte er, mit der Miene eines Schachspielers, der seinen Gegner matt setzt, «warum gibt sie sich dann hier als Tochter von Birchington-Smythe aus?»

Mühsam wahrte John Adams die Beherrschung.

Aber in diesem Augenblick kamen Lady Wapentake und Sally aus dem Haus. Beide lächelten zufrieden. Sally schien wie auf Wolken zu wandeln. «Herr Pfarrer», schrie Lady Wapentake, «Miss Bryan wird sofort, nachdem ich ihre Zeugnisse gesehen habe – nur eine reine Formalität –, die Stellung antreten. Die Carson geht zwar erst in ein paar Wochen, aber sie kann Miss Bryan einarbeiten.» Sie senkte ihre Stimme zu einem Bühnengeflüster: «Wirklich ein reizendes Mädchen, Herr Pfarrer. Ich bin Ihnen unendlich dankbar.»

Sally lächelte ihn an. «Und ich bin Ihnen auch sehr dankbar», sagte sie.

Lord Wapentake schien die allgemeine Freude nicht ganz zu teilen. Er blickte Sally wieder kritisch an. Dann lachte er plötzlich laut heraus: «Donnerwetter aber auch», sagte er, «das waren ja gar nicht die Birchington-Smythes mit den Töchtern, es waren die Fordingham-Jones.» Er ergriff Sallys Hand und schüttelte sie herzlich. «Jetzt fällt's mir wieder ein, Birchington-Smythe war ja der, der die Spaniels züchtete. Sie müssen mir alles über den alten Fordingham-Jones erzählen. Habe ihn seit Jahren nicht mehr gesehen.»

Als Sally und John Adams kurze Zeit später die Auffahrt hinuntergingen, sagte Sally: «Lady Wapentake ist wirklich eine reizende Frau. Ich glaube, hier wird es mir gefallen. Morgen gebe ich mein Zimmer auf und bringe meine Sachen aufs Schloß.»

«Und wann darf ich Sie wiedersehen?» fragte John Adams.

Sally sah ihn nachdenklich an. «Vielleicht kann ich Sonntag zur Abendandacht kommen», sagte sie zurückhaltend.

«Das meine ich nicht.» Sein kräftiges, sonnengebräuntes Gesicht errötete leicht. «Ich – ich hatte gehofft, Sie würden mal einen Abend mit mir ins Theater gehen.»

Sie sah ihn ernst an. «Ich würde mich sehr darüber freuen», sagte sie, «aber – können Sie das denn? Ich meine, werden die Leute nicht reden?»

«Das wird sich herausstellen», lachte er. «Wann haben Sie Ihren freien Abend?»

13

«Ihre Cousine war hier», sagte Lizzie.

«Sally? Bei Ihnen?» Beefy strahlte über das ganze Gesicht. «Und ich hab schon gedacht, sie wär wieder nach Haus gefahren.»

«Sie arbeitet oben auf 'm Schloß. Sie sollen mal vorbeikommen, sagte sie. Donnerstags hat sie ihren freien Nachmittag.»

«Was denn für 'n Schloß?»

«Lord Wapentakes Schloß. Es ist wunderschön, groß wie 'n Bahnhof.»

Beefy wollte Sally unbedingt sehen. So zog er sich am nächsten Donnerstagnachmittag ein sauberes Trikot an und machte sich auf den Weg zum Schloß. Eine halbe Stunde später ging er mutig die Auffahrt hinauf, die sich zwischen hohen, wildwachsenden Rhododendronbüschen entlangwand, bis schließlich das große Gebäude vor seinen Blicken auftauchte.

Beefy verschlug es den Atem. So eine Pracht hatte er noch nie gesehen. Ein Portal, durch das ein einstöckiger Autobus ohne weiteres hindurchfahren könnte. Rote Backsteintürme, mit blau lasierten Ziegeln verziert. Unzählige Schornsteine, unzählige Fenster. Und irgendwo hinter einem dieser hohen Fenster war Sally – wenn sie nicht ausgegangen war. Er konnte es kaum fassen. Es war, als hätte er eine Verwandte im Buckingham Palast.

Ein kleiner Weg, auf dem das Unkraut noch höher stand als auf der Auffahrt, bog nach links ab. Vielleicht führte er zur Hofseite. Das Herz schlug ihm bis zum Halse, als er dem Pfad nachging. Er kam auf einem großen gepflasterten Hof heraus, der von den Ställen und einer Wagenremise umgeben war. Und dort war auch die Hintertür des Hauses und darüber eine stehengebliebene Uhr.

Erstaunt über seinen eigenen Mut, klopfte Beefy an. Ach, wenn doch nur Sally öffnen würde, die liebe, freundliche Sally.

Doch die Tür wurde von einem großen alten Herrn aufgerissen, der etwas unsicher auf den Beinen zu stehen schien.

«Wer, zum Teufel, sind Sie denn?» fragte der alte Herr. «Der Wäschemann?»

Beefy schluckte. «Ich bin Sallys Vetter», sagte er.

«Nie von Ihnen gehört. Verstehen Sie was von Gärtnerei?»

«Nein», sagte Beefy kleinlaut.

«Kommen Sie mit.» Der alte Mann führte Beefy über den Hof und einen anderen kleinen Weg entlang in einen Blumengarten. Dort wies er auf einen traurigen Haufen vertrockneter Pflanzen. «Sehen Sie sich das mal an», sagte er. «Die Lieblingstulpen meiner Frau. Na, was glauben Sie wohl, was mit denen los ist?»

Beefy war verstört. «Ich glaub, die sind verwelkt», stotterte er.

«Verwelkt? Natürlich sind sie verwelkt. Das kann jeder sehen. Aber warum? Das ist die Frage.»

Plötzlich erinnerte sich Beefy, wie die Jungens in Shepherd's Delight einmal aus Spaß ein Unkrautvertilgungsmittel über ein Beet im Pfarrhausgarten gegossen hatten. Und er erinnerte sich auch noch an das

Ergebnis. «Sie sind vergiftet», sagte er prompt.

Lord Wapentake sah ihn bewundernd an. Klatschend schlug er in die Hände. «Parbleu. Genau das habe ich auch gesagt. Genau das habe ich meiner Frau auch gesagt.» Er blickte Beefy unter seinen buschigen Augenbrauen listig an. «Woher haben Sie Ihre gärtnerischen Kenntnisse?» fragte er.

Stolz sagte Beefy: «Das hab ich bei meiner Oma gelernt.»

Lord Wapentake führte ihn zu einer verrosteten Parkbank. Die beiden Männer setzten sich nebeneinander hin, die Hände auf die Knie gestützt, und starrten auf die überall vordringende Wildnis.

«Wie heißen Sie?» fragte Lord Wapentake.

«Beefy Jones.»

«Und wo kommen Sie her?»

«Aus Shepherd's Delight.»

Lord Wapentake fuhr herum und starrte Beefy verblüfft an. «Donnerwetter, nicht die Möglichkeit», sagte er. «Ich habe nämlich selbst 'ne Klitsche dort oben in der Gegend.» Er rutschte etwas näher heran. «Übrigens, ganz unter uns gesagt, ich verkaufe diesen alten Kasten hier demnächst und werde da oben mit meiner Frau den Rest meiner Tage verbringen.»

«Wie schön für Sie», sagte Beefy sehnsüchtig.

«Kommen Sie, wir wollen was besprühen», sagte der Lord plötzlich und stand auf. Sie gingen zu einem der Ställe hinüber, wo sie eine hell glänzende große Sprühdose fanden, und füllten einem Eimer mit Wasser. Als sie wieder in den Garten zurückgekehrt waren, fragte Lord Wapentake eifrig: «Also, was wollen wir besprühen? Oh, ich weiß, die Rosen.»

Er sandte einen feinen Strahl in die Luft. «Sie haben einen Regenbogen drin», sagte Beefy.

Sie starrten beide wie gebannt auf den Wasserstrahl. «Hab in Simla mal einen Burschen getroffen, der farbenblind war. Konnte blau nicht von gelb unterscheiden. Und der Witz, der Witz der Sache war: der Bursche war Blaukreuzler.» Der Lord bog sich unter wieherndem Gelächter und schlug sich auf die Schenkel. «Ein Blaukreuzler», wiederholte er, «und konnte blau nicht von gelb unterscheiden.» Er kicherte vor sich hin.

«Wieso Blaukreuzler?» fragte Beefy.

Seine Lordschaft wischte sich die Tränen aus den Augen. «Dachte mir doch gleich, daß Ihnen die Geschichte gefällt», lachte er vergnügt. «Aber sagen Sie, hätten Sie nicht Lust, sich um all das hier zu kümmern?» fragte er. «Drei Pfund die Woche und freies Mittagessen.»

Beefy starrte ihn an. Wollte dieser nette alte Herr ihm tatsächlich drei

Pfund in der Woche geben? Nein, das war doch einfach nicht möglich.

«Wieviel?» fragte er atemlos.

«Drei Pfund, zehn Shilling», sagte Lord Wapentake hastig.

«Aber – aber ich bin doch kein richtiger Gärtner», stammelte Beefy.

«Möchte wetten, Sie wissen besser Bescheid als dieser Walters», sagte Seine Lordschaft. «Also kommen Sie, mein lieber Mann, ich zeige Ihnen alles.»

Benommen und verwirrt folgte Beefy seinem neuen Freund durch die Gärten: verwilderte Rasenflächen, Parkanlagen, in denen Bäume umgestürzt waren, ein Ziergarten, ein Teich voller Seerosen und Frösche. Schließlich kehrten sie in den Blumengarten zurück. «Meine Frau wünscht sich hier ein Meer von Farben», sagte Lord Wapentake. «Also, was würden Sie vorschlagen?» fragte er erwartungsvoll.

Beefy wagte einen Scherz: «Vielleicht sollten wir den Blaukreuzler fragen», sagte er und war gleich darauf ob seiner Kühnheit erschrocken.

Ängstlich blickte er Lord Wapentake an. Zwei graue Augen betrachteten ihn leicht irritiert. Dann begriff der Lord. Er lachte aus vollem Halse. «Ha, ha, verdammt gut!» brüllte Seine Lordschaft. «Verdammt gut! Den Blaukreuzler fragen! Das muß ich meiner Frau erzählen. Wann können Sie anfangen?» fragte er dann unvermittelt.

«Morgen, wenn Sie wollen», sagte Beefy.

«Ausgezeichnet. Ich mag Leute, die gleich zugreifen. Also morgen früh um acht?» Er stand auf und schüttelte Beefy die Hand. «Seien Sie pünktlich, ich werde Ihnen dann alles zeigen, was zu tun ist. Auf Wiedersehen.»

«Wiedersehen», sagte Beefy überwältigt. Er hatte mit einem Lord gesprochen. Richtig von Mann zu Mann. Ein Lord hatte ihn bei sich angestellt. Und das war noch nicht alles! Er würde im selben Haus wie Sally arbeiten. Er machte einen kleinen Luftsprung. Er konnte es kaum erwarten, den Jungens alles zu erzählen.

Aber das Gemeindehaus war leer, stellte er fest, nachdem er die Tür mit dem neuen Dietrich, den Holzbein für ihn angefertigt hatte, geöffnet hatte. Er machte sich in der Küche ein leckeres Abendbrot, Speckbohnen und Kakao, und nahm es mit hinauf auf den Dachboden.

Es war noch früh. Er beobachtete, wie die gelblichen Strahlen der Abendsonne trübselig an den schäbigen Wänden höher wanderten, und dachte über sein Glück nach. Sally, der nette alte Lord und eine feste Arbeit! Die Zukunft war wolkenlos. Allerdings hatte er von Gartenarbeit so gut wie überhaupt keine Ahnung, aber Adam und Eva war das ja anfangs auch so ergangen. Er würde es schon schaffen.

Unten wurde eine Tür geöffnet. Er hörte die Schritte der Jungens. Sie kamen herauf. «Hallo, Beefy», riefen sie, «heute bist du aber früh dran.

Was hast du denn getrieben?»

«Ich hab mich mit 'nem Lord unterhalten», sagte Beefy.

Sie waren sofort ganz Ohr. «Nicht übel, Beefy», sagte Holzbein beeindruckt. «Nicht jeder redet so ohne weiteres mit Lords. Ist er irgendwie brauchbar für uns?»

«Nein, aber er hat mir 'n Job gegeben.»

Sie sahen ihn mit verächtlichem Mitleid an.

«Was für 'n Job?» fragte Heck schnell.

«Gärtner.» Wichtig fügte Beefy hinzu: «Ich muß morgen ganz früh raus, weil ich um acht im Schloß mit der Arbeit anfangen soll.»

«Da müssen wir ja aufpassen, daß er nicht verschläft, Jungens», sagte Heck, während er sein öliges Haar kämmte.

«Wenn Beefy auf die ehrliche Tour arbeiten will, müssen wir ihm alle dabei helfen», sagte Langfinger.

«Ja, wir sollten stolz auf Beefy sein», sagte Holzbein. «Geht einfach los und verdient sich im Schweiße seines Angesichts sein ehrlich Brot.»

«Beefy der Brotverdiener!» rief Willie Einauge. Die Jungens lachten.

«Ihr veräppelt mich ja gewaltig», sagte Beefy glücklich.

Heck war zum allgemeinen Erstaunen zur Bodenklappe gegangen und stieg jetzt die Leiter hinunter. Das war einmalig. Sonst ging Heck nie selbst, wenn er etwas wollte, sondern schickte stets Beefy.

Fast zehn Minuten vergingen, ehe Heck, eine Tasse der Müttervereinigung sorgsam balancierend, zurückkehrte. «Hier, Beefy», sagte er, «ich hab dir 'ne schöne Tasse Kakao gemacht, damit du gut schläfst und morgen früh schön frisch bist.»

Beefy war gerührt. Der Kakao schmeckte ganz herrlich, irgendwie ein bißchen ungewöhnlich vielleicht, aber Heck hatte ihn eigenhändig zubereitet, man stelle sich vor!

Er leerte die Tasse bis zur Neige und wischte sich mit dem Handrücken über den Mund. «War nett von dir, Heck», sagte er dankbar, «wirklich.»

«Geht doch nichts über 'ne gute, kräftige Tasse Kakao», meinte Holzbein. «Ich mach heut abend das Licht aus, Beefy. Sieh du nur zu, daß du Schlaf kriegst.»

Beefy gähnte. «Ich darf morgen früh nicht verschlafen», sagte er, «muß um acht da sein.» Er gähnte wieder. Seine Linoleumrolle war ihm noch nie so gemütlich vorgekommen. Er konnte die Augen einfach nicht mehr offenhalten. «Nacht, Jungens», murmelte er.

«Gute Nacht, Beefy», sagten alle freundlich.

Nicht alle in der Gemeinde von St. Judas schliefen in dieser Nacht so ruhig und friedlich wie Beefy. Der Pfarrer und der Kirchenvorstand hatten den ganzen Abend lang die eingereichten Kostenvoranschläge geprüft, und wie John Adams schon vorausgesehen hatte, kam der günstigste von Amos Coldbarrow. Nun wälzte sich der Pfarrer schlaflos im Bett. War es richtig, den Auftrag an einen stadtbekannten Sünder zu vergeben? Aber selbst angenommen, der Kirchenvorstand teilte seine Bedenken, war es andererseits richtig, ein höheres Angebot zu akzeptieren und damit der Kirche zusätzliche Kosten zu verursachen? Ein schwieriges Problem. Doch er tröstete sich damit, daß die Dinge nun zumindest in Gang kamen. Der Bischof der Diözese hatte schon zugesagt, den Grundstein zu legen. Ja, es entwickelte sich alles gut.

Dann wanderten seine Gedanken zu Sally, die ihm im Geiste immer nahe war. Ob es ihr wohl auf dem Schloß gefiel? Ob sie wirklich mit ihm ins Theater gehen würde?

Ein paar Straßen weiter, in der Nottingham Road, lag auch Lizzie Tubb schlaflos da. Sie war von Schmerzen geplagt, irgendwo tief drinnen stach es mit tausend Nadeln. Ich sollte wohl mal zum Doktor gehen, dachte sie. Aber die schicken einen ja bloß ins Krankenhaus. Lizzie schauderte. Nein, nie würde sie sich in ein Krankenhaus bringen lassen.

Der Schein der Straßenlaterne fiel auf den Spruch ‹Liebe deinen Nächsten›. Hübsch, dachte sie, hübsch, wie der Efeu sich um die Worte rankt. Sie hatte sich immer eine Efeupflanze gewünscht. Von einem Gemeindeausflug hatte sie sich einmal ein paar Triebe mitgebracht und sie in die schwärzliche Erde im Hinterhof gepflanzt. Sie hatte sie begossen und gedüngt, doch sie waren eingegangen. Aber der Ausflug hatte ihr gefallen. Früher war überhaupt alles irgendwie viel netter gewesen, wenn man jetzt so zurückdachte, ein gewisser Glanz hatte über den Dingen gelegen. Damals hatte ein junger Bursche Mundharmonika gespielt, und herrliches Wetter hatten sie gehabt. So ein Wetter schien es heutzutage auch nicht mehr zu geben. Die Sonne strahlte nicht mehr so hell, der Himmel war nicht mehr so blau, die Erde nicht mehr so grün.

Die Schmerzen waren schlimm. Wenn es nur schon Morgen wäre, dachte Lizzie. Sie würde früh aufstehen und sich an die Arbeit machen. Es gab nichts Besseres als Arbeit, wenn man Sorgen hatte.

Durch seine geschlossenen Augenlider spürte Beefy plötzlich eine große Helligkeit.

Er schoß aus seiner Linoleumrolle, wie eine Kugel aus einem Kanonenrohr. Er zitterte am ganzen Körper. «Mein Gott, ich muß verschlafen haben», murmelte er. «Ich sollte doch schon um acht da sein.» Er stolperte die Leiter hinunter in die leere Küche, spritzte sich schnell ein wenig Wasser ins Gesicht und raste aus dem Haus. Er hätte gern gewußt, wie spät es war. Aber als er in Sichtweite der Rathausuhr kam, wagte er kaum den Blick zu heben. Viertel nach neun! Er würde fast zwei Stunden zu spät kommen. Da würde er wohl die neue Stellung gleich wieder verlieren. Es war ihm völlig unbegreiflich, wie ihm das hatte passieren können. Merkwürdigerweise hatte er auch gräßliche Kopfschmerzen, was er sonst gar nicht kannte, und seine Glieder waren bleiern und wie betäubt. Schließlich erreichte er keuchend das Schloßtor. Er nahm all seinen Mut zusammen und trat ein. Im Park rührte sich nichts. Jeden Augenblick konnte er nun vor dem Lord stehen, und was für ein Donnerwetter würde über seinen schmerzenden Kopf hereinbrechen.

Er betrat den Wirtschaftshof. Und dort war auch Lord Wapentake, den Kopf tief unter die offene Haube eines vorsintflutlichen Rolls-Royce gesteckt.

Beefy hüstelte. Seine Lordschaft blickte gereizt auf. Dann erkannte er, wen er vor sich hatte, und ein Lächeln glitt über sein Gesicht. Er warf einen Blick auf die Uhr über der Hintertür, die seit dem Jahre 1920 stand. Damals hatte sich der Lord eines Abends derartig über das Glockenspiel geärgert, daß er seine Flinte gepackt hatte, aus dem Haus gestürzt war und zwei gutgezielte Salven auf die Uhr abgefeuert hatte.

«Viertel vor acht», sagte Lord Wapentake anerkennend. «Sie kommen aber zeitig. Kennen Sie sich mit Autos aus? Das Ding will nicht anspringen.»

Beefy hatte das Gefühl, er müßte dem Lord eigentlich sagen, daß er in Wirklichkeit nicht zu früh, sondern zu spät gekommen war. Aber so einfach ließ sich das wohl nicht erklären. Also untersuchte er statt dessen lieber den Wagen. Zwei Minuten später sagte er: «Der Benzintank ist leer.»

Lord Wapentake sah ihn bewundernd an. «Sie kümmern sich am besten auch noch um den Wagen», sagte er. «Ich gebe Ihnen dann ein Pfund mehr die Woche.»

Beefy wurde ganz schwach in den Knien. «Ein Pfund mehr?» stammelte er.

«Ja. Waschen Sie heute erst einmal den Wagen. Der Garten kann warten.»

Beefy verbrachte einen herrlichen Tag. Er polierte den Rolls-Royce so lange, bis er sich überall in ihm spiegeln konnte. Und auch innen entfernte er jedes Stäubchen. Ein richtiger Rolls-Royce! Beefy war glücklich.

Als er abends müde, aber zufrieden mit ölverschmiertem Gesicht nach Hause kam, starrten die Jungens ihn überrascht an.

Holzbein fand als erster die Sprache wieder. «Da kommt ja unser Geldverdiener!» rief er.

«Wer ehrlich arbeitet, soll auch ehrlich schwitzen», sagte Heck.

«Klar hab ich geschwitzt», sagte Beefy. «Ich hab nämlich 'n Auto poliert, 'nen richtigen Rolls-Royce.»

«Was denn für 'n Rolls?» fragte Heck.
«Dem Lord seinen.»
«Na, das ist ja fein», sagte Holzbein und stieß einen Seufzer der Erleichterung aus. «Wir hatten nämlich schon Angst, Beefy, du würdest deine Stellung verlieren, weil du gleich am ersten Tag verschlafen hast. Aber wir brachten's einfach nicht übers Herz, dich zu wecken. Du hast so friedlich geschlafen!»
Beefy war tief gerührt. Er sah ganz deutlich vor sich, wie die Jungens die Leiter hinuntergeklettert waren und wie jeder noch einen liebevollen Blick auf ihn geworfen hatte.
Aber dann schrak er plötzlich auf, als Heck sagte: «Ich hab 'ne Neuigkeit für euch. Sie wollen jetzt mit dem Bau von diesem neuen Gemeindehaus anfangen. Irgend 'n Kerl namens Coldbarrow hat den Auftrag gekriegt.»
Bedrücktes Schweigen. Schließlich sagte Holzbein: «Wir müssen was dagegen unternehmen. 'ne bessere Bleibe wie die hier finden wir nie.» Er überlegte. «Aber was könnte man machen?»
«Verzögerungstaktik?» schlug Beefy vor.
Wodka-Joe brach in eine wütende russische Schimpfkanonade aus und strich sich unmißverständlich mit der Hand über die Kehle.
«Joe ist nicht grad sehr zartfühlend», sagte Holzbein mit einem leisen Vorwurf in der Stimme.
«Wie wär's, wenn wir das neue Gemeindehaus anzünden?» meinte Willie Einauge etwas voreilig.
«Keine Kleinigkeit. Wo's noch nicht mal steht», bemerkte Langfinger trocken.
«Und zu riskant», sagte Heck. Nachdenkliches Schweigen. Oh, wenn ihnen nur etwas einfällt, dachte Beefy. Die Vorstellung, seine nächtliche Zufluchtsstätte zu verlieren, erfüllte ihn mit Schrecken.
Schweigen breitete sich aus, ratloses, enttäuschtes Schweigen. Ohne Ida ging es nicht. Sie war der Kopf. Sogar Heck war nichts ohne Ida.
Holzbein war sich als erster darüber klar. Er hörte damit auf, sein Holzbein mit seinen Initialen zu verzieren, und blickte auf. «Wir müssen wohl Ida fragen», meinte er düster.
«Vielleicht haben die Ferien sie ja milder gestimmt», sagte Heck, aber es klang nicht sehr hoffnungsvoll. «Ich werde die Sache mit ihr besprechen, wenn sie zurückkommt.»

14

Unter der liebevollen Pflege von Lord Wapentake und Beefy verödeten die Schloßgärten zusehends.

Die beiden waren unzertrennlich. Und schließlich kam der große Tag, an dem sich Lord Wapentake mit Beefy auf eine Parkbank setzte, eine uralte Brieftasche hervorzog und Zehn-Shillingscheine abzählte. «Hier», sagte er, «vier Pfund, zehn Shilling. Ich nehme an, Sie halten auch nichts von dieser blödsinnigen Sozialversicherung, oder doch?» Er wartete die Antwort nicht ab. «Wußt ich's doch. Ich auch nicht.» Er legte eine Hand auf Beefys Knie. «Stellen Sie sich vor», fuhr er langsam fort, «dieser Kerl, der Walters, hat doch von mir verlangt, ich soll die Beiträge zahlen. Eine Zumutung, wirklich eine Zumutung, wenn Sie mich fragen.»

«Mir ist das egal», sagte Beefy, der nicht recht wußte, worum es ging.

«Sicher, Ihnen ist es egal. Sie sind eben ein gescheiter Bursche.» Der Lord schüttelte den Kopf. «An all diesem Unsinn ist nur Lloyd George schuld, dieser Waliser Zauberkünstler.»

Beefy wunderte sich, wieso plötzlich von einem Zauberkünstler die Rede war. «Ich hab auch mal 'nen Zauberkünstler gesehen», sagte er in Gedanken versunken. «Im Theater. Hat 'ne Dame glatt in zwei Teile gesägt.» Er schüttelte sich. «War ganz platt, daß so was erlaubt ist.»

«Heutzutage ist alles erlaubt», stimmte Lord Wapentake schläfrig zu. «Gibt überhaupt keine sittlichen Maßstäbe mehr.» Sein Kopf fiel nach vorn. Die Sonne war heiß, er schlief ein.

Beefy blieb neben ihm sitzen, von Glück wie betäubt, und knüllte die neuen Zehn-Shillingscheine in seiner mächtigen Faust zusammen. Solch einen Reichtum hatte er noch nie besessen. Er wußte gar nicht, was er damit anfangen sollte.

Doch dann kam ihm eine fabelhafte Idee. Er konnte Sally ins Kino einladen, wenn sie Lust dazu hatte. Fragen würde er sie auf jeden Fall. Sally war immer freundlich. Sogar wenn sie nicht mitkommen wollte, auslachen würde sie ihn nie. Was für ein Tag war heute? Donnerstag. Ihr freier Tag, vielleicht klappte es schon heute abend.

Zur gleichen Zeit saß John Adams im Arbeitszimmer des Pfarrhauses und wählte nervös die Nummer des Schlosses.

Sallys klare, unverkennbare Stimme meldete sich. Ja, Miss Bryan selbst am Apparat. O gewiß doch, es gefiel ihr wirklich sehr gut auf dem Schloß. Und vielen Dank auch noch für alles. Theater? Furchtbar gern. Heute abend? Das ließe sich einrichten. Wie nett, sie freute sich sehr. Ja, um sieben Uhr am Nelsondenkmal, ganz bestimmt. Also bis heute abend dann. Auf Wiedersehen.

Der Pfarrer hängte ein und wischte sich die Stirn. Dann setzte er sich wieder und versuchte vergeblich, sich auf seinen Aufsatz für das Gemeindeblatt zu konzentrieren.

Beefy wartete ungeduldig darauf, daß der alte Lord wieder aufwachte, als Sally im Garten erschien, um frische Blumen für die vielen Vasen im Schloß zu schneiden.

Beefy sprang auf und lief ihr aufgeregt entgegen. Sie blickte auf. «Nanu, Beefy!» rief sie lächelnd. «Was tust du denn hier?»

Er strahlte über das ganze Gesicht. «Ich arbeite doch hier», sagte er, «schon seit einer Woche, im Garten. Ich wollt dich hier besuchen, und da hat mich der alte – der Lord gleich angestellt.»

«Das ist ja eine Überraschung», sagte Sally, erleichtert, daß ihr Vetter eine bezahlte, ehrliche Arbeit hatte. Sie hatte schon oft darüber nachgegrübelt, wovon er eigentlich lebte.

«Ich hab eben grad meinen ersten Lohn gekriegt», sprudelte Beefy heraus, «und da hab ich gedacht, ob du heute abend nicht mit mir ins Kino kommen willst, weil du doch deinen freien Tag hast, aber wenn du nein sagst, ist es auch nicht weiter schlimm.»

Sie blickte ihn betrübt an. «Oh, Beefy», sagte sie, «ich wäre so gern mitgekommen. Aber leider geht es nicht, ich habe schon etwas vor.»

Ein kurzes Schweigen entstand. Dann sagte Beefy freundlich: «Macht nichts, Sally, wirklich nicht. Ich hab ja nur so gemeint.»

Sie lächelte ihn an und nahm seinen Arm. «Ein andermal, abgemacht?»

«Wenn du wirklich willst, natürlich.»

«Natürlich will ich. Aber wie wär's, wenn du mir jetzt beim Blumenschneiden helfen würdest? Oder hast du etwas anderes zu tun?»

Für Beefy war es ein herrliches Vergnügen, Sally bei den Blumen zu helfen. Die Sonne schien, die Vögel sangen, und die Bienen summten zufrieden. Seine Enttäuschung spürte er erst, als Sally ihn wieder verlassen hatte und ins Haus zurückgekehrt war. Der Tag zog sich endlos hin. Sogar die Gesellschaft seines neuen Freundes konnte ihn nicht aufheitern. Ziellos trottete er abends zur Stadt zurück.

Doch plötzlich fiel ihm ein, daß er ja Geld hatte und Geschenke kaufen konnte. Er besorgte zwei Schachteln Zigaretten für Heck und ließ sie sich hübsch verpacken. Dann kaufte er noch ein schweres, mit Messingknöpfen besetztes Halsband für Whitey.

«Soll der Name eingraviert werden?» fragte der Verkäufer.

Beefy schüttelte den Kopf. Darauf konnte er nicht warten. Er war plötzlich ungeduldig, Lizzies Gesicht zu sehen, wenn er mit seinem Geschenk ankam. Sie würde sich freuen.

Whitey schlug flüchtig an, als Beefy an Lizzies Tür klopfte. Lizzie öffnete und lächelte ihn gespielt vorwurfsvoll an. «Kommen Sie rein», sagte sie, «ich dacht schon, Sie hätten mich ganz vergessen.»

«Ich arbeite jetzt», sagte er stolz, «und heut hab ich meinen ersten Lohn gekriegt.» Er kramte in seiner Tasche. «Hier ist ein Geschenk für Whitey», fuhr er fort und überreichte Lizzie das kleine Päckchen.

Lizzie packte es mit leicht zitternden Fingern aus. Sie blickte auf das riesige Halsband, dann sah sie Beefy an. «Das ist aber hübsch. Es wird ihm gefallen», sagte sie und zupfte verlegen am Tischtuch.

Mit vereinten Kräften banden sie das Halsband dem unglücklichen Tier um den Hals. Whitey versuchte es mit seinen Vorderpfoten abzustreifen. Vergebens. Verzweifelt lief er in der Küche umher.

«Es ist hübsch», sagte Lizzie. «Es gefällt dir doch, nicht, Whitey?»

«Hoffentlich ist es ihm nicht zu schwer. Was meinen Sie?» fragte Beefy besorgt.

«Nein, es gefällt ihm.» Sie stand auf und stellte den Teekessel auf den Herd. «Ich hab 'n bißchen Sülze zum Tee. Wollen Sie nicht bleiben?»

Es war eine gemütliche, friedliche Mahlzeit in der dunklen Küche. Lizzie blickte immer wieder zwischen dem Hund und Beefy hin und her.

«Das dürfen Sie aber wirklich nicht», sagte sie, «Ihren Lohn für mich ausgeben.»

Da kam Beefy eine wunderbare Idee. Wenn Sally schon nicht ins Kino mitgegangen war, vielleicht hatte Lizzie Lust, und so fragte er sie: «Wie wär's, wenn wir beide ins Kino gingen?»

«Jaaa», sagte Lizzie und überlegte. «Es geht mir letzte Zeit nämlich gar nicht so gut. Ich hab solche Schmerzen hier, wie von Nadeln. Bißchen Abwechslung wird mir guttun.» Durch ihre dicken Brillengläser blickte sie Beefy dankbar an.

Beefy strahlte. «Na, dann gehn Sie mal schnell und ziehen Sie sich das Geblümte an», sagte er freundlich. «Ich wasch schon ab.»

«Bin gleich zurück», sagte Lizzie. Als sie wieder in die Küche kam, trug sie ein altmodisches Kleid, ein wahres Blumenbeet von Hut, und spitze, vom letzten Kirchenbasar stammende Schuhe.

«Im *Majestic* gibt's 'nen Western», sagte Beefy. «Ich hab die Voranzeige gesehen. Indianer und so.»

«Ja, also ich hab mir überlegt», sagte Lizzie, «vom Kino tun mir nämlich die Augen immer so weh, ob – ob wir nicht vielleicht lieber ins Theater gehen könnten?»

Beefy verbarg seine Enttäuschung. Er hatte sich schon so auf die Indianer gefreut. «Klar können wir ins Theater gehen», sagte er. «Ist sicher auch ganz nett.»

Das *Royal Theatre* in Danby hatte einmal bessere Tage gesehen. Die Bretter, auf denen einst sogar der große Irving gestanden hatte, waren seither auf jede nur erdenkliche Weise entweiht worden, von Zirkusvorstellungen, Eisrevuen oder Schlager- und Quizveranstaltungen. In letzter Zeit hatte sich jedoch wieder ein verhältnismäßig fester Spielplan durchgesetzt. Im Winter fanden Varietévorstellungen statt, und den Sommer über mietete eine junge, unternehmungslustige Theatertruppe die Bühne.

Man spielte alles mögliche. Das Repertoire reichte von den *Gespenstern* bis zum *Gespensterzug*, von der *Möwe* bis zu den *Möwen über Sorrent*. Und wenn die eine oder andere Aufführung einmal den Horizont ihrer Zuschauer überstieg, so war es auch kein Unglück: Das Publikum merkte es ja im allgemeinen erst, wenn die Eintrittskarten bezahlt waren.

Beefy und Lizzie standen inmitten der Menschenmenge, die sich vor dem Theater drängte.

«Ich wüßt ja gern, was es gibt», sagte Beefy.

«Fragen Sie den doch.» Lizzie wies mit dem Daumen auf einen der blauuniformierten und goldbetreßten Theaterportiers.

Beefy wagte nicht recht, einen so prächtig gekleideten Mann anzusprechen. Aber schließlich faßte er sich doch ein Herz, hüstelte nervös, um den Herrn auf sich aufmerksam zu machen, und fragte: «Was gibt es heute abend?»

Der Mann sah ihn erstaunt an, blickte dann auf das riesige Plakat, das direkt vor Beefys Nase hing, und las laut vor: «*Der Kirschgarten* von Anton Tschechow.»

Sie betraten das Foyer. Beefy kaufte zwei Karten für die letzte Parkettreihe, und dann gingen sie beide aufgeregt in den Zuschauerraum.

Interessiert beobachten sie die festlich gekleideten Leute in den ersten Parkettreihen. Plötzlich sagte Beefy: «Da ist ja Sally.» – «Und da ist auch der Pfarrer», rief Lizzie. Beefy schob die Unterlippe vor. «Die sind zusammen hier», murrte er. Sally hatte zwar gesagt, sie wolle ausgehen, aber daß sie mit dem Pfarrer ausgehen wollte, hatte sie nicht erzählt.

Sally sah in ihrem weißen Kleid frisch und strahlend aus. Beefy hätte gern mit ihr dort zusammengesessen. Er wäre stolz auf sie gewesen. Irgendwie gefiel es ihm gar nicht, daß sie mit dem Pfarrer zusammen war. Was sollte eigentlich das ganze Getue, daß sie nicht Haushälterin bei ihm werden könnte, wenn sie dann zusammen ins Theater gingen, wo alle Leute sie sehen konnten. Er verstand überhaupt nichts mehr.

Eine Welle der Erregung lief nun durch den Zuschauerraum: Der vom Rampenlicht angestrahlte rote Vorhang ging endlich auf.

Es war ein sonderbares Stück. Beefy verstand nicht recht, was auf der

Bühne vorging, aber trotz allem unterhielt er sich gut. An einer Stelle setzte eine Dame sich einen Zylinderhut auf und machte ein paar Zauberkunststücke. Aber so gut wie der Zauberkünstler damals, der die Dame entzweigesägt hatte, war sie nicht.

Zum Schluß kam eine ganz traurige Stelle, wo ein alter Mann ins Krankenhaus sollte, aber dann vergaß man, einen Krankenwagen zu bestellen. Beefy war sehr verärgert. «Also, daß sie den Krankenwagen vergessen haben, das hätte nicht passieren dürfen», sagte er entrüstet zu Lizzie, als sie sich ihren Weg aus dem Theater bahnten. «Der Alte sah wirklich so aus, als ob er's nicht mehr lange macht.»

Aber seine Gedanken waren auch bei Sally. Verlegen hielt er den Kopf gesenkt, er wollte ihr heute abend nicht begegnen. Sie sah viel zu vornehm aus, er hätte gar nicht gewußt, was er sagen sollte. Außerdem mißbilligte er ihr Verhalten.

Draußen, im Gedränge der dunkel gewordenen Straßen, fühlte er sich wieder sicher. Und da kam ihm schon wieder eine Idee. Er hatte noch eine Menge Geld, das darauf wartete, ausgegeben zu werden.

«Was halten Sie davon, wenn wir Fisch essen gehen?» fragte er.

Lizzie verlangsamte ihren Schritt. «Sie sollen nicht Ihren ganzen Lohn für mich ausgeben», sagte sie. «Kommen Sie mit nach Haus zu mir, ich mach uns 'nen Kakao.»

Aber Beefy ließ nicht locker. Sie betraten die *Elite-Fischstuben*. Ein wenig später blickte Beefy über zwei Teller mit Fisch und Chips, eine Essigflasche und ein Salzfaß hinweg Lizzie an und fragte: «Mochten Sie das Stück?»

«Ja», sagte sie, «es war nett.» Sie schob sich ein goldbraunes Stück Fisch in den Mund. «Und auch irgendwie komisch. Nicht komisch zum Lachen», erklärte sie, «sondern – na, eben komisch.»

Sally und dem Pfarrer hatte das Stück auch gefallen.

Nachdem sie ihre Plätze gefunden hatten, hatte Sally gesagt: «Ich gehe schrecklich gern ins Theater, Sie auch?»

«O ja!» John Adams war unbeschreiblich glücklich. «Hoffentlich gefällt Ihnen das Stück.» Er wollte auf keinen Fall den Eindruck erwecken, als fürchte er, es könnte ihren Horizont übersteigen. «Es ist nicht jedermanns Geschmack, wissen Sie.»

Sie sah ihn an, ihr Gesicht glühte vor Eifer. «Oh, ich wollte schon immer ein Stück von Tschechow sehen. Ein paar kenne ich aus dem Fernsehen, aber heute sehe ich zum erstenmal eins auf der Bühne.»

John Adams war überrascht. Daß sie ein intelligentes und schönes Mädchen war, hatte er von Anfang an bemerkt. Aber da sie eine Cousine von Beefy war, hatte er angenommen, ihre Ansichten und ihr Geschmack seien etwas begrenzt.

«Bei anderen Dramatikern», fuhr Sally eifrig fort, «selbst bei Shakespeare, kann man sehen, wo sie sich ihre Wirkung herholen. Bei Tschechow dagegen nie. Seine Personen sitzen da und reden ganz alltägliche Dinge, und dann kommt plötzlich ein Laut aus dem Hintergrund – ein Käuzchenschrei, der Gesang von Bauern, der Ruf eines Kindes, und manchmal ist es auch nur ein langes Schweigen auf der Bühne, das einen verzaubert.»

«Sie wissen ja sehr gut Bescheid», sagte er lachend. Besser als ich selbst, dachte er verblüfft.

Während der Aufführung beobachtete er sie. Sie hatte sich im Sessel zurückgelehnt und war ganz in das Schauspiel versunken. Ihre Augen glänzten, ihre Lippen waren leicht geöffnet. Aus einem spontanen Gefühl heraus legte er seine Hand auf die ihre.

Sie zog ihre Hand erst zurück, als der erste Akt zu Ende war.

«Gefällt es Ihnen wirklich?» fragte er besorgt.

«Ja sehr, und Ihnen?»

Der glückliche Abend näherte sich seinem Ende. Arm in Arm gingen sie beschwingt durch die frische Nachtluft. Vor dem Schloßtor blieben sie beide stehen. «Auf Wiedersehen», sagte Sally, «und vielen Dank für alles.»

John Adams streckte die Arme aus. Seine Hände umfaßten ihre Schultern. Er blickte auf ihren lachenden Mund – und dann war sie plötzlich fort, fort aus seinen Armen.

Er blieb noch lange auf dem gleichen Fleck stehen. Immerhin, sie schien ihn zu mögen, und was ihn anging, er liebte dieses frische, bezaubernde Mädchen. Beschwingt lief er die ins Mondlicht getauchte Straße entlang heimwärts, bis er zu den ersten Häusern und Laternen der Stadt kam und in einen langsameren, seinem geistlichen Stand angemesseneren Schritt verfiel.

15

«Und was wißt ihr über diesen Coldbarrow?» fragte Ida. Sie wartete. Schließlich sagte sie: «Hab ich's mir doch gedacht, nichts wißt ihr.» Ihre Augen funkelten. «Wie oft muß ich euch eigentlich noch predigen, Jungens, daß man seine Gegner genau zu studieren hat. Das ist unbedingt notwendig, vor allem, wenn wir diesem Coldbarrow beim Bau des Gemeindehauses dazwischenfahren wollen.»

Ratloses Schweigen. «Also gut», sagte Ida, wieder einmal von ihren Direktoren enttäuscht. «Ich will sehen, was sich da machen läßt. Obwohl ich wirklich nicht weiß, was mich das alles angeht. Das hat man davon, wenn man so gutmütig ist. Aber jetzt haut ab, ich will meine Sachen auspacken.»

Die Direktoren seufzten erleichtert auf. «Vielen Dank, Ida», sagten sie und marschierten im Gänsemarsch ab.

Auch die Präsidentin seufzte. Kaum war sie aus ihrem wohlverdienten Urlaub zurückgekehrt, und schon überfielen sie Heck, Langfinger und Beefy in ihrem Hotelzimmer mit einem derartigen Problem. Ihr erster Gedanke war gewesen, sie zum Teufel zu jagen. Aber das ging auch wieder nicht. Das Gemeindehaus war schließlich sehr nützlich, es hielt sie zusammen. Wenn sie sich erst einmal in alle Winde zerstreut hatten, konnte weiß Gott was passieren. Ida hatte in ihrem Leben zu viele vielversprechende junge Männer gesehen, die in ein ehrbares Leben abgerutscht waren, nur weil ihnen die richtige Führung und Disziplin gefehlt hatte.

Das brachte sie auf Beefy. Der war dafür ein ganz typisches Beispiel. Labil, ja, das war der richtige Ausdruck. Sie griff zum Telefon und verlangte den Portier.

«Ich hatte gerade Besuch», sagte sie.

«Ja, die Herren kommen gerade hier vorbei.»

«Sagen Sie doch dem großen dunklen Herrn, er möchte noch einmal zu mir heraufkommen.»

«Heck», sagte sie, als er in ihr Zimmer kam, «ich mache mir Sorgen wegen Beefy. Hat er seinen ehrlichen Lebenswandel noch immer nicht aufgegeben?»

«Aufgegeben? Im Gegenteil. Er arbeitet. Kurz nachdem Sie auf Urlaub gegangen sind, fing er an, im Schloß als Gärtner zu arbeiten.»

Idas Unterkiefer zitterte vor Wut. «Und ihr habt nichts dagegen unternommen?»

«Ich hab ihm 'n Schlafmittel in seinen Kakao getan», sagte Heck trotzig. «Dadurch kam er am ersten Morgen gute zwei Stunden zu spät. Hat aber anscheinend nicht viel genützt.»

Sie schüttelten beide den Kopf. «Undank ist der Welt Lohn», sagte Ida bitter. «Jedenfalls mußt du ihn wieder zur Vernunft bringen, notfalls mit Gewalt.»

«Geht in Ordnung, Präsidentin», sagte Heck und ging hinaus.

Einige Tage später saßen Beefy und Lord Wapentake morgens auf einer Gartenbank und ruhten sich von der Arbeit aus. Lord Wapentake schien etwas auf dem Herzen zu haben. Er hatte sich schon einige Male Beefy zugewandt, als ob er etwas sagen wollte, hatte dann aber kein Wort herausgebracht. Schließlich gab er sich einen Ruck. Eine Hand auf Beefys Knie gelegt, fragte er: «Waren Sie eigentlich schon mal im Gefängnis?»

Plötzlich schien die Sonne weniger hell, die Vögel hatten aufgehört zu singen, und Beefy schluckte.

«Einmal», sagte er kleinlaut.

«Und weswegen?» fragte der Lord behutsam.

«Das hab ich auch nie so richtig verstanden», sagte Beefy.

«Sie haben – Sie haben also nie Juwelen oder so was gestohlen?»

«Ich? Gestohlen?» fragte Beefy entrüstet. «Natürlich nicht.»

Der Lord nickte. «Schon gut», sagte er, «schon gut. Hoffe, Sie nehmen mir die Frage nicht übel, aber – ich hatte heute morgen zwei Kriminalbeamte in Zivil hier.»

Beefy sah ihn erschreckt an. «Was wollten die denn?» fragte er.

«Sie wollten mich vor einem gerissenen Gauner warnen», sagte Lord Wapentake gedehnt. «Er ist anscheinend darauf spezialisiert, sich in vornehmen Häusern als Gärtner anstellen zu lassen, um die Lage erst mal zu peilen, und dann geht er mit den Familienjuwelen auf und davon.»

«Sind sie wieder weg, die Kriminalbeamten?» fragte Beefy unruhig.

«Ja. Ich habe zu ihnen gesagt, ich hätte nur einen männlichen Angestellten, der sei zwar Gärtner, arbeite aber schon seit fünfzig Jahren bei mir.»

Eine lange Stille folgte. Schließlich sagte Lord Wapentake nachdenklich: «Beefy, haben Sie schon mal einen Kriminalbeamten in Zivil mit Holzbein gesehen?»

«Nein», sagte Beefy. «Einen mit Holzbein kenn ich, aber das ist kein Kriminaler.»

Beefy war den ganzen Tag über aufgeregt und besorgt. Er mußte unbedingt wissen, was Heck von alldem hielt. Es paßte ihm gar nicht, daß die Polizei im Schloß gewesen war.

Er ging früh zu Bett und wartete auf die Jungens. Aber als sie endlich kamen, fehlte Heck.

«Er ist zu seiner armen alten Mutter gefahren», erklärte Holzbein, «die ist nämlich schwer krank.»

Beefy blickte ratlos um sich. «Ich muß ihn aber sehen», sagte er. «Wann kommt er denn?»

«Gar nicht. Er bleibt über Nacht bei ihr.»

Beefy seufzte. «Ich muß ihn was fragen», sagte er. «Zwei Bullen waren auf 'm Schloß, die haben Lord Wapentake vor 'nem Gärtner gewarnt, der hinter Juwelen her ist, und mich hat der Lord hinterher gefragt, ob ich schon mal welche gestohlen hab.»

Holzbein sah ihn entsetzt an. «Na so was. Das find ich aber reichlich unfein. Juwelen hast du doch noch nie geklaut, oder etwa doch?»

«Natürlich nicht.»

Holzbein wandte sich an die anderen. «Da hat man's mal wieder, der arme alte Beefy. Er versucht ehrlich zu arbeiten, und dann sagen die solche Sachen über ihn.»

«Aber was soll ich denn nun bloß machen?» fragte Beefy unglücklich.

Holzbein tat, als denke er nach, und meinte dann: «Du könntest sie vielleicht wegen übler Nachrede verklagen. Aber es spricht wohl schon zu viel gegen dich. Mach du nur weiter so, Beefy. Arbeite ehrlich, dann werden die sich schon von selbst schämen wegen ihrer gemeinen Verdächtigungen.»

«Danke, Holzbein», sagte Beefy und seufzte auf. Man fühlte sich doch gleich besser, wenn man Freunde hatte, die an einen glaubten und einem halfen, trotz aller Hindernisse auf dem rechten Weg zu bleiben.

«Mach dir keine Sorgen», fuhr Holzbein fort: «Geh du nur morgen wieder an deine Arbeit, als ob gar nichts los gewesen wär.» Er legte sich schlafen. «Gute Nacht, Beefy.»

«Gute Nacht, Holzbein», sagte Beefy erleichtert.

Doch am nächsten Morgen, als er zur Arbeit erschien, fand er das Schloß in einem Zustand wilder Aufregung. Überall waren Polizisten. Lady Wapentake rang in der Küche die Hände. Sally war im Blumengarten und sah bleich und verängstigt aus. Seine Lordschaft stapfte mit einem doppelläufigen Jagdgewehr über der Schulter herum. Er sah so aus, als wollte er jeden, der ihm vor die Flinte kam, abknallen.

«Ah, da sind Sie ja, mein Junge», schrie er, als er Beefy erblickte. «Kommen Sie mal zu mir!»

Beefy näherte sich ihm vorsichtig. Lord Wapentake legte ihm die Hand auf die Schulter und sagte erbittert: «Sehen Sie sich die mal an. Suchen nach Spuren! Die wären ja nicht mal imstande, die Spur eines Elefanten in tiefem Schnee zu verfolgen.»

«Was ist denn los?» fragte Beefy ängstlich.

«Los? Wir haben die ganze gottverdammte Polizei von Danby auf dem Hals. In meinem ganzen Leben hat man mich noch nicht so viele idiotische Sachen gefragt.»

«Wen suchen die denn?»

Lord Wapentake starrte ihn verblüfft an. «Natürlich den Kerl, der meiner Alten ihre Juwelen stehlen wollte.» Seine Stimme klang verdrossen. «Was, zum Teufel, haben Sie denn gedacht, was die suchen? Pilze?»

Beefy zitterte wie Espenlaub. «Sie meinen – Sie meinen, jemand wollte Juwelen klauen? Hier im Schloß?»

«Davon rede ich doch die ganze Zeit.» Die Stimme des Lords klang noch gereizter.

«Ich war's nicht», sagte Beefy.

«Sie? Natürlich nicht. Ein großer Bursche war's, mit schwarzem Haar und Koteletten. Hab ihn auf frischer Tat ertappt.» Er klopfte liebevoll auf sein Gewehr. «Ist mir dann leider entwischt. Aber ich hab ihm noch eins aufgebrannt. Aus beiden Läufen. Wetten, daß der die nächsten paar Tage nicht sehr bequem sitzen wird?» Er kicherte in sich hinein.

Aber Beefy sah jetzt zu seinem Schrecken einen hünenhaften Kriminalbeamten auf sie zukommen. Lord Wapentake hatte ihn auch entdeckt. «Ich gehe jetzt», sagte er. «Wenn mir irgend jemand noch eine einzige Frage stellt, kann ich nicht mehr dafür garantieren, daß ich die Finger vom Abzug lasse.»

«Aber was soll ich denn bloß sagen?» fragte Beefy kläglich.

«Schwindeln Sie ihm was vor», sagte der Lord resolut.

Der Kriminalbeamte durchbohrte Beefy mit seinen Blicken. «Kann ich Sie einen Moment sprechen?» fragte er.

Beefy sah ihn an wie ein hypnotisiertes Kaninchen. «Ich muß Radieschen pflanzen gehen», sagte er.

«Die können warten. Wie heißen Sie?»

«Beefy.»

«Beefy, was?»

«Äh – Jones. Übrigens –»

«Wie lange arbeiten Sie hier schon?»

Jetzt saß er in der Falle. Erst gestern hatte Lord Wapentake diesen Polizisten erzählt, daß sein Gärtner seit fünfzig Jahren bei ihm arbeite, und wenn er jetzt etwas anderes sagte, würden sie es nachprüfen und sofort Verdacht schöpfen. Doch er war sich auch darüber klar, daß es schwierig sein würde, Lord Wapentakes Geschichte überzeugend zu bestätigen. Er entschloß sich zu einem Kompromiß. «Fast fünfzig Jahre», sagte er.

«Sie täten gut daran, sich keine Witze mit mir zu erlauben», sagte der Kriminalbeamte.

«Aber ich mach doch gar keine Witze», sagte Beefy verängstigt.

«Na also, wie lange arbeiten Sie denn nun hier?»

«Ungefähr vierzehn Tage», sagte Beefy kläglich.

«Im Garten? Gehen Sie auch manchmal ins Haus?»

«Nur zum Essen.»

«Waren Sie schon mal in den oberen Stockwerken?»

«Einmal», gab Beefy widerwillig zu.

«Warum?»

«Lord Wapentake hat mich nach dem Unkrautvertilger geschickt, weil er ihn fürs Unkraut brauchte.»

«Und wo befand sich der Unkrautvertilger?»

«Im Badezimmerschrank.»

Der Beamte seufzte und schloß sein Notizbuch. «Danke», sagte er mißmutig. Er spürte Lord Wapentake wieder auf. «Wo bewahren Sie Ihren Unkrautvertilger auf?» fragte er.

Die Augen Seiner Lordschaft funkelten wütend. «In der Speisekammer», zischte er durch die zusammengebissenen Zähne, «in einer Flasche, auf der ‹Badesalz› steht.»

«Sie machen uns unsere Arbeit wirklich nicht leicht, Mylord», seufzte der Kriminalbeamte. «Schließlich tun wir ja nur unsere Pflicht, und das, nebenbei bemerkt, um Ihnen zu helfen.»

Lord Wapentake wurde etwas zugänglicher. «Tut mir leid, alter Knabe», sagte er zerknirscht.

«Schon gut, Mylord, hm, also – wo bewahren Sie denn nun wirklich Ihren Unkrautvertilger auf?»

«Verflucht, wenn ich das jetzt bloß wüßte.» Er überlegte. «Ja, wenn Sie mich so fragen, dann würde ich sagen im Badezimmerschrank. Ja, stimmt. Ich hab nämlich diesen Burschen da, den Beefy, mal danach geschickt, und später hab ich dann entdeckt, daß er das Unkraut mit einer Lösung aus dem Badesalz meiner Frau besprüht hat.»

Immer noch besser, als deine Alte in einem Bad mit Unkrautvertilger zu entdecken, dachte der Beamte grimmig. Er entfernte sich. Sein Bedarf an Aristokratie war für diesen Tag gedeckt. Ihm ging allmählich auf, wie es zur Französischen Revolution hatte kommen müssen.

Beefy wurde zu seiner größten Verblüffung nicht verhaftet. Er arbeitete den ganzen Tag wie besessen und wagte nicht, auch nur einmal den Kopf zu heben, und als es Abend war, lief er so schnell, wie seine Beine ihn tragen konnten, nach Hause. Das Gemeindehaus war leer. Er kletterte die Leiter hinauf und verkroch sich in seiner Linoleumrolle.

Doch als die Jungens schließlich heimkehrten, bekam er den nächsten Schock. Sein Freund Heck hinkte. «Hast du 'n Unfall gehabt, Heck?» fragte er besorgt.

Heck, der vorsichtig seine Jacke auszog, hielt inne. «Nein», sagte er schnell. «Wieso denn?»

«Ich dachte nur, weil du so hinkst.»

«Man wird doch wohl noch 'ne Blase an der Hacke haben dürfen», sagte Heck übel gelaunt, «ohne daß jeder gleich wunder was draus macht.»

«Entschuldige, Heck», sagte Beefy demütig.

Aber Heck schien heute abend ganz schlechte Laune zu haben. Wortlos legte er sich auf seinen Kunstrasen. «Soll das Licht vielleicht die ganze Nacht anbleiben?» fragte er dann streitsüchtig.

Beefy kroch aus seiner Linoleumrolle. «Ich geh ja schon», sagte er und blickte auf seinen Freund hinunter. «Warum liegst du denn auf dem Bauch, Heck?»

Ein wütendes Grunzen war die Antwort. Beefy zögerte, doch dann kroch er die Leiter hinunter und schaltete das Licht aus. Er machte sich Sorgen um Heck. Vielleicht hatte er wieder einen dieser scheußlichen Anfälle und lag auf dem Bauch, um sein schmerzverzerrtes Gesicht vor seinen Freunden zu verbergen. Beefy hielt sich noch lange Zeit wach, für den Fall, daß sein Freund irgend etwas brauchen sollte. Aber Heck lag die ganze Nacht ruhig und stumm da.

16

Der Kirchenbasar, der in Mr. Macmillans Garten stattfand, war ein großer Erfolg.

Hübsche junge Damen in bunten Sommerkleidern standen auf dem Rasen und tranken, einen Strohhalm zwischen den Lippen, Limonade. Die Jungen tanzten mit ihren Mädchen so lange und ausdauernd, bis die Sonne hinter dem Horizont verschwand. Der Garten war voller Gelächter und Tanzmusik, und von der Bowlingbahn tönte das friedliche Klikken der Holzkugeln herüber. Die Jung-Pfadfinder liefen mit einem Kuchen herum und forderten die Gäste auf, das Gewicht zu erraten. Emsig schrieben sie dann die ernsthaften, die scherzhaften oder die nur gleichgültig hingeworfenen Antworten auf. Große Holztische bogen sich unter Salatschüsseln, Platten mit belegten Broten und Erfrischungsgetränken, andere unter den großzügig gespendeten Gaben.

An einem der Tische stand Lizzie Tubb in ihrem geblümten Kleid und bediente die Hungrigen.

Beefy stand mit einem Zylinder auf dem Kopf und einem vergnügten Grinsen im Gesicht auf einem kleinen Podest, während einige junge Leute sich bemühten, seinen Zylinder mit Tennisbällen zu treffen. Er war überglücklich. Sein neuer Freund Mr. Macmillan hatte ihn gebeten, diese Rolle zu übernehmen. Begeistert hatte Beefy zugestimmt. «Guter alter Beefy», schrien die Jungen und Mädchen und ballerten ihm den Zylinder vom Kopf. Er war im siebenten Himmel.

Im siebenten Himmel war auch der Pfarrer John Adams, denn Sally, die Lady Wapentake am Gemüsestand half, hatte ihn angelächelt.

Im siebenten Himmel war auch Sally, denn John Adams hatte ihr etwas abgekauft und sich zwanzig Minuten mit ihr unterhalten.

Im siebenten Himmel war die ganze Gemeinde, weil ihr netter junger

Pfarrer, der sich so viel Mühe mit dem neuen Gemeindehaus gegeben hatte, seine Gedanken nun offenbar zarteren Dingen zuwandte – um es genau zu sagen: diesem hübschen jungen Mädchen vom Schloß. Alles tuschelte und freute sich darüber.

Nur Amos Coldbarrow fühlte sich hier nicht wohl. Diese Art Veranstaltungen war ihm zuwider. Wenn man nicht aufpaßte, mußte man ununterbrochen in die Tasche langen.

Er merkte, daß ihn jemand zaghaft an der Jacke zupfte. «Möchten Sie nicht raten, wieviel Bonbons in diesem Glas sind?» piepste eine kleine Pfadfinderin. «Kostet jedesmal nur drei Pennies.»

«Nein, ich esse keine Bonbons», sagte Amos und ging weiter. Man hatte ihn eingeladen, weil er den Auftrag für den Bau des neuen Gemeindehauses bekommen hatte. Aber er würde sich jetzt schnellstens empfehlen, bevor man ihn bis aufs Hemd ausplünderte.

Er hörte, wie jemand seinen Namen rief, und blickte sich um. Der Pfarrer, in einer hellen Leinenjacke, kam auf ihn zu. «Hallo, Amos», begrüßte er ihn, «wie sieht's mit dem Bau aus?»

«Die üblichen Schwierigkeiten», sagte Amos, «aber nichts von Bedeutung.»

«Wir werden doch den Termin für die Grundsteinlegung einhalten können?» fragte der Pfarrer etwas besorgt. Er hatte den Bischof dazu eingeladen und schon eine feste Zusage von ihm erhalten.

«Machen Sie sich keine Sorgen», sagte Amos, «ich habe noch nie jemanden sitzenlassen.»

«Natürlich nicht.» Der Pfarrer war beruhigt. Eigentlich gar kein so übler Bursche, dieser Amos, wenn man ihn etwas besser kannte. Er war nun doch froh, daß der Kirchenvorstand darauf bestanden hatte, Amos den Bau zu übertragen. Immerhin ging es nun sichtbar voran.

Durch einen merkwürdigen Zufall stand er plötzlich wieder vor Sallys Tisch. «Nun, wie geht das Geschäft?» fragte er.

«Sehr gut, vielen Dank, Herr Pfarrer», sagte sie.

«Es wird gerade ein Walzer gespielt. Könnten Sie nicht Ihren Posten für zehn Minuten verlassen und mit mir tanzen?»

«Warum nicht», sagte Sally. Sie sprach ein paar Worte mit Lady Wapentake, die ermunternd nickte. Dann gingen die beiden, ein junges hübsches Paar, durch die Menge auf den Rasen.

Sie drehten sich im Schatten der Pappeln.

«Sie tanzen ja fabelhaft», sagte er.

«Danke», erwiderte sie und blickte lächelnd zu ihm auf.

«Ihr Vetter scheint viel Spaß zu haben.»

«Beefy? Er amüsiert sich köstlich.»

«Ja», stimmte der Pfarrer geistesabwesend zu. Seine Gedanken waren in Wirklichkeit nicht bei Beefy. Er war überglücklich. Sallys Hand lag warm in der seinen, und sein Arm umfaßte fest ihre Taille. Ich könnte immer so weitertanzen, dachte John Adams, bis die Sonne untergeht und der Mond hinter den Pappeln emporsteigt und die Sterne im Gezweig der Bäume hängen.

Doch schließlich verstummte die Musik. «Ich glaube, ich muß jetzt wieder zu meinem Stand zurück», sagte Sally.

«Noch einen Tanz», bat er. Aber in diesem Moment erschien Amos Coldbarrow und sagte: «Kann ich Sie einen Augenblick sprechen, Mr. Adams?» Sein Gesicht war bleich, und er schien sehr aufgeregt.

Nachdem Amos die lästige Pfadfinderin mit den Bonbons abgeschüttelt und den Pfarrer beruhigt hatte, war er im Begriff gewesen, nach Hause zu gehen. Da hatte er etwas erblickt, das ihn so unwiderstehlich anzog wie Kerzenlicht eine Motte. Was er sah, war ein buntgestreiftes Zelt mit einem Schild ‹Madame Ida – Hellseherin›.

Amos Coldbarrow schlug die Leinwand am Eingang zurück und trat ein.

Drinnen war es dunkel. Madame Ida saß an einem Tisch, auf dem eine Kristallkugel stand. Ihr Kopf und der größte Teil ihres Gesichts waren von einem grellfarbigen Tuch verdeckt. Sie streckte ihm geschäftsmäßig die Hand entgegen.

«Versilbere die Hand der Zigeunerin», sagte sie.

Seufzend zog Amos eine Münze aus der Tasche. Madame Ida ließ sie in ihrem bauschigen Gewand verschwinden. «Setzen Sie sich», sagte sie.

Amos ließ sich ihr gegenüber am Tisch nieder.

«Sie möchten, daß ich den Schleier lüfte und Ihnen einen kurzen Blick in die Zukunft gewähre?» fragte sie.

Amos nickte stumm.

Madame Ida schob ihren Stuhl zurück, beugte sich vor, ergriff mit beiden Händen die Kristallkugel und starrte hinein.

«Sie sind siebzig Jahre alt. Sie sind – Bauunternehmer», sagte sie.

«Das könnte mir jeder in Danby sagen. Für mein Geld verlange ich schon etwas mehr.»

Und bei Gott, das wirst du kriegen, dachte Madame Ida. Sie starrte weiter in die Kugel hinein. «Ich sehe ein Gebäude entstehen», sagte sie, «die Fundamente sind schon gelegt. Ein großes Gebäude, eine Fabrik oder eine Schule. Nein, jetzt sehe ich einen Bischof, er legt den Grundstein. Es muß eine Kirche sein.»

«Oder ein Gemeindehaus?» bemerkte Amos trocken.

«Oder ein Gemeindehaus. Jetzt werden die Mauern hochgezogen, und nun die Tragbalken angebracht, die das Dach stützen sollen. Schwere, eiserne Tragbalken. Man hat offenbar einige Schwierigkeiten, einen der Tragbalken in die richtige Lage zu bringen.»

«Ja, und weiter?» fragte Amos kühl.

«Merkwürdig, sehr merkwürdig. Da ist plötzlich noch ein zweites Bild. Ein Mann, ein Arbeiter, stürzt von einem Gerüst. Es sieht beinahe so aus, als ob mit diesem Gerüst irgendwas nicht ganz in Ordnung ist. Ja tatsächlich, jetzt sehe ich eine Schlagzeile, offenbar eine ganze alte Zeitung, und da steht –»

«Hören Sie auf damit!» fuhr Amos sie mit heiserer Stimme an. Er wischte sich mit dem Taschentuch über die Stirn und sagte entschlossen: «Ich will wissen, was da beim Bau des Gemeindehauses los ist. Die Vergangenheit interessiert mich nicht.»

«Ja also, wie ich schon sagte, da scheint irgendwas mit einem der Tragbalken zu sein. Jetzt sehe ich einen der verantwortlichen Leute kommen und ihnen Anweisungen geben.» Sie starrte durch das Halbdunkel des Zelts auf Amos und dann wieder scheinbar angestrengt in die Kristallkugel. «Ja, das sind Sie. Sie sind jetzt unter dem Tragbalken. Sie zeigen mit Ihrem Stock nach oben. Sie – o nein!» Sie schrie auf und warf ein Stück Tuch über die Kristallkugel.

«Was ist?» fragte Amos drängend. «Was ist passiert?»

Madame Ida lehnte sich schweratmend zurück.

«Nichts», sagte sie schnell, «nichts, die Kugel verdunkelte sich. Ich konnte plötzlich nichts mehr sehen.»

Er stand auf und packte sie an den Schultern. «Was haben Sie gesehen?»

«Ich sage Ihnen doch, nichts. Lassen Sie mich. Gehen Sie.»

«Was haben Sie gesehen?» wiederholte er und schüttelte sie.

Sie stand auf und klammerte sich an den Tisch. «Bitte gehen Sie», schrie sie, «mir ist ganz elend. Bitte gehen Sie.» Sie hielt sich einen Arm vor die Augen. «Oh, es war schrecklich, schrecklich.»

«*Was* war schrecklich?» fragte Amos, dem jetzt auch elend wurde.

«Der Tragbalken. Wie er fiel. Er stürzte vom Dach herunter.» Sie blickte ihn mit weit aufgerissenen Augen an. «Er krachte zu Boden und zermalmte alles unter sich.»

Jetzt war es Amos, der sich an den Tisch klammerte. «Ist – ist jemand zu Schaden gekommen?»

«Es war schrecklich», schluchzte sie.

Amos schauderte. Er hörte, wie seine eigene Stimme heiser und flehend fragte: «Sie irren sich gewiß nicht?»

Sie schüttelte den Kopf und preßte sich ein Taschentuch auf die Augen.

Amos verließ schwankend das Zelt. «Wollen Sie ein Los für die Tombola kaufen?» fragte ein Pfadfinder. Aber Amos sah und hörte nichts. Er stützte sich schwer auf seinen Stock. Es gab nur einen Ausweg. Er suchte nach dem Pfarrer. Da war er, er tanzte auf dem Rasen, als sei nichts geschehen. Zum Glück hörte gerade in diesem Moment die Musik auf. Amos taumelte auf den Pfarrer zu und sagte: «Kann ich Sie einen Augenblick sprechen, Mr. Adams.»

«Kann ich Sie einen Augenblick sprechen, Mr. Macmillan», sagte der Pfarrer zehn Minuten später.

«Was gibt's denn?» Mr. Macmillan spürte, es lag etwas in der Luft. «Ist das Eis alle?» fragte er bemüht scherzhaft.

«Coldbarrow tritt vom Vertrag zurück.»

«Wie bitte?» Der Kirchenälteste erbleichte. «Aber warum denn? Ist er verrückt geworden?»

«Er hat sich geweigert, irgendeinen Grund dafür anzugeben. Es ist noch keine halbe Stunde her, da hat er mir versichert, daß alles rechtzeitig zum Besuch des Bischofs fertig sein würde. Und nun kommt er einfach und will mit der ganzen Sache nichts mehr zu tun haben.»

Mr. Macmillan rieb sich das Kinn. Dann sagte er etwas zuversichtlicher: «Vermutlich hat ihn bloß irgend jemand aufgehetzt. Er wird schon wieder zur Vernunft kommen.»

«Hoffentlich haben Sie recht. Aber ich glaube es kaum. Er zitterte am ganzen Körper und sah völlig verstört aus. Und es war einfach nicht aus ihm herauszubekommen, was ihn zu dieser Entscheidung veranlaßt hat.»

Die beiden Männer sahen sich an. «Was machen wir denn nun bloß?» fragte Mr. Macmillan.

«Ich fürchte», seufzte der Pfarrer, «wir müssen den Bau einer anderen Firma übertragen und den Bischof vertrösten.» Er strich sich mit der Hand über die Stirn. «Ach, es ist zum Verzweifeln, Macmillan. Ich habe ja gewußt, daß ein Bauvorhaben Schwierigkeiten mit sich bringt, aber so viel Ärger habe ich nicht erwartet.»

Mr. Macmillan legte ihm freundlich die Hand auf den Arm. «Machen Sie sich nicht zu viel Sorgen», sagte er. «Noch wollen wir uns nicht geschlagen geben.»

Beide schwiegen. Dann blickte der Pfarrer auf. «Das ist die richtige Einstellung», sagte er. «Wir werden das Gemeindehaus bauen allen Widerständen zum Trotz.» Er sah zum Podium hinüber. «Gleich beginnt die Preisverteilung. Ich muß jetzt wohl gehen.»

Die Menge drängte bereits zum Podium, wo Lord Wapentake hinter dem Tisch mit den Preisen stand, eine Liste der Gewinner in der Hand. Der Pfarrer sprang hinauf, stellte sich neben den Lord und kündigte durch ein Mikrophon die Preisverteilung an.

Lord Wapentake blickte auf die Liste der Gewinner und stellte fest, daß er keinen der Namen entziffern konnte. Verdammt, er hatte natürlich wieder einmal seine Brille zu Hause vergessen. Er wollte gerade den Pfarrer bitten, die Namen aufzurufen, als er in der Menge einen Zylinder entdeckte. «Hallo, Beefy», brüllte er, «kommen Sie doch mal herauf.»

Beefy erstarrte vor Schreck. Mit zitternden Knien kletterte er auf das Podium, stellte sich linkisch neben den Lord und blinzelte ängstlich in die Menge, die ihm gutmütig applaudierte. Er grinste hinunter und sah zu seiner Freude, wie Sally in der ersten Reihe die Hand hob und ihm zuwinkte. Er winkte zurück. Aber dann geschah das Entsetzliche: Lord Wapentake drückte ihm ein Blatt Papier in die Hand und sagte: «Hier, mein lieber Junge, lesen Sie diese Liste vor.»

Beefy nahm das Blatt Papier. Er sah es an, drehte es um. Dann flüsterte er heiser: «Ich kann nicht. Ich kann's nicht lesen.»

Aber sein Flüstern war vergebens, das Mikrophon fing seine Worte auf, und die Lautsprecher verkündeten der Menge: «. . . ich kann's nicht lesen.»

«Daß Sie in Ihrem Alter schon eine Brille brauchen», sagte Lord Wapentake streng.

«Es ist nicht wegen der Brille. Es ist, weil ich nicht lesen kann.»

Wieder tönten die Lautsprecher: «. . . weil ich nicht lesen kann.»

Beefy war völlig verwirrt. Er sah nur, wie Sally ihm tapfer zulächelte. Dann kam ihm der Pfarrer zu Hilfe. Er nahm ihm die Liste aus der Hand und sagte freundlich: «Lassen Sie nur, Beefy, ich mache das schon.»

Er begann die Namen aufzurufen. Beefy polterte blind die Stufen hinunter, lief um das Podium herum und durch den menschenleeren Garten hinaus auf die stillen Straßen. Er war puterrot im Gesicht. Ohne Sally wäre alles halb so schlimm gewesen. Aber sie hatte mitten in der ersten Reihe gestanden und seine ganze Blamage miterlebt. Und das Ärgste war, alle wußten, daß sie seine Cousine war. Sie würden sagen: ‹Sie kennen doch Sally, dieses nette Mädchen. Na, die hat aber einen Vetter, der kann noch nicht mal lesen.› Ja, er hatte Sally richtig blamiert. Er rannte in das leere Gemeindehaus und verkroch sich im kühlen, freundlichen Halbdunkel des Dachbodens.

Kaum war die Preisverteilung vorüber, sprang der Pfarrer vom Podium und lief auf Sally zu. «Ich mache mir Vorwürfe», sagte er. «Ich hätte das schneller erfassen müssen.»

Sally lächelte ein wenig gezwungen. «Sie haben Ihr Bestes getan», sagte sie und wandte sich ab. «Ich muß jetzt gehen und aufräumen.»

«Nein, bitte nur einen Augenblick, ich wollte –»

Sie hatte den Kopf gesenkt. «Ich glaube, es wäre besser, man würde uns nicht mehr zusammen sehen», sagte sie ruhig. «Die Menschen ziehen so leicht voreilige Schlußfolgerungen.»

«Was wollen Sie damit sagen?» Ihre veränderte Haltung ihm gegenüber verwirrte ihn. «Sie – Sie schämen sich doch nicht etwa Ihres Vetters wegen?»

Sally sah ihn mit blitzenden Augen an. «Ich – ich soll mich Beefys wegen schämen? Wo denken Sie hin?»

«Aber was soll denn das bedeuten, daß man uns nicht mehr zusammen sehen darf?»

«Sie sind der Pfarrer dieser Gemeinde. Sie sind eine Respektsperson. Und in Ihrer Stellung können Sie es sich einfach nicht leisten, mit der Cousine eines Analphabeten befreundet zu sein.»

Das Gartenfest ging zu Ende. Die Menge zerstreute sich allmählich. Ein paar Leute waren bereits damit beschäftigt, die Tische zusammenzuklappen. Vom Rasen tönten die traurigen Klänge eines Walzers herüber.

«So ein Unsinn!» rief John Adams. «Sie reden ja wie in einem viktorianischen Kitschroman. Jetzt hören Sie mir einmal zu: Am nächsten Donnerstagabend treffen wir uns und gehen zusammen essen. Einverstanden?»

«Nein», sagte sie, «das geht leider nicht.» Sie wandte sich zum Gehen. «Ich muß jetzt wirklich beim Zusammenpacken mithelfen.»

Er folgte ihr. «Aber Sally –» bat er. Doch es war zu spät. «Ach, da sind Sie ja», rief Lady Wapentake Sally zu. «Helfen Sie mir doch bitte, die bemalten Kacheln hier einzupacken. Ich will sie ins Krankenhaus schicken.»

«Was soll mit den Tischen geschehen, Herr Pfarrer?» fragte George Bloodshot. John Adams wurde aufgehalten. Einige Minuten später sah er, wie der Wapentakesche Rolls-Royce Sally entführte.

17

Zu Fuß, auf Fahrrädern, in Autos und Zügen flohen die Menschen aus den großen Städten aufs Land, an die Küste. Viele stürzten sich sogar ins Meer.

Aber es war keine Katastrophe über England hereingebrochen, sondern nur ein Nationalfeiertag.

Lizzie Tubb blickte auf die Uhr. Halb neun. Sie war an diesem Morgen wahrscheinlich so glücklich wie kein anderer in Danby, denn um neun Uhr wollte Beefy kommen und sie mit ans Meer nehmen. Lizzie war noch nie am Wasser gewesen. Sie hatte es natürlich schon im Kino gesehen, und sie fand, es sah hübsch aus. Als Beefy gesagt hatte, sie könnten im Lieferwagen zusammen hinfahren, war sie deshalb vor Freude ganz außer sich geraten. Sie hatte kaum mehr an etwas anderes denken können. Sie war erst einmal Auto gefahren, bei der Beerdigung ihrer Schwester, und sie hatte es damals, wenn auch mit Gewissensbissen, sehr genossen.

Whitey sollte auch mitkommen. «Das wird lustig», hatte Beefy gesagt. «Wir können Stöcke ins Meer werfen, die er dann wieder rausholen muß.»

«Das macht ihm sicher Spaß», sagte Lizzie.

Fünfundzwanzig Minuten vor neun. Lizzie summte tonlos eine kleine Melodie vor sich hin. Sie hatte ihr geblümtes Kleid angezogen und den Hut aufgesetzt, der wie das reinste Blumenbeet aussah. Sie hatte ihn einmal auf einem Kirchenbasar gekauft, genau wie die eleganten spitzen Lackschuhe, die sie zur Feier des Tages trug.

Fünfzehn Minuten vor neun. «Wir fahren ans Meer, Whitey», sagte sie. «Das wird dir aber Spaß machen, was?» Whitey wedelte freudig mit dem Schwanz.

Vielleicht kommt er ein bißchen früher, dachte Lizzie und ging ans Fenster, um durch die Geranienblätter auf die Straße zu spähen. Nichts zu sehen. Sie wartete geduldig.

Zehn Minuten nach neun. Sie wartete weiter und starrte auf die heiße, staubige Straße hinaus. Vielleicht hatte er eine Reifenpanne gehabt. Langsam wurde sie unruhig. Es war ein so schöner sonniger Tag. Am Meer mußte es herrlich sein.

Um halb zehn ging sie zur Haustür und lauschte. Sie hörte den starken Verkehr am Ende ihrer Straße vorbeirauschen, aber kein Wagen bog in die Nottingham Road.

Um zehn dachte sie: Vielleicht wird er nun sagen, daß es sich gar nicht mehr lohnt, noch zu fahren. Hoffentlich nicht. Vielleicht war es für sie die letzte Gelegenheit, ans Meer zu fahren.

Sie kehrte in die Küche zurück. Whitey stand auf und wedelte mit dem Schwanz. «Er hat sich verspätet, Whitey», sagte sie. «Wird sich gar nicht mehr lohnen, ans Meer zu fahren, wenn er nicht bald da ist.» Sie ging wieder vorn ans Fenster. Ihre Finger zupften unruhig an den Geranienblättern.

Um elf Uhr ging sie in die Küche, zog ihre Schuhe aus und nahm den Hut ab. «Jetzt kommt er nicht mehr, Whitey», sagte sie.

Sie stieg nach oben, zog das Geblümte aus und schlüpfte in ihr altes Zeug. Dann machte sie sich etwas zu essen. Nach dem Essen wollte sie sich ein wenig hinlegen.

Da erschien plötzlich Beefy, erhitzt und aufgelöst.

«Tur mir so leid», sagte er, «tut mir ganz schrecklich leid.»

«Schon gut, Beefy, macht nichts.»

Er stieß einen Seufzer der Erleichterung aus. «Dachte schon, Sie sind mir vielleicht böse», sagte er.

«Wir haben uns schön ausgeruht, nicht, Whitey?»

Er trat ins Haus. «Ist 'n bißchen enttäuschend, wenn man was tun will, und dann wird nichts draus», sagte er. «Der Park vom Schloß ist heut fürs Publikum geöffnet. Ich hab mir gedacht, vielleicht haben Sie Lust, sich den mal anzugucken?»

«Es ist – es ist wohl jetzt schon zu spät fürs Meer?» fragte Lizzie.

Beefy sah betreten aus. «Ja, es ist nämlich so, ich hab keinen Lieferwagen», sagte er.

«Sie haben doch nicht 'n Unfall gehabt?» fragte sie besorgt.

«Nee, es ist nämlich nicht wirklich unser Lieferwagen, er ist – sozusagen geborgt. Der Kerl, dem er gehört, hat ihn in einer abgeschlossenen Garage, und wenn er nicht damit fährt, dann borgen wir ihn eben aus, verstehen Sie?»

«Wohl so 'ne Art Abmachung?» fragte Lizzie.

«Ja, so 'ne Art», sagte Beefy. «Wenigstens von unserer Seite ist es 'ne Abmachung, bloß er hat's scheinbar nicht begriffen. Als ich nämlich die Garage geöffnet hab heut morgen, ist er angerannt gekommen und hat gebrüllt.»

«Komisch, daß er seinen ollen Lieferwagen an einem Feiertag braucht», sagte Lizzie. «Und was haben Sie zu ihm gesagt?»

«Ich bin getürmt, und er hat gleich nach der Polente geschrien und die sind hinter mir hergehetzt. Ich hab mich unten beim Kanal versteckt.»

«Armer Beefy», sagte Lizzie. Ihre Augen glänzten vor Dankbarkeit. «Das alles haben Sie gemacht, bloß um mich ans Meer zu fahren.»

«Im Schloßpark wird es auch ganz nett sein», sagte Beefy. «Ich zeig Ihnen die Radieschen, die ich da gepflanzt hab.»

«Wissen Sie eigentlich», sagte John Adams, «daß dies der einzige Feiertag des Jahres ist, mit dem die Kirche nichts zu tun hat? Ich lege deshalb für heute jede Verantwortung nieder.» Er rückte sich bequemer im Fahrersitz des gebrauchten Wagens zurecht, den er sich gerade gekauft hatte, und pfiff ein wenig melancholisch vor sich hin.

Sallys dunkles Haar wehte im Wind. Sie lächelte blaß, sagte aber nichts. Er warf ihr einen Blick aus den Augenwinkeln zu. Allzu froh schien sie nicht gerade gestimmt. Es hatte ihn große Mühe gekostet, sie überhaupt zum Mitkommen zu überreden. Seit diesem absurden Zwischenfall bei der Preisverteilung hatte sie ihn gemieden, und nur seinen hartnäckigen telefonischen Bitten war es gelungen, sie zu dieser Fahrt zu bewegen. Als käme es darauf an, ob ihr Vetter lesen oder schreiben konnte. Schließlich liebte er sie und nicht ihren Vetter.

Sie fuhren schweigend weiter, passierten eine hübsche alte Brücke und bogen dann rechts in einen Landweg ein, der an einem schnell dahinschießenden Bach entlangführte. An einer Stelle, wo sich der Weg vom Bach entfernte und sich in den Hügeln verlor, hielt er an. «Hier können wir irgendwo rasten», sagte er und ergriff den Picknickkorb.

Er half ihr über ein Gatter, und sie wanderten einen Pfad entlang, der in ein Wäldchen führte. Sally sah frisch und kühl aus in ihrem weißen Kleid und schritt leichtfüßig neben ihm her. Ihre Arme waren gebräunt. Einmal versuchte er ihre Hand zu ergreifen, aber sie lächelte nur und wehrte ihn ab. «Sie sind heute so fremd», beklagte er sich.

«Das kommt Ihnen nur so vor», sagte sie. «Aber wo gehen wir eigentlich hin?»

«Das werden Sie gleich sehen», erwiderte er, «ich glaube, es wird Ihnen gefallen.» Sie kamen aus dem Wäldchen heraus und stiegen, während die Sonne heiß auf ihren Gesichtern brannte, einen kleinen Hügel hinauf. Oben angekommen, blickten sie auf das weite, im Sonnenschein träumende Tal, durch das sich das Flüßchen schlängelte, und weiter hinüber auf eine Hügelkette. Dann liefen sie zum Bach hinunter, auf eine Gruppe alter Weiden zu. Das Wasser rauschte und gurgelte, die Mücken tanzten. Der Mittag lag heiß und drückend über dem Land. Die Luft war erfüllt vom Duft des Grases und dem feuchten Geruch des Flüßchens.

«Gefällt es Ihnen hier?» fragte er.

«Ich finde es wunderhübsch.» Sie packte den Picknickkorb aus. John Adams verschränkte die Hände hinter dem Kopf und sah dem Rauch seiner Pfeife nach, der sich langsam emporkräuselte.

Wie still es hier war! Wohin die ferienfreudige Menge auch gefahren sein mochte, diesen Platz hatte sie nicht entdeckt. Hoch oben, unendlich fern, kroch wie ein Insekt ein Flugzeug über den blauen Himmel. Das ferne Summen verstärkte noch das Gefühl der Stille und Einsamkeit.

John Adams wandte sich Sally zu, die traurig über die Wiesen hinweg ins Leere starrte. Sie bemerkte seinen Blick, und der traurige Ausdruck verschwand aus ihrem Gesicht. Er richtete sich auf, nahm die Pfeife aus dem Mund und streckte die Hand aus. «Ach, Sally», sagte er, gerührt von ihrer Lieblichkeit. Seine Stimme bebte leicht und verriet seine Gefühle. Plötzlich standen ihr Tränen in den Augen. «Was haben Sie denn?» fragte er und schloß sie in die Arme.

Einen Augenblick lang klammerte sie sich an ihn. Dann wandte sie ihr Gesicht ab und wischte sich die Tränen fort. «Es tut mir leid», sagte sie. «Sie müssen mich für eine schreckliche Närrin halten.»

«Was für ein Unsinn», sagte er. «Sally», fuhr er dann zögernd fort, «ich bin doch auch gar nichts Besonderes. Aber, Sally – wollen Sie mich heiraten?»

Sally zupfte ernst und angelegentlich an einem Grashalm. Ihre Lippen öffneten sich, aber sie sagte nichts. Sie schüttelte langsam und traurig den Kopf.

«Ich liebe Sie», sagte er.

Sie sah ihn nicht an, sondern schüttelte nur weiter den Kopf. Eine kleine Wolke zog auf, schob sich vor die Sonne und löste sich wieder auf.

«Haben Sie denn gar nichts für mich übrig?» fragte er.

Sally antwortete immer noch nicht.

«Warum wollen Sie mich denn nicht heiraten, Sally?»

Sie öffnete die Lippen und schluckte. «Es würde nicht gutgehen», brachte sie endlich mühsam heraus. «Welten trennen uns. Ich – ich glaube, ich war wohl ein ganz gescheites kleines Mädchen. Ich bekam ein Stipendium fürs Gymnasium. Ich habe ein bißchen was gelernt. Aber – zur Pfarrfrau eigne ich mich nicht.»

«Bitte hören Sie mir mal zu», sagte er eindringlich. «Sie haben völlig überholte Ansichten. So denkt heute kein Mensch mehr. Lieben Sie mich, Sally? Nur darauf kommt es an.»

Sie senkte den Blick. «Nein», sagte sie ruhig, «ich liebe Sie nicht, John.»

Er machte sich am Picknickkorb zu schaffen. «Ja, dann», sagte er, «dann bleibt nichts weiter zu sagen, nicht wahr?»

«Nein», sagte sie, «nichts.»

Sie aßen so langsam, als ob ihnen jeder Brocken im Halse steckenbleiben könnte. Dabei fiel kaum ein Wort. Sobald sie mit dem Essen fertig waren, standen sie auf und begannen die Reste zusammenzupacken.

Plötzlich, ohne zu wissen, wie es geschah, lagen sie sich in den Armen. Er küßte sie und murmelte ihren Namen. «Sie lieben mich also doch», sagte er.

«Ja, o ja. Natürlich liebe ich Sie. Ich habe Sie vom ersten Augenblick an geliebt, als ich Sie sah.» Sie seufzte. «Aber heiraten werde ich Sie nicht, es wäre für uns beide nicht das Richtige.»

Er lachte. «O doch, Sie werden mich heiraten. Ich werde einfach nicht lockerlassen. Ich werde Sie jeden Tag anrufen, so lange, bis Sie ja sagen.»

«Ich werde nicht ja sagen, John», sagte sie ernst.

«Unsinn! Kommen Sie, wir machen einen Spaziergang.»

Sie schlenderten durch den friedlichen, sonnigen Nachmittag. Er hatte den Arm um ihre Taille gelegt, und ihr Kopf ruhte an seiner Schulter. Schließlich kehrten sie um. Er nahm den Korb, und sie gingen zum Wagen. Übermütig fuhr er auf die Hauptstraße zurück, wo sie sich in die heimwärts kriechende Verkehrsschlange einreihten. Als sie schließlich ins Schloßtor einbogen, umgab sie plötzlich Stille. Er hielt in der Auffahrt neben einem kleinen Pavillon und stellte den Motor ab. Beide schwiegen. Schließlich sagte sie: «Vielen Dank für den schönen Tag, ich werde ihn nie vergessen.»

Er lachte. «Das klingt so nach Abschied.»

«Das ist es auch», sagte sie. «Wir dürfen uns nicht wiedersehen, John.»

«Sie vergessen, daß ich Sie gebeten habe, mich zu heiraten, und daß Sie gesagt haben, Sie lieben mich.»

«Aber ich werde Sie nicht heiraten.»

«Sie können einen zur Verzweiflung bringen», rief er. «Sie sind völlig verändert seit dieser lächerlichen Geschichte beim Kirchenbasar. Wollen Sie wirklich Ihr und mein Leben ruinieren, nur weil Ihr Vetter über alle Lautsprecher verkündet hat, daß er nicht lesen kann?»

Sie stieg aus. Dann reichte sie ihm die Hand. «Seien Sie mir nicht böse, John», bat sie. «Leben Sie wohl.»

Er kletterte aus dem Wagen, nahm ihren Arm und begleitete sie zum Haus.

In dem Pavillon, in den Beefy Lizzie geführt hatte, damit sie ihre müden Füße ausruhen konnte, hatte man jedes Wort deutlich hören können. Beefys Gesicht brannte vor Scham. Sally mußte sich also seinetwegen schämen. Seinetwegen konnte sie den Pfarrer nicht heiraten. *Er* wollte zwar nicht, daß sie den Pfarrer heiratete, aber wenn *sie* es so gern wollte, dann wollte auch er nicht, daß sie ihn nicht heiratete. Er mußte etwas unternehmen.

Lizzie brach das lastende, quälende Schweigen. «Wir wollen jetzt lieber gehen», sagte sie sanft.

«Ja», stimmte ihr Beefy traurig zu, «wir wollen jetzt lieber gehen», und gemeinsam trotteten sie die Leicester Road entlang nach Hause.

In dieser Nacht fand Beefy keinen Schlaf, und als die Morgendämmerung grau durch die Dachluke sickerte, war ihm klargeworden, daß er nur eins tun konnte: er mußte Danby verlassen. Wenn er aus dem Wege war, würden die Leute schnell vergessen. Dann konnte Sally den Pfarrer heiraten und für immer glücklich sein.

Aber es war eine schwere Entscheidung. Es bedeutete, daß er sich von vielem trennen mußte. Von Sally, von den Jungens, von Lord Wapentake. Selbst seine Linoleumrolle und sein Fußkissen mußte er zurücklassen. Oder vielleicht doch nicht? In der kalten Morgendämmerung faßte er seinen Entschluß. Er mußte es tun, er war es Sally schuldig.

Leise erhob er sich. Er nahm seine kostbare Linoleumrolle und sein Fußkissen auf und schlich auf Zehenspitzen zur Tür. Von dort warf er noch einen letzten, langen Blick auf den vertrauten Raum. Die Jungens schnarchten. Heck lag auf dem Bauch, eine schwarze Haarlocke hing ihm in die Stirn. Beefy schluckte. Dann stieg er schwerbeladen die Leiter hinunter und trat in das lautlose graue Morgenlicht der Nottingham Road hinaus.

Ungefähr zur gleichen Zeit erwachte der Pfarrer und dachte als erstes an Sally, an ihre Küsse und an den stillen und doch so ereignisreichen Tag, den sie am Ufer des kleinen Flusses verbracht hatten. Daß sie ihn nicht heiraten wollte, konnte sie doch unmöglich ernst gemeint haben? Er kämpfte mit dem Verlangen, sie auf der Stelle anzurufen. Nein, er mußte wohl doch eine etwas zivilisiertere Stunde abwarten. Halb zehn, entschied er, war der frühest mögliche Zeitpunkt für einen Anruf.

Die Minuten schlichen dahin. In Danby erwachte das Leben, ein neuer Arbeitstag begann. Der Feiertag war vorbei, die Hügel, die Flüsse, das Meer mußten bis Ostern warten. Die nächsten Monate brachten nichts als Arbeit und winterliche Dunkelheit und Kälte, nur von ein paar hellen weihnachtlichen Tagen unterbrochen.

Halb zehn. John Adams saß in seinem Arbeitszimmer, nachdem er das selbstzubereitete Frühstück verzehrt hatte. Er griff nervös zum Telefon und wählte die Nummer des Schlosses.

Sallys Stimme meldete sich. «Hier ist John», sagte er. «Wollen Sie mich nicht doch heiraten?»

Er hörte einen Seufzer am anderen Ende, dann sagte Sallys Stimme: «John, Sie dürfen mich nicht mehr anrufen, bitte.»

«Ich werde Sie jeden Tag zweimal anrufen, bis ich Sie umgestimmt habe.»

«Dann werde ich bei Lady Wapentake kündigen und nach Hause fahren.»

«Ich werde Ihnen nachfahren.»

Sie seufzte wieder. «Das würde nichts nützen. Mein Entschluß ist gefaßt, John. Leben Sie wohl.»

«Warten Sie», rief er, «warten Sie!» Aber er hörte, wie das Telefon am anderen Ende eingehängt wurde. Ungestüm wählte er noch einmal, doch niemand meldete sich.

Mißmutig kehrte er in die Wirklichkeit zurück und wandte sich dem Problem des neuen Gemeindehauses zu.

Ein anderer Bauunternehmer hatte Mr. Amos Coldbarrow abgelöst. Die Arbeiten schritten voran, und in einem Monat sollte der Bischof zur Grundsteinlegung kommen. Diesmal durfte einfach nichts schiefgehen! Einmal hatte John Adams ihm schon absagen müssen, und der Bischof war kein allzu umgänglicher Mann. Er war energisch und tüchtig, und von seinen Gemeindepfarrern erwartete er das gleiche.

Aber eine weitere Verzögerung war ja ausgeschlossen. Die neue Firma kam mit der Arbeit gut voran. Schließlich waren auch schon woanders Gemeindehäuser gebaut worden, wenn er sich auch während der letzten paar Monate manchmal gefragt hatte, wie andere Leute es wohl geschafft haben. John Adams schob das Kinn vor und setzte sich an seine Korrespondenz.

Um diese Zeit hatte Beefy schon ein gutes Stück Weg zurückgelegt. Allmählich kamen ihm Zweifel, ob er nicht vielleicht doch voreilig gehandelt hatte. Die Füße taten ihm weh, die Linoleumrolle war sperrig und schaukelte im Wind, und das Fußkissen trug sich höchst unbequem. Und in den Dörfern, durch die er kam, musterten ihn die Landgendarmen mißtrauisch.

Die Erinnerungen verfolgten ihn: Er sah die Jungens vor sich, die im morgendlichen Sonnenschein den Dachboden verließen, und eine unendliche Traurigkeit überwältigte ihn. Dann kam ihm Sally in den Sinn. Sie würde nun den Pfarrer heiraten, und beide würden Beefy vergessen und nie von dem Opfer, das er ihnen gebracht hatte, erfahren. Er war traurig und niedergeschlagen.

Und was hatte er durch sein Davonlaufen erreicht? Wenn Sally sich nun auch weiterhin weigerte, den Pfarrer zu heiraten? Er hätte ihr doch sagen sollen, daß er Danby für immer verließ. Ein neuer, schrecklicher Gedanke überfiel ihn. Vielleicht meinten Lord Wapentake und die Polizei jetzt, daß er wirklich die Juwelen hatte stehlen wollen und sich nun aus dem Staub machte.

Plötzlich kam hinter ihm ein Wagen näher. Polizei! dachte Beefy. Panik erfaßte ihn, und er fing an zu rennen. Der Wagen verlangsamte das Tempo. Sie waren also tatsächlich hinter ihm her! Es gab keine Rettung mehr. Angstvoll drehte er sich nach dem Wagen um.

«Sieh einer an, da ist ja unser alter Beefy!» rief eine freudige Stimme. «Wir haben schon die ganze Gegend nach dir abgesucht.»

Beefy blieb blinzelnd stehen und hielt die schwankende Linoleumrolle krampfhaft fest. Dann strahlte sein Gesicht auf. «Heck! Holzbein! Lofty!» schrie er. «Was macht ihr denn hier?»

«Steig ein», sagte Holzbein. Sie zogen ihn auf den Rücksitz, wobei sich die Linoleumrolle als Hindernis erwies. Schließlich öffneten sie das Schiebedach und steckten das eine Ende der Rolle hinaus. «Ein Glück, daß wir uns 'n Wagen mit 'nem Schiebedach ausgeborgt haben», sagte Langfinger.

«Wir waren schon ganz bis nach Nottingham, um dich zu suchen», sagte Holzbein. «Ida ist 'n bißchen gekränkt, daß du dich so sang- und klanglos davongemacht hast.»

«Was, zum Teufel, hast du dir eigentlich dabei gedacht, einfach so abzuhauen?» fragte Heck.

Auf diese Frage gab es keine klare, eindeutige Antwort, dachte Beefy. Überdies klang Hecks Stimme so ärgerlich, daß ihm die Gedanken wie aufgeschreckte Vögel davonflatterten.

«Ich wollt weggehen –» begann er.

«Warum?» unterbrach ihn Heck, während er den Wagen wendete.

«Ich mußte weg», sagte Beefy, «und ich – ich will nicht zurück.»

Heck schnaubte wütend und gab Vollgas. Sie rasten nach Danby zurück. «Komm du erst mal mit uns und sprich dich bei Ida aus», sagte Holzbein beruhigend. «Sie wird deine Probleme schon in Ordnung bringen.»

Beefy seufzte. «Ich kann nicht zurück», sagte er. «Es ist wegen meiner Cousine, wißt ihr.»

«Was ist mit deiner Cousine?» fragte Heck, während er ein Stück Kaugummi auswickelte.

«Sie will den Pfarrer heiraten, aber sie kann's nicht, weil ich ihr Vetter bin, denn Pfarrer können sich nicht mit Mädchen verheiraten, die so 'n Vetter haben wie mich», erklärte Beefy mit erstaunlicher Klarheit.

«Wegen der mach dir keine Sorgen», sagte Holzbein. «Das wird Ida schon schaukeln. Wenn deine Cousine will, verheiratet Ida sie mit dem Erzbischof von Canterbury. Aber schließlich kannst du die Firma nicht einfach im Stich lassen.»

Mittlerweile hatten sie den Stadtrand von Danby erreicht. Heck fuhr sie direkt zu Idas Hotel. «Ich stell nur noch den Wagen ab», sagte er. «Geht ihr schon mal mit Beefy rauf.»

Sie stiegen zu Idas Zimmer hinauf. Beefy war plötzlich nervös. Ida war sicher gekränkt, sie würde böse auf ihn sein. Aber an Flucht war jetzt nicht mehr zu denken. Sie klopften an und traten ein.

Ida, in einen leuchtend grün und rot gemusterten Kimono gehüllt, lackierte ungerührt ihre Nägel. Nach einem beklemmenden Schweigen blickte sie schließlich mit gerunzelter Stirn auf.

«So, ihr habt ihn also gefunden», sagte sie. «Beefy», fuhr sie ihn an, «allmählich hab ich es satt. Ich hole dich aus der Gosse, ich versuche einen tüchtigen Ganoven aus dir zu machen, ich ernenne dich zum Direktor meiner Firma, und was ist der Erfolg?»

«Ich – ich weiß nicht», stammelte Beefy.

«So, du weißt es nicht!» Ida zitterte vor Wut. «Aber wenn ich kaum den Rücken gekehrt habe, dich von irgend so einem Lord einwickeln lassen und ehrlich werden, das kannst du. Hast du eigentlich überhaupt kein moralisches Empfinden?» Sie funkelte den hochroten Beefy zornig an.

Nach diesem Wutausbruch blieb von Beefy nur ein zitterndes Häufchen Unglück übrig. Es gab so vieles, was er gern gesagt hätte. Alles konnte er erklären, wenn er nur die richtigen Worte fand. Er öffnete seinen ausgetrockneten Mund. «Ich – ich bin doch nicht ehrlich geworden», stammelte er. «Das heißt, ich war's, aber nicht, als ich abhaute. Das heißt, ich bin nicht abgehauen, weil ich ehrlich geworden bin.»

Der Schweiß rann ihm in Strömen herunter. Er wünschte, Ida würde aufhören, ihn so anzufunkeln. Aber sie durchbohrte ihn weiter mit kalten, bösen Augen. «Und warum», fragte Ida scharf, «hast du dich bei Nacht und Nebel weggeschlichen?»

Beefy schluckte, ihm wurde immer verzweifelter zumute. «Ich bin nicht abgehauen, weil ich ehrlich geworden bin», wiederholte er, «ich bin bloß wegen meiner Cousine abgehauen, verstehen Sie?»

«Was hat denn deine Cousine damit zu tun?»

«Sie will den Pfarrer heiraten.»

Idas Geduld war allmählich erschöpft. «Ich verstehe, deine Cousine will den Pfarrer heiraten, und deswegen stehst du mitten in der Nacht auf, nimmst dein Bett und verschwindest, ohne jemand 'n Ton davon zu sagen.» Sie wandte sich an Holzbein und Lofty. «Seht ihr vielleicht Sinn darin, Jungens? Hab ich vielleicht 'ne Mattscheibe auf meine alten Tage?»

Zu Beefys größter Erleichterung sagte jetzt Holzbein: «Beefy wollte sich opfern, Ida. Er glaubt, der Pfarrer kann seine Cousine nicht heiraten, wenn er in der Gegend ist, von wegen keine feine Familie und so. Na – und deshalb ist er eben abgehauen.»

Ida blieb ungerührt. «So ein Quatsch, das ist mal wieder typisch Beefy», sagte sie. «Um so was wie Loyalität zur Firma schert er sich einen Dreck, solang nur seine Anverwandten fein raus sind.»

«Ich hab gedacht, keiner würd mich vermissen», sagte Beefy.

«Um die Wahrheit zu sagen», mischte Holzbein sich wieder ein, «ich habe ihm gesagt, wenn er zurückkäme, würden Sie die Sache mit der Heirat von seiner Cousine und dem Pfarrer schon schaukeln, Ida.»

Diesmal mußte Holzbein von Ida einen vernichtenden Blick einstekken. Wütend warf sie ihre Nagelfeile auf den Toilettentisch. «Ich sag es euch jetzt zum hundertstenmal, Jungens, ich bin zwar eure Präsidentin, aber nicht euer Kindermädchen und ganz bestimmt nicht eure Heiratsvermittlerin.»

«Aber Beefy kommt vielleicht wieder zur Ruhe, wenn seine Cousine glücklich unter der Haube ist», sagte Holzbein.

So verärgert Ida auch war, dieser Gesichtspunkt leuchtete ihr ein. Ein guter General weiß, daß die Moral seiner Truppe von äußerster Wichtigkeit ist. «Erzähl mal, was ist denn nun eigentlich mit deiner Cousine los, Beefy», sagte sie in freundlicherem Ton.

«Sie will den Pfarrer heiraten», sagte Beefy.

Ida starrte ihn wütend an. «Das weiß ich schon, du Schafskopf», brüllte sie. «Du sollst mir sagen, was ich dabei tun kann.»

Beefy war enttäuscht. «Ich hab gedacht, Sie wissen das selbst», sagte er kläglich. «Holzbein hat gesagt, Sie können meine Cousine mit dem Erzbischof von Canterbury verheiraten, wenn sie's will. Aber das will sie ja gar nicht, sie will bloß den Pfarrer heiraten.»

Idas Augen verengten sich. Sie nahm die Nagelfeile wieder auf und fuhr mit dem Finger an der Kante entlang, als sei es eine Dolchklinge. «Beefy», sagte sie sehr ruhig, «wenn du mir noch einmal erzählst, daß deine Cousine den Pfarrer heiraten will, dann garantiere ich für nichts mehr.» Sie wandte sich an Holzbein. «Was können wir in der Sache unternehmen, Holzbein?»

«Betäubungstropfen», sagte er prompt. «Würde sagen, nichts geht über Betäubungstropfen.»

«In Wasser?» fragte Ida.

«In Wasser», erwiderte Holzbein. Sie blickten sich wissend an und nickten. «Arbeitet einen genauen Plan aus und reicht ihn mir noch vor Sonntag ein», befahl Ida. «Und wenn dieser Deserteur da noch mal auszureißen versucht, dann wird scharf geschossen. Ich hab die Nase voll.»

«Danke, Ida», sagte Beefy demütig. Nie hätte er gedacht, daß die Präsidentin der Firma sich so viel Mühe geben würde, nur um ihm zu helfen. Als er abends seine Linoleumrolle und sein Polster die Leiter hinaufschleppte und all seine geliebten alten Freunde auf seinem geliebten alten Dachboden versammelt sah, stiegen ihm die Tränen in die Augen.

18

John Adams fand keinen ruhigen Schlaf mehr. Er wußte keinen Ausweg. Er war verliebt, aber außer am Sonntag in der Kirche sah er Sally nie. Sie anzurufen wagte er nicht, aus Angst, daß sie ihre Drohung wahrmachen und weggehen würde. Es muß doch eine Möglichkeit geben, sagte er sich immer wieder, irgendeine Möglichkeit, sie umzustimmen. Er malte sich aus, wie sie Leben in das große, öde Pfarrhaus bringen, wie sie ihm bei den Mahlzeiten lächelnd gegenübersitzen würde. Irgendeine Möglichkeit muß es doch geben, wiederholte er traurig.

Auch wegen des Neubaus machte er sich Sorgen, zumal wenn er daran dachte, daß die Grundsteinlegung schon auf den September festgesetzt war.

Und der September kam, golden und milde, mit dem Flattern fallender Blätter. Auf den Telefondrähten vor dem Pfarrhaus hockten die Schwalben in langen Reihen. Die Sonne wanderte nach Süden, die Chrysanthemen boten ihre flammende Pracht dar, und abends brannte wieder Feuer in den Kaminen.

Man hätte sich keinen schöneren Tag für die Feier der Grundsteinlegung wünschen können. Der Himmel war samtblau. Die grauen Straßen von Danby waren in ein goldenes Licht getaucht. Es war einer jener stillen, verträumten Tage, da jeder Laut gedämpft und wie aus weiter Ferne klingt. Als John Adams an der Seite des Bischofs der Diözese, der groß und imposant in der Sakristei stand, seinen Talar anlegte, hatte er das sichere Gefühl, diesmal würde alles gutgehen. Von draußen drang das Gemurmel der ungeduldigen, aber respektvollen Menge zu ihnen herein. Auch als Mr. Macmillan eintrat und sagte: «Verzeihen Sie, Herr Pfarrer, könnte ich Sie einen Augenblick sprechen?», hatte er noch keinerlei böse Vorahnungen. «Natürlich», sagte er, «was gibt es denn, Macmillan?»

Der Kirchenälteste winkte ihn heraus. Er verließ mit ihm die Sakristei. «Ja?» sagte er, und dann sah er plötzlich Mr. Macmillans Gesicht.

«Um Himmels willen, was ist passiert?» fragte er.

Mr. Macmillan öffnete den Mund, aber er brachte kein Wort hervor. Er sah aus, als ob er zugleich lachen und weinen wollte. Schließlich rang er hilflos die Hände. «Ach, es ist zu absurd», sagte er.

«Was ist denn?» fragte der Pfarrer. «Was ist absurd?»

Mr. Macmillan holte tief Luft. «Hören Sie», sagte er, «es ist einfach unvorstellbar . . . Aber – Tatsache ist, der Grundstein ist verschwunden.»

Einige Sekunden lang starrte ihn der Pfarrer an, ohne zu begreifen. Dann brauste er auf. «Das ist doch lächerlich, wie kann denn ein Grundstein verschwinden.» Mit langen Schritten lief er aus der Kirche und eilte zur Baustelle hinüber.

Doch der Grundstein blieb verschwunden. Statt dessen fand er einige Mitglieder des Kirchenvorstands vor, die verloren auf die Stelle starrten, wo er liegen sollte.

John Adams war elend zumute, aber er riß sich zusammen. «Ein Grundstein kann doch nicht einfach verschwinden», sagte er. «Haben Sie auch überall gesucht?»

«Überall», antworteten sie bekümmert.

Ein Grundstein *kann* nicht einfach verschwinden, versuchte er sich selbst einzureden. Auch Baupläne taten das *eigentlich* nicht, mahnte ihn sein Gedächtnis, und doch waren die Baupläne nie wiedergefunden worden. Verstört ging er zur Sakristei zurück. Mr. Macmillan begleitete ihn.

«Mac», fragte der Pfarrer nachdenklich, «glauben Sie an den Teufel?»

«Nein.»

«Aber ich, und Sie sollten es auch tun. Ich glaube an die Kräfte des Bösen. Und ich glaube allmählich auch, daß sie es auf unser Gemeindehaus abgesehen haben.»

Der Kirchenälteste legte ihm eine Hand auf die Schulter. «Nicht der Teufel hat es auf unser Gemeindehaus abgesehen, Herr Pfarrer», sagte er.

«Wer denn? Hören Sie, jeder einzelne Zug, den wir beim Bau dieses Hauses machen, stößt auf einen Gegenzug. Es ist, als spielten wir Schach gegen einen unsichtbaren Meisterspieler. Aber, um Himmels willen, wie erkläre ich das bloß dem Bischof?»

Mr. Macmillan überlegte. «Sie werden ihm wohl die Wahrheit sagen müssen», sagte er. «Ich begleite Sie.»

Die beiden Männer betraten die Sakristei. Der Bischof schien schon etwas ungehalten, daß man ihn solange allein gelassen hatte. «Ich bin bereit, Adams», sagte er, eine Spur gereizt.

«Aber wir leider nicht, Herr Bischof. Es hat sich etwas sehr Peinliches ereignet. Der – der Grundstein ist verschwunden!»

Verblüfftes Schweigen. «Was in aller Welt soll das heißen? Sie wollen doch nicht sagen, daß er nicht mehr da ist?» fragte der Bischof höchst verärgert.

«Doch – genau das. Er ist einfach verschwunden. Man hat ihn überall gesucht.» John Adams war am Ende seiner Kräfte. «Ich glaube tatsächlich, da hat der Teufel seine Hände im Spiel», sagte er erschöpft.

Der Bischof verlor die Beherrschung. «Reden Sie doch keinen Unsinn, Adams. Ich könnte mir eine ganze Menge Gründe dafür denken, zum Beispiel absolute Schlamperei. Den Teufel wenigstens würde ich aus dem Spiel lassen.» Und damit begann er ärgerlich, seinen Ornat abzulegen. John Adams war bestürzt. «Sie wollen gehen, Herr Bischof?»

Ein erzürnter Blick des Bischofs traf ihn. «Ich bin ein vielbeschäftigter Mann, Adams. Meine Zeit ist reichlich damit ausgefüllt, Grundsteine zu legen, die da sind, und ich habe bestimmt nicht die Absicht, meine Zeit auch noch mit denen zu verschwenden, die nicht da sind.»

«Es tut mir wirklich leid, Herr Bischof», sagte John Adams. «Ich bedaure diese peinliche Situation außerordentlich. Mir ist die ganze Geschichte unerklärlich.»

Der Bischof blickte in sein verzweifeltes Gesicht. Er wurde milder. «Es sind schon schlimmere Dinge geschehen», sagte er begütigend. «Zweifellos werden wir auch dies überstehen.»

«Ich danke Ihnen, Herr Bischof.» Sie begleiteten ihn zu seinem Wagen und blickten ihm nach, als er davonfuhr. Mr. Macmillan berührte leicht die Schulter des Pfarrers und sagte: «Beruhigen Sie sich, Herr Pfarrer. Er wird Sie nicht gleich absetzen.»

«Das wohl nicht», sagte John Adams. «Aber ich komme mir wirklich wie ein Dummkopf vor.»

Langsam verging der September. Die Schwalben blieben auf den Telefondrähten sitzen. Goldgelb hingen die Äpfel wie kleine goldene Sonnen in den Bäumen. Die Pflaumen waren prall und süß. Kürbisse, Gurken und Tomaten – alles war gereift. Die Wespen drangen gierig in die Birnen ein, und weiße Schmetterlinge umflatterten träge die Kohlköpfe.

Die schwarzen Brombeeren glänzten im Sonnenlicht. Holunderbeeren hingen in leuchtenden Dolden an den Zweigen, und die Haselnüsse warteten darauf, gepflückt zu werden.

Die Sonne stand jetzt tiefer am Himmel und spähte durch die Fenster des Pfarrhauses, wo John Adams am Schreibtisch saß und sehnsuchtsvoll an Sally dachte. Es gelang der Sonne sogar, einen winzigen Strahl in Lizzie Tubbs dunkle kleine Küche zu schicken, wo Lizzie am Herd stand und sich immer wieder versicherte, daß die Schmerzen nicht schlimmer als im Juli waren. Die Sonnenstrahlen wanderten auch über die Holzdielen des Dachbodens im alten Gemeindehaus und schienen einen Augenblick auf der Inschrift des Steines zu verweilen, der dort lag: ‹Diesen Grundstein legte der Bischof der Diözese am . . .› Und goldgelb lag das Sonnenlicht über den weiten, verwilderten Gärten des Schlosses, wo Lord Wapentake und Beefy ein neues Vergnügen entdeckt hatten – Herbstfeuer.

Sie verbrannten alles, was ihnen unter die Hände kam. Blaue Rauchwolken stiegen steil in den blauen Himmel. Die Flammen züngelten, krachten und fielen in sich zusammen, und der Geruch des Rauches war der Geruch des immer wiederkehrenden Herbstes. Manchmal begegnete Beefy seiner Cousine Sally, die bleich und traurig aussah, und er wußte auch warum. Aber er mochte nicht darüber sprechen, und deshalb sagte er immer nur freundlich: «Hallo, Sally.» Sie antwortete dann: «Tag, Beefy, was macht der Garten?» und ging weiter. Wenn doch nur Ida und die Jungens bald etwas unternehmen würden, dachte Beefy. Ida hatte doch versprochen, Sally mit dem Pfarrer zu verheiraten. Und irgend etwas mußte auch schon im Gange sein, denn die Jungens hatten ihn ein paar komische Dinge gefragt, so zum Beispiel, ob Sally sonntags abends immer zur Kirche ging und ob der Pfarrer während der Predigt manchmal einen Schluck Wasser trank, um sich zu erfrischen.

Sie schienen sich jedoch reichlich Zeit zu lassen, und Beefy wurde allmählich mutlos. Es gefiel ihm nicht, daß Sally so bleich und traurig aussah, und doch gab es nur ein einziges Heilmittel für sie. Aber im

Grunde seines Herzens wollte Beefy nicht, daß sie den Pfarrer heiratete, eigentlich wollte er es gar nicht, weil – ja, warum? Er wußte es nicht so genau, eben darum. Und der Winter mit seinen langen, dunklen Nächten rückte auch immer näher und damit die Zeit, da das Gemeindehaus an eine Fabrik verkauft werden sollte. Die Jungens würden sich in alle Winde zerstreuen, und er, Beefy, würde obdachlos werden. Noch waren die Herbsttage schön, aber der Winter lauerte schon in den Tiefen der Täler, man spürte ihn schon im morgendlichen Nebel und im abendlichen Dunst.

Ende September war es soweit. Überall in England brachte man Erntegaben in die Kathedralen, in die Kirchen, die kleinen Kapellen, damit sie dort gesegnet würden.

Korngarben standen zu beiden Seiten der Kanzel von St. Judas dem Finsteren. Überall waren prächtige bunte Herbstblumen aufgestellt: Chrysanthemen, rostbraun, weiß und gelb, und leuchtendrote Dahlien. Die Altarstufen waren mit Pfirsichen und Birnen, mit Pflaumen und Trauben geschmückt. «Der reinste Obstladen», bemerkte Lord Wapentake grimmig. Vor allem erboste er sich über die unschuldigen Äpfel, mit denen denn ja auch im Garten Eden alles Übel seinen Anfang genommen hatte.

Die Vesperglocke läutete, und noch immer strömten die Menschen herein. Die Orgel spielte, der Kirchendiener schleppte zusätzliche Stühle herbei, während ein Knabe in schwarzem Chorgewand das Prozessionskreuz hereintrug und ein anderer in eine Tafel die Nummern der Choräle schob. Zum erstenmal in diesem Herbst brannte Licht bei der Abendandacht, und alle fühlten sich behaglich, geborgen und festlich gestimmt. Das Licht funkelte auf den Bronze- und Silbergeräten und warf einen zarten Schimmer über Laub, Obst und Blumen.

Die Glocke schwieg. Die Orgel schwieg. Die Menschen verstummten. John Adams trat vor den Altar. Die Gemeinde sang aus vollem Herzen den Choral: ‹Kommt ihr Menschen, kommt und dankt.›

Dann erhoben sich alle zum Gebet. Statt die Hände zu falten, aß Lord Wapentake geistesabwesend von den Weintrauben, die seine Kirchenbank schmückten. Lady Wapentake versuchte diskret, aber vergebens, ihn davon abzuhalten.

Alle waren gekommen. Auch Beefy, der mit großen Augen auf alle die Pracht starrte, und Sally, die sich bemühte, nicht zu oft zu John Adams hinüberzublicken.

Endlich war es für den Pfarrer soweit, die Kanzel zu betreten. Das Zusammentragen der Gaben Gottes am Erntedankfest bewegte ihn immer wieder. Und er bemühte sich, in seiner Predigt die Freude und Dankbarkeit, die er empfand, zum Ausdruck zu bringen.

Er erwärmte sich für sein Thema. Zwanzig Minuten hatte er nun schon gesprochen, und seine Kehle wurde allmählich trocken. Neidvoll blickte er auf Lord Wapentake, der noch immer geräuschvoll Weintrauben kaute. Vor ihm an der Kanzel hing eine große, verlockende Traube. Er stellte sich das saftige Fruchtfleisch in der kühlen grünen Schale vor. Dann griff er nach der Karaffe neben sich mit dem abgestandenen, lauwarmen Wasser. Er goß sich etwas davon ins Glas, nahm einen kleinen Schluck und noch einen Schluck. Da verdunkelte sich die hell erleuchtete Kirche plötzlich, langsam begann sich alles vor ihm zu drehen. Er klammerte sich an den Rand der Kanzel und verlor den Faden seiner Rede. Er sah, wie die Gemeinde ihn anstarrte. Ah, Gott sei Dank, jetzt konnte er wieder etwas klarer sehen. Die Kirche stand wieder gerade. Er nahm noch einen Schluck, nur um sich zu beruhigen, und schon wirbelte alles aufs neue, und die Lichter drehten sich um ihn. Es war wie auf einem Jahrmarkt, wie in einem Karussell. Das Karussell drehte sich schneller und immer schneller, bis er schließlich hinausgeschleudert wurde.

Als John Adams umsank, war die Gemeinde mehrere Sekunden lang vor Schreck wie gelähmt. Dann stürzten einige beherzte Männer, an der Spitze Mr. Macmillan und George Bloodshot, zur Kanzel. Sie trugen den bewußtlosen Pfarrer die Stufen hinunter in die Sakristei und legten ihn dort auf eine Bank. Die Gemeinde blieb sitzen, ängstlich und besorgt, ratlos, wie sie sich weiter verhalten sollte. Dann geschah etwas Seltsames. Dieses nette Mädchen, die Haushälterin der Wapentakes, sprang bleich auf und lief in die Sakristei. Die Männer, die den Pfarrer umstanden, traten mitfühlend beiseite. Sie fiel neben ihm auf die Knie, starrte in sein weißes Gesicht und berührte seine kalte Stirn.

Mr. Macmillan sagte freundlich: «Wir haben die üblichen Mittel versucht, doch sie wirken anscheinend nicht. Aber bitte, regen Sie sich nicht auf. Der Arzt ist schon benachrichtigt. Er muß jeden Augenblick hier sein.»

«Aber kann man denn inzwischen gar nichts machen?» flehte sie. «Vielleicht ist er nur ohnmächtig. Es war sicher zu heiß.»

«Unser Fred sah auch immer so aus, wenn er seine Anfälle hatte», bemerkte Bloodshot.

Sally blickte ihn verstört an. «Was für Anfälle?» fragte sie.

«Er hatte es mit dem Herzen.» Bloodshot schüttelte betrübt den Kopf. «Der arme alte Fred. Und er ist dann auch daran gestorben», seufzte er.

«Halten Sie doch den Mund», sagte Mr. Macmillan ärgerlich. Er wandte sich an Sally. «Machen Sie sich keine Sorgen, Miss Bryan. Ich bin überzeugt, es ist nichts Ernstes. Der Pfarrer ist ein gesunder junger Mann.»

«Hoffentlich haben Sie recht», sagte Sally. Sie blickte auf das Gesicht des bewußtlosen Mannes hinab. «John, John», flüsterte sie zärtlich.

In diesem Augenblick seufzte John Adams, der bislang wie ein Toter dagelegen hatte, tief auf. Seine Lider zitterten. Er öffnete die Augen und starrte ins Leere. Sally schlang die Arme um ihn. «John, sieh mich an», rief sie, «ich bin's, Sally.»

Er starrte sie an, ohne sie zu sehen. Dann bewegten sich seine Lippen. Er murmelte ihren Namen.

«Sie haben mich so erschreckt», sagte sie. «Es geht Ihnen doch schon etwas besser, nicht wahr?»

«Ja», sagte er mühsam. «Ja.» Es war alles so schwierig zu begreifen. Da war der Unfall auf dem Karussell gewesen . . . Daran konnte er sich noch erinnern. Und jetzt lag er hier in seiner eigenen Sakristei im vollen Ornat in den Armen von Sally, unter den interessierten Blicken des Kirchenvorstands. Offenbar träumte er, und weil es im Traum ja nicht darauf ankam, fragte er: «Wollen Sie mich heiraten, Sally?»

Ja, es mußte ein Traum sein, denn sie sagte: «Sie heiraten? Natürlich will ich Sie heiraten, John, Liebster, wenn Sie mir nur versprechen, bald wieder gesund zu werden und uns nie wieder so zu erschrecken.» Sie brach vor Erleichterung in Tränen aus und vergrub ihr hübsches Gesicht in seinem weißen Gewand. John Adams hielt sie fest, murmelte tröstende und zärtliche Worte und hoffte, daß dieser Traum nie zu Ende ginge.

Allmählich, ganz allmählich dämmerte ihm, daß es doch kein Traum war, sondern Wirklichkeit. Der Arzt kam, untersuchte ihn und versicherte Sally, daß der Pfarrer nach einer gut durchschlafenen Nacht wieder munter wie ein Fisch im Wasser sein würde. Er erlaubte John Adams, sich, von George Bloodshot und Mr. Macmillan gestützt, an den Altar zu stellen und die Gemeinde mit dem Segen zu entlassen. Dann brachte ihn Mr. Macmillan in seinem Wagen nach Hause. Dort lag John Adams noch lange im Dunkeln wach und versuchte die wundervolle Neuigkeit, daß Sally ihn heiraten wollte, zu fassen.

In der Kirche wurden die Kerzen gelöscht. Das Licht wurde ausgeschaltet. Draußen vor der Kirche bildeten sich kleine Grüppchen. Niemand schien gewillt zu sein, nach Hause zu gehen. Alle wollten die Aufregung dieses ereignisreichen Erntedankfestes bis zum letzten Tropfen auskosten. Noch am selben Abend verbreitete sich wie ein Lauffeuer in der ganzen Gemeinde die Neuigkeit, daß der Pfarrer an der Schwelle des Todes Sally in der Sakristei einen Heiratsantrag gemacht und daß sie voller Freude zugestimmt habe.

Die Gemeinde war entzückt. Der Pfarrer war beliebt, und alle mochten

Sally. Sie ist ein nettes Mädchen, hieß es, man sieht es ihr an. Sie lacht und spricht mit jedem, als wäre sie eine von uns.

Der Pfarrer erholte sich schnell und ging nun, fröhlich pfeifend, im Pfarrhaus umher. Bei der ersten sich bietenden Gelegenheit fuhr er mit Sally nach Birmingham und kaufte ihr den schönsten Verlobungsring, den sie beide je gesehen hatten. Dann lud er sie zum Essen ein und ließ sich von ihr durch die Läden schleppen, ehe sie durch den stillen Septemberabend wieder nach Hause fuhren.

«Wann heiraten wir? Nächste Woche?» fragte er.

«Sei nicht töricht», lachte sie. «Wir kennen uns doch kaum. Sagen wir im Frühling.»

«Liebes, ich möchte dich morgen heiraten. Ich habe es satt, immer allein zu frühstücken.»

Sally lehnte den Kopf an seine Schulter. «Der Frühling kommt schon schnell genug. Schließlich muß ich auch auf Lady Wapentake Rücksicht nehmen.»

Die Nächte auf dem Dachboden des Gemeindehauses wurden kühler. Beefy staubte seine Kruke ab und füllte sie abends wieder mit heißem Wasser. Die Wärme tat ihm gut, aber er brauchte auch seelischen Trost, denn daß Sally den Pfarrer heiraten wollte, hatte ihn traurig gestimmt.

«Was ist denn mit dir los?» fragte Holzbein eines Abends, als er Beefys unglückliches Gesicht sah. «Du ziehst 'n Gesicht, als ob du wieder Sargträger wärst.»

«Nichts», sagte Beefy und versuchte zu grinsen, «wirklich nichts.»

Holzbein sah ihn mißtrauisch an. «Du willst doch nicht etwa wieder abhauen?» fragte er.

«Natürlich nicht.»

«Warum machst du dann so ein schiefes Gesicht?» bohrte Heck.

Sie trieben Beefy in die Enge. Er wurde immer verwirrter. «Es ist wegen meiner Cousine», sagte er schließlich, «weil sie den Pfarrer heiratet.»

Entrüstetes Schweigen. Dann explodierte Heck. «Also, verflucht noch mal», schrie er, «hört euch das an, Jungens. Das ist nun wirklich die Höhe!»

Auch Holzbein fing an zu schimpfen. «Erst schaffen wir die Haushälterin aus dem Wege. Ist er dann zufrieden? O nein. Nach all dem Tam-Tam will seine Cousine die Stellung gar nicht haben. Dann riskieren wir Kopf und Kragen, um dem Pfarrer seine Betäubungstropfen zu verabfolgen. Ist er dann zufrieden? O nein. Jetzt will er auf einmal nicht mehr, daß der Pfarrer seine Cousine heiratet.»

«Nein . . . Das heißt doch», sagte Beefy. «Ich will es schon, weil sie es will, aber ich will es nicht, weil . . .»

«Ach, halt die Klappe und schlaf jetzt», fuhr Heck ihn an.

«Heck hat recht», sagte Holzbein. «Morgen hast du 'nen wichtigen Job, und dazu mußt du ausgeschlafen sein.»

«Wenn bloß nicht wieder was dabei schiefgeht», jammerte Beefy.

Heck fuhr empört auf und schlug auf seinen Kunstrasen. «Du bist mir der Richtige», sagte er. «Hier wohnen, das kannst du, was? Aber wenn du mal was dafür tun sollst, dann kneifst du.»

«Aber das ist es ja gar nicht», sagte Beefy hastig. «Ich dachte bloß – wenn nun wieder was schiefgeht, na, dann weiß ich doch nicht, was ich tun soll.»

«Wenn die Präsidentin und ich was organisieren», sagte Heck, «dann geht nichts schief.»

Und damit rollte sich Heck auf die andere Seite, kehrte Beefy beleidigt den Rücken zu und gab einen lauten Schnarcher von sich. Die anderen folgten seinem Beispiel. Nur Beefy blieb wach und dachte bedrückt an den nächsten Tag.

Aber auch der Pfarrer, der nach Beefys Ansicht der glücklichste Mensch der Welt sein sollte, wälzte sich unruhig in seinem Bett herum. Morgen würde der Bischof kommen, um diesen verflixten Grundstein endlich zu legen, und der Pfarrer war nervös. Gewiß, er hatte einen neuen Stein beschafft, und er ließ ihn von den Pfadfindern streng bewachen. Aber er war trotzdem nicht glücklich. Zu vieles war schon schiefgegangen mit dem neuen Gemeindehaus. Er würde erst aufatmen, wenn der morgige Tag vorbei und der Stein gelegt war.

Das war im übrigen nicht seine einzige Sorge. Der Bischof sollte zum Mittagessen ins Pfarrhaus kommen, und was in aller Welt, überlegte John Adams, sollte er, ein Junggeselle, seinem Bischof zu essen vorsetzen? Es war eine sehr wichtige Frage, auf die es, wie ihm schien, nur eine Antwort gab: Landschinken, hartgekochte Eier und grünen Salat.

«Ich glaube, es ist besser, wenn ich heute ausgiebig frühstücke», sagte der Bischof einige Stunden später. «Ich esse bei dem jungen Adams zu Mittag, und es wird bestenfalls Landschinken, hartgekochte Eier und grünen Salat geben.»

«Hoffentlich hat er nicht wieder seinen Grundstein verlegt», sagte seine Frau.

«Dann fliegt er mit Pauken und Trompeten aus der Diözese», sagte der Bischof und nahm sich noch ein Spiegelei. «Ich möchte bloß wissen, wie man einen Grundstein verlieren kann!» Plötzlich lachte er laut auf. «Weißt du, ich würde es dem jungen Adams natürlich nie sagen, aber es war wenigstens mal eine Abwechslung in dem täglichen Einerlei.»

Der Bischof und seine Frau lächelten sich über den Frühstückstisch hinweg zu. «Wer möchte auch schon Gemeindepfarrer sein», sagte er. Er griff nach dem *Daily Telegraph.* Dann fiel ihm etwas ein. «Hast du übrigens Simpson gesagt, daß er mich um zwölf Uhr fünfzehn mit dem Wagen abholen soll?» fragte er.

Um zwölf Uhr dreißig ergriff John Adams die Panik. Kein Senf. Er hatte sich gerade selbst zu dem hübsch gedeckten Tisch gratuliert, als er feststellte, daß der Senftopf fehlte. Er rannte in die Küche. Das Glas war leer.

Der Bischof sollte erst um zwölf Uhr fünfundvierzig eintreffen. So stürzte John Adams aus dem Haus, um zu Mrs. Hickmanns kleinem Laden zu laufen. Das Grundstück, wo das neue Gemeindehaus gebaut wurde, lag auf dem Weg. Erleichtert stellte er fest, daß die Pfadfinder weiterhin unbehelligt Wache hielten. Dann traf er jemanden, dem das Gemeineblatt drei Tage zu spät zugestellt worden war und der besänftigt werden mußte. Bei Mrs. Hickmann wartete er, bis sich vier Kinder entschieden hatten, ob sie rote oder rosa Bonbons kaufen wollten. Er bedauerte Mrs. Hickmanns Ischias gebührend und galoppierte endlich mit dem Senfglas in der Hand nach Hause. Es war zwölf Uhr vierundvierzig.

Zu seiner großen Erleichterung war der Wagen des Bischofs noch nicht vorgefahren. Er lief ins Haus, füllte den Senf ab und stand bereit, um dem Bischof die Tür zu öffnen.

Die Zeit verging. Kein Bischof. Es wurde ein Uhr, ein Uhr dreißig, zwei Uhr. Der Pfarrer war nicht sonderlich betrübt, daß der Bischof es nicht geschafft hatte, zum Essen zu kommen, aber die Zeremonie der Grundsteinlegung war um zwei Uhr dreißig. Es konnte doch unmöglich wieder etwas schiefgegangen sein? Er überlegte, ob er den Bischof anrufen sollte.

Zehn Minuten später war ihm klar, daß dies das einzig richtige war. Er wählte die Nummer.

Die Frau des Bischofs meldete sich. Ja, der Bischof war um zwölf Uhr fünfzehn abgefahren. Sie selbst hatte Simpson, dem Chauffeur, gesagt, er solle ihren Mann um diese Zeit abholen. Nein, sie hatte den Bischof nicht ins Auto steigen sehen, aber sie hatte gerade einen Blick aus dem Fenster geworfen, als der Austin aus der Ausfahrt in die Straße bog. Ja, gewiß wollte er mit Mr. Adams zu Mittag essen. Sie war jetzt selbst besorgt. Ob Mr. Adams wohl so nett wäre, sie anzurufen, sobald ihr Mann käme? Ja, sie würde sich auch ihrerseits erkundigen.

John Adams legte den Hörer auf. Zwei Uhr fünfzehn. Er wagte nicht, zur Baustelle zu gehen, um zu sehen, ob der Bischof dort war, aus Angst, er könne in der Zwischenzeit im Pfarrhaus auftauchen. Dann kam ihm eine Idee. Er rief Mr. Macmillan an.

«Mac», sagte er, «können Sie mir einen Gefallen tun? Würden Sie bitte so schnell wie möglich zur Baustelle gehen?»

«Natürlich, ich wollte ohnehin gerade aufbrechen. Was ist denn passiert?» ertönte Mr. Macmillans Stimme. «Sagen Sie bloß nicht, daß der Grundstein wieder verschwunden ist.»

«Nein, diesmal ist der Bischof verschwunden», antwortete John Adams kurz.

Vom anderen Ende kam ein kurzes Auflachen. «Sie haben die Nerven verloren, Herr Pfarrer», sagte Mr. Macmillan scherzend. «Er wird in der Kirche sein, um sich anzukleiden. Ich werde Ihnen zuliebe hingehen und nachsehen.»

Der Pfarrer legte den Hörer auf. Es klingelte sofort wieder. «Ich muß Ihnen etwas Unglaubliches mitteilen», sagte die Frau des Bischofs. «Etwas Furchtbares ist passiert.»

«Doch kein Unfall, hoffe ich», stammelte der Pfarrer.

«Nein, das nicht, aber stellen Sie sich vor, wir haben gerade Simpson in der Garage gefunden. Man hat ihn mit Stricken gefesselt und ihm einen Öllappen als Knebel in den Mund geschoben.»

Dem Pfarrer blieb das Herz stehen. «Haben Sie es der Polizei gemeldet?»

«Natürlich.»

«Weiß der Chauffeuer, wer ihn gefesselt hat?»

«Nein. Er hat keine Ahnung. Offensichtlich sind sie äußerst geschickt vorgegangen. Sie haben ihn von hinten angegriffen.»

«Ich breche sofort auf und komme zu Ihnen», sagte John Adams. Er holte seinen kleinen Wagen aus der Garage und fuhr los.

Unterwegs hielt er nur einmal kurz an, um der wartenden Menge vor dem Gemeindehaus zuzurufen: «Die Feier ist verschoben. Der Bischof ist unvorhergesehenerweise aufgehalten worden.»

Um zwölf Uhr fünfzehn hatte der Bischof abfahren wollen. Um zwölf Uhr vierzehn war er bereit gewesen. Ein Blick aus dem Fenster zeigte ihm, daß der Wagen in der Auffahrt wartete und Simpson, mit Schirmmütze und blauem Regenmantel, bereits am Steuer saß.

Der Bischof ging zur Tür. In diesem Augenblick klingelte das Telefon.

Er zögerte, aber sein Sekretär war an diesem Tag nicht anwesend. So blieb ihm nichts anderes übrig, als selbst den Hörer abzunehmen.

Es war ein wichtiger Anruf. Als er schließlich den Hörer auflegte, war es fast halb eins. Wenn es etwas gab, was der Bischof haßte, war es

Unpünktlichkeit. Er stürzte aus dem Haus und bemerkte mit Mißfallen, daß Simpson, statt ihm die Tür aufzuhalten, hinter dem Steuer sitzen blieb. Er würde ihn später deswegen zur Rede stellen, wenn sie auch auf diese Weise jetzt einige Sekunden einsparten. Er riß die Wagentür auf und ließ sich hastig auf den Rücksitz fallen. «Verlieren Sie keine Zeit mehr, Simpson», sagte er, «wir sind spät dran.»

Simpson antwortete nicht. Er schien verdrossen. Aber gleich darauf schossen sie aus der Einfahrt und rasten in Richtung Danby. Die Gedanken des Bischofs waren bei dem vorangegangenen Telefongespräch, aber er nahm befriedigt wahr, daß sie bei diesem Tempo bald in Danby sein würden. Nur noch zehn Kilometer, sieben, fünf, drei. Bald würden sie den Stadtrand erreicht haben.

Doch plötzlich bog der Wagen mit quietschenden Reifen von der Hauptstraße ab auf einen Landweg. «Simpson, was fällt Ihnen denn ein, wo wollen Sie denn hin?» rief der Bischof.

Vermutlich kannte Simpson hier eine Abkürzung, aber er antwortete nicht. Der Wagen fuhr immer schneller. Der Bischof packte die Lehne des Fahrersitzes. Jetzt fiel sein Blick auf den Fahrer. Diese breiten Schultern kamen ihm irgendwie fremd vor. Der Bischof war kein Mann, der sich je Angst eingestand, und doch konnte er jetzt ein leichtes Schreckgefühl nicht unterdrücken, als er schließlich merkte, daß ein völlig Unbekannter am Steuer saß. «Halten Sie an! Sofort!» schrie er mit der Stimme, mit der er sonst seine Diakone einzuschüchtern pflegte.

Beefy dagegen schüchterte er nicht ein, sein Fuß blieb eisern auf dem Gaspedal. «Nichts für ungut, Mister», sagte er beruhigend. «Sie brauchen keine Angst zu haben. Wir machen nur 'ne kleine Rundfahrt, bis es zu dunkel ist, um Grundsteine zu legen.»

«Sie werden sofort anhalten», befahl der Bischof.

Beefy erhöhte das Tempo.

Der Bischof lehnte sich zurück und überlegte. Der Wagen war jetzt wieder auf einer Hauptstraße und fuhr mit beängstigender Geschwindigkeit nach Norden, hinaus aufs offene Land. Es wäre Wahnsinn zu versuchen, den Fahrer bei dieser Geschwindigkeit zu überwältigen. Die einzige Möglichkeit war abzuwarten, bis der Verkehr irgendwie gestoppt wurde, durch eine Ampel oder einen Polizisten, und dann schnell und entschlossen zu handeln.

Aber die Gedanken des Fahrers schienen in eine ähnliche Richtung zu gehen. Immer wenn sie sich einem Ort näherten, bog er in Seitenstraßen ab, lenkte aber den Wagen dann gleich wieder nach Norden. Die Uhr des Bischofs rückte unterdessen erbarmungslos weiter.

Aber dann sah der Bischof endlich einen Hoffnungsschimmer. Sie fuhren auf einer langen, schnurgerade verlaufenden Straße, und ein paar hundert Meter vor ihnen bot sich ihm ein wunderbarer Anblick: eine heruntergelassene Eisenbahnschranke, hinter der ein Güterzug friedlich über die Straße rumpelte.

Sie kamen näher heran, der Fahrer verlangsamte das Tempo. Der Bischof starrte geradeaus, in dem sicheren Gefühl, daß es vor der Schranke keine Abzweigung mehr gab. Er faßte nach dem Türgriff, bereit hinauszuspringen, sobald der Wagen sein Tempo genügend verringert hatte. Doch dann sah er zu seinem Entsetzen, daß schon der letzte Waggon die Straße überquerte. Die Bahnschranke öffnete sich langsam, sie war jetzt gerade hoch genug, daß der Wagen durchkommen konnte. Beefy gab Gas. Sie rasten unter der Schranke hindurch, und ein Kotflügel des bischöflichen Austins bekam dabei einen tüchtigen Kratzer ab. Der Bischof sank in seinen Sitz zurück, die Aufregung hatte ihn erschöpft. Sie rasten weiter.

Es muß doch Hilfe geben, dachte der Bischof, aber welche? Er sah auf seine Uhr. Es war zwei! Und er war wahrscheinlich mindestens achtzig Kilometer von Danby entfernt. Er starrte geradeaus. Sie fuhren jetzt eine hübsche Landstraße entlang, aber im Augenblick fehlte ihm der Sinn für Naturschönheiten. In der Ferne öffnete ein Mann das Gatter einer Wiese. Langsam und gelassen spazierte eine Kuh auf die Straße. Noch eine folgte, und noch eine. Bald war die Straße voller Kühe. Beefy hupte wie wild. Die Kühe glotzten ihn an, milde, aber erstaunt. Der Mann lehnte am Gatter. Jetzt verlangsamte der Wagen wieder sein Tempo. Der Bischof packte den Türgriff und drückte – vergebens. Eine Kuh hatte sich gegen die Tür gestemmt. Er sprang auf der anderen Seite hinaus. «Halt!» schrie er. Aber der Wagen bahnte sich einen Weg durch die Herde und entschwand. Der Bischof wandte sich an den Kuhhirten, der voller Interesse auf die bischöfliche Kleidung starrte. «Schnell», sagte er, «ich muß sofort ein Fahrzeug haben.» Der Mann wies auf sein Ohr. «Hab mein Hörgerät nicht dabei», war die nicht gerade tröstliche Antwort.

Es war fünf Uhr, als der Bischof endlich in Danby anlangte. Die Grundsteinlegung war abgesagt worden. Aber in der Zwischenzeit hatte er die Polizei dreier Grafschaften so wirksam alarmiert, daß Beefy noch am selben Abend aufgegriffen wurde.

Doch die Polizei gab sich damit nicht zufrieden. Sie war zu dem Schluß gekommen, daß Beefy zu der Bande gehören mußte, die für all den Wirbel und Ärger, den es in letzter Zeit in Danby gegeben hatte, verantwortlich war. Sie verhafteten als nächste Ida, die gerade im Begriff war, zu einem neuen kleinen Urlaub aufzubrechen. Dann stöberten sie Heck und die Jungens in einer Kneipe auf. Ida war außer sich vor Wut, daß man sie verhaftete, nur weil man einen Bischof auf eine kleine Rundfahrt durch Derbyshire mitgenommen hatte! Wenn es ein wirklich großes Ding gewesen wäre! Dann hätte sie es längst nicht so übelgenommen. Sie kochte, sie war wütend auf sich selbst, aber nicht weniger auf ihre untüchtigen Direktoren und die tüchtige Polizei.

Die Bande wurde der meisten Verbrechen, die während der letzten zwölf Monate in Danby verübt worden waren, für schuldig befunden. Als sie schließlich alle hinter Schloß und Riegel saßen, seufzte man bei der Polizei hörbar auf, und die Mauern des neuen Gemeindehauses wuchsen endlich mit sichtbarer Geschwindigkeit in die Höhe.

19

Die Herbstwinde hatten die letzten Blätter von den Bäumen gerissen. Es wurde Winter. Die Nächte wurden länger und länger. Die nassen Felder sahen eintönig grau aus, und die Straßen von Danby glänzten trübe im Regen.

Für den Pfarrer war es keine leichte Aufgabe, Sally, die über Beefy verzweifelt war, zu überreden, die Verlobung nicht wieder aufzulösen. Aber er hatte schließlich Erfolg, und für beide begann ein glücklicher Winter. In der Gemeinde gab es viel Arbeit, aber gelegentlich gingen sie auch aus in ein Restaurant oder ins Theater.

Lizzie Tubb fühlte sich immer schwächer. Ihr rundes Gesicht magerte ab, ihre Augen hinter den dicken Brillengläsern wurden groß und dunkel, ihre Hände wächsern und durchsichtig. Der Winter zog sich hin. Er verschanzte sich und wollte nicht weichen. Doch dann, als man schon alle Hoffnung aufgegeben hatte, daß es je Frühling werden würde, kam die Wende, und langsam kehrte auf die Erde und an den Himmel ein wenig Farbe zurück.

Lizzie verbrachte mehr und mehr Zeit im Bett. Sie beobachtete, wie die ersten Sonnenstrahlen und das nächtliche Mondlicht über den Spruch an der Wand wanderten. Wenn sie gegen ihre Schmerzen ankämpfte, dachte sie an den kleinen Hinterhof zurück, wo sie als Kind gespielt hatte und wo, wie es ihr jetzt vorkam, die Sonne ununterbrochen auf den geplatzten Asphalt und die abblätternde Farbe der Kellertür geschienen hatte. Sie dachte an Fred Spragget, der jetzt dick und kahlköpfig war und doch einst die Krone der Schöpfung für sie gewesen war, als er sie vor langer Zeit, an einem weißen, glitzernden Weihnachtstag, unter dem Mistelzweig geküßt hatte.

Lord Wapentake blickte auf die brachliegende Erde und fragte sich, wann, zum Teufel, dieser Gärtnerbursche zurückkäme. Er hatte noch nie einen solchen Unsinn gehört – einen wirklich anständigen Kerl einzusperren, nur weil er den alten Ted zu einer kleinen Spazierfahrt genötigt hatte.

Und als sich endlich die gelben Narzissen im goldenen Sonnenlicht wiegten, führte John Adams seine hübsche Braut in die hochaufragende Kathedrale, wo der Bischof die Trauung vollzog und sie mit seinem feierlichsten Segen in ihre gemeinsame Zukunft entließ.

Es war ein Aprilabend. Weich und warm war der Regen auf die Dächer von Danby gefallen, und die Bäume standen vollkommen regungslos. Nur dann und wann erzitterte ein Blatt unter einem fallenden Regentropfen. Es war ein stiller und unsagbar trauriger Aprilabend, als Beefy nach Hause zurückkehrte.

Ein reuiger Beefy. Hier stand er nun, Monate später, wieder als freier Mann, doch ohne zu wissen, was mit seinen Freunden, mit seiner Cousine und seiner Bleibe geschehen war. Waren Ida und die Jungens auch gefaßt und eingesperrt worden? Ob wohl Sally inzwischen den Pfarrer geheiratet und sich für immer von ihm, Beefy, losgesagt hatte? Sicherlich war das alte Gemeindehaus nun an eine Fabrik verkauft worden. Beefy grübelte hin und her, und Furcht überfiel ihn.

Seine Befürchtungen waren nur allzu berechtigt. Als er in die Nottingham Road kam, erblickte er als erstes einen großen Anschlag vor dem Gemeindehaus und daneben große Haufen von Ziegeln, Sand und Bauholz. Alles wirkte naß und trostlos nach dem Aprilregen. Die Tür, durch die er so oft gegangen war, war mit Brettern vernagelt. Das einzige, beinahe richtige Zuhause, das er seit vielen Jahren gehabt hatte, war zerstört. Beefy war todtraurig und wußte nicht ein noch aus.

Lange stand er da und starrte auf den Anschlag, auf die Baumaterialien, auf die Trümmer seines Zuhauses. Dann kam ein Wachmann aus dem Gebäude und blickte ihn mißtrauisch an. Beefy schlich davon.

Doch eine Zuflucht war ihm geblieben: Lizzie Tubb. Sie würde ihm sicher eine Tasse Tee geben und ihm erlauben, seine Sachen etwas zu trocknen, bevor er wieder in die Nacht hinaus mußte. Er lief schnell weiter, aus Angst, daß der Wachmann ihm folgte.

Lange mußte er vor Lizzies Tür unter dem traurigen Himmel warten. Der Hund bellte zwar, aber niemand kam. Sein Herz sank. Sicher war Lizzie ausgegangen. Was nun? Die einzige Zuflucht war ihm versperrt. Er wagte nicht, zum Schloß zu gehen. Man würde dort nichts mehr mit ihm zu tun haben wollen, und Sally war sicherlich längst verheiratet. Ohne viel Hoffnung klopfte er noch einmal. Whitey schlug wieder an, verstummte jedoch schnell. Beefy wollte gerade umkehren, da kam es ihm so vor, als hätte er ein langsames Schlurfen gehört. Dann hörte er, wie der Riegel zurückgezogen wurde und sich der Schlüssel im Schloß drehte. Die Tür öffnete sich einen Spalt. Vor ihm stand Lizzie, einen alten Mantel über dem Nachthemd, und blinzelte ihn an. Ohne ihre dicken Brillengläser sah sie sonderbar aus. Beefy erkannte sie kaum wieder. «Tag, Lizzie», sagte er. «Ich weiß nich, wohin ich soll. Sie machen 'ne Fabrik draus.»

«Ach, Sie sind's, Beefy», sagte sie, ohne zu lächeln. «Wollen Sie nicht reinkommen?»

Er betrat die wohlbekannte Küche. Whitey schnüffelte an seinen Beinen. «Ich muß mich wieder hinlegen», sagte Lizzie. «Mir geht's nicht gut. Wenn Sie mit mir reden wollen, müssen Sie mit raufkommen. Aber lassen Sie mir 'n Augenblick Zeit, damit ich ins Bett kriechen kann.» Sie sah, wie Beefys Augen in die Richtung des Teekessels wanderten. «Sie können uns 'ne Tasse Tee machen, wenn Sie Lust haben. Das wär nett.»

Lizzie schleppte sich die knarrenden Stiegen hinauf, und Beefy setzte den Kessel auf. Als das Wasser kochte, goß er den Tee auf und brachte zwei Becher nach oben.

Lizzie saß, halb auf die Seite gedreht und auf einen Ellbogen gestützt, im Bett. Es sah aus, als könne sie keine bequeme Lage finden. Ohne ihre Zähne und die Brille wirkte sie alt und verfallen. Beefy war verlegen. «Hier ist der Tee», sagte er, um seine Schüchternheit zu verbergen.

«Das ist nett von Ihnen», sagte sie. «Mir war gerade nach 'ner Tasse Tee.» Sie nahm den Becher in ihre zitternde Hand und trank schlürfend. Dann lehnte sie sich in die Kissen zurück. «Jetzt fühl ich mich besser», sagte sie.

Es war still bis auf das Ticken des Weckers und das röchelnde Atmen Lizzies. Beefy wußte nicht, was er sagen sollte. Er hatte keine Erfahrung mit Krankenbesuchen. Schließlich fragte er: «Was ist mit den Jungens los? Sie wissen doch, Heck und die andern alle.»

Lizzie wandte sich ihm langsam zu und sah ihn an. Sie mußte jetzt immer erst angestrengt überlegen, bevor sie langsam eine Antwort herausbringen konnte. «Die sitzen noch», sagte sie schließlich.

Beefy stöhnte. Lizzie sammelte ihre Kräfte, um weiter zu berichten.

«Ihre Cousine hat vorige Woche geheiratet. Heute sollen sie von den Flitterwochen zurückkommen.»

Beefy sah das Pfarrhaus von St. Judas vor sich: Der Pfarrer saß mit dem Federhalter in der Hand am Schreibtisch, und Sally stand hinter ihm und strich ihm über das Haar. Beefy spürte den Schmerz und die Einsamkeit der Eifersucht.

«Er war so gut zu mir, der Pfarrer, wirklich gut», murmelte Lizzie weiter. «So besorgt. Er hat gebeten und gedrängt, daß ich ins Krankenhaus geh, bevor sie heiraten und wegfahren.» Sie brachte fast ein Lächeln zustande. «Aber sie haben mich nicht ins Krankenhaus gekriegt.»

«Da hätten Sie's aber bequemer», sagte Beefy mit einem Blick auf das zerwühlte Bett.

«Ich fühl mich ganz wohl hier, danke. Wenn ich nur nicht diese Schmerzen hätte. Sally hat mich jeden Tag vor ihrer Heirat besucht. Sie war lieb zu mir. Und sie wollte auch jemand für mich suchen, der jeden Tag kommt und Ordnung macht, solange sie weg ist. Aber ich wollte niemand hier haben. O ja, sie war gut zu mir.»

«Zu mir auch», sagte Beefy, «auf'm Gericht. Sie waren beide gut zu mir. Ich hätte das nie gedacht.»

Schweigen senkte sich über den dämmrigen Raum. Plötzlich gingen draußen die Laternen an, und ihr Licht fiel ins Zimmer, auf die fleckige alte Tapete, auf das Geißblatt und den Efeu, die den Spruch ‹Liebe deinen Nächsten› umrankten.

Beefy blickte auf den Spruch. «Er ist hübsch», sagte er, «wirklich hübsch.»

Lizzie zog sich, mühsam auf einen Ellbogen gestützt, hoch, um ihn zu betrachten. «Ja», sagte sie, «er ist hübsch.»

Sie schien einen plötzlichen Entschluß zu fassen. «Ich möchte, daß Sie den Spruch kriegen, Beefy, wenn mir was passiert.»

Beefy war tief gerührt. «Ich? Ich soll ihn kriegen?» Plötzlich fiel es ihm wieder ein: «Ich hab ja nichts, wo ich ihn hinhängen kann», sagte er niedergeschlagen. Der Spruch hätte sich gut gemacht über seiner Linoleumrolle. Aber jetzt war es zu spät dafür.

Hitzig sagte Lizzie: «Ich will aber, daß Sie ihn kriegen. Er gehört Ihnen, wenn mir was passiert.»

«Er ist hübsch.» Beefy betrachtete ihn bewundernd. «Was steht denn eigentlich drauf?»

«‹Gesegnet sei dies Haus›», sagte Lizzie.

«Das klingt nett, es gefällt mir. ‹Gesegnet sei dies Haus›», murmelte er. Der Spruch würde sich hübsch ausnehmen in seinem einsamen Häuschen in Shephard's Delight, wenn er sich eines Tages dort zur Ruhe setzte.

Er kehrte in die Wirklichkeit zurück. «Ich weiß nicht, wo ich schlafen soll», sagte er.

«Schlafen Sie doch in der Küche. Sie müssen sich allerdings in den Sessel oder auf den Boden legen, aber da brennt 'n kleines Feuer, und Sie haben's warm. Und morgen früh können Sie mir dann 'ne Tasse Tee bringen.»

«O vielen Dank, Lizzie», sagte Beefy glücklich. Wenigstens für eine Nacht war das Problem gelöst. Er sagte Lizzie gute Nacht, ging nach unten und legte sich neben Whitey auf dem Boden schlafen. Am Morgen fachte er das Feuer an, machte Tee und brachte Lizzie einen Becher nach oben.

Aber Lizzie brauchte keinen Tee mehr auf dieser Welt. Sie lag kalt und steif auf ihrem Bett. Jeden Winter ihres kümmerlichen Lebens war sie an dunklen, bitterkalten Tagen in aller Frühe aufgestanden, um zu arbeiten, damit sie essen konnte; und sie hatte gegessen, damit sie an dunklen, bitterkalten Tagen aufstehen und zur Arbeit gehen konnte. Warum sie sich die Mühe gemacht hatte, diesen trostlosen Kreislauf aufrechtzuerhalten, darüber hatte sie nie nachgedacht. Keiner hatte je darüber nachgedacht.

Beefy war außer sich vor Schreck. Voller Entsetzen blickte er auf das bewegungslose kleine Bündel da im Bett. Er streckte die Hand aus und berührte das runzlige Gesicht. «Lizzie», flüsterte er, «was ist denn los?» Aber er wußte, was los war. Er drehte sich um und stolperte die Treppe hinunter. Whitey kam ihm schwanzwedelnd entgegen. Beefy sah ihn traurig an. «Ich glaub – ich glaub, ihr ist was passiert», sagte er zu dem Hund. Er blieb unentschlossen stehen, aber er mußte jemanden zu Hilfe holen. Er lief zum Pfarrhaus hinüber.

Sally öffnete ihm die Tür. «Oh, Beefy», rief sie. «Das ist wirklich eine freudige Überraschung.» Sie fragte sich, ob er wohl direkt aus dem Gefängnis käme. «Komm herein und frühstücke erst einmal.»

«Es ist – es ist wegen Lizzie», stotterte Beefy. «Sie ist – es ist ihr was passiert. Ich glaube, sie ist tot.»

«Oh, die arme Lizzie. Geh in dieses Zimmer, Beefy, ich sage John gleich Bescheid.»

Den verwaisten Whitey übernahm eine nette Nachbarin. In der Vase auf Lizzies Kaminsims fand sich genug Geld für die Beerdigung. An einem stürmischen Frühlingstag wurde sie dann in die St.-Judas-Kirche getragen, wo John Adams sie in seinem vom Wind gebauschten Ornat am Portal empfing, um sie langsam ins Kircheninnere zu geleiten.

«Ich bin die Auferstehung und das Leben», begann der Pfarrer, und Beefy, der beim Sarg stand, fühlte, wie seine Augen sich mit Tränen füllten. Er konnte es überhaupt nicht fassen.

Dann brachte man sie auf einen trübseligen Friedhof und senkte sie in die feuchte Erde. Die einzige Blumengabe war ein großer Lilienstrauß, den Beefy mit seinem letzten Geld gekauft hatte. Die Erde polterte auf den Sarg. Beefy weinte wieder. Arme alte Lizzie! Wenn man darüber nachdachte, war es gar nicht schön, einfach in eine solche Grube gesenkt zu werden.

Man deckte sie mit Erde zu und schloß sie von der Sonne und der Morgenbrise aus. Dann gingen alle zum Tee nach Hause, alle außer

Beefy, der kein Zuhause hatte. Mit einem höflichen «nein, danke schön» lehnte er eine sehr herzliche Einladung zum Tee ins Pfarrhaus ab und ging davon.

Die nächsten Monate waren die trostlosesten seines Lebens. Er nahm eine Arbeit nach der anderen an, aber niemand hatte Zeit, sich seiner richtig anzunehmen. Man jagte ihn einfach wieder fort.

An einem Septembermorgen fand er sich schließlich über das Geländer einer Kanalbrücke gelehnt – mit seiner einzigen Habe, Lizzies Spruch, unter dem Arm. Er wußte nicht mehr weiter. Seit einer Woche hatte er keine Arbeit mehr finden können. Geld hatte er auch nicht mehr. Sein Magen schmerzte vor Hunger, denn seit dem Frühstück am Vortage hatte er nichts mehr gegessen. Sein Zeug war nach einer Nacht im Park feucht und klamm. Beefys Gedanken waren sorgenschwer. Nun hatte er endlich sein altes Leben aufgegeben und machte wirklich keine krummen Sachen mehr, und was war der Erfolg? Hunger quälte ihn, und er wußte einfach nicht, wie er den nächsten Tag überstehen sollte. Er war verzweifelt und verwirrt. Ohne die Hilfe Idas und der Jungens war er verloren.

Er starrte auf das schwarze, ölige Wasser des Kanals hinunter. Ein Motorboot tuckerte auf die Brücke zu und steuerte geschickt zwischen den steinernen Uferböschungen entlang. Beefy liebte Boote. In glücklicheren Tagen hatte er oft über einem Brückengeländer gelehnt und darauf gewartet, daß eines vorbeifahren würde. Dies hier war frisch gestrichen, ganz in grün, es sah sehr hübsch aus. Am Bug stand eine rothaarige Frau. Ein Mann mit schwarzen Koteletten lehnte lässig an der Reling. Das Boot kam näher.

Beefy starrte hinunter. Er beugte sich gefährlich weit über das Brükkengeländer, um besser sehen zu können. Dann brüllte er: «Ida, Heck, ich bin's, Beefy.»

Gleich darauf wurde der Motor abgestellt. «Wenn das nicht der alte Beefy ist», rief Ida vom Boot herauf. Sie legten an. Beefy sauste die morschen Stufen, die zum Kanal führten, hinunter. Sie zogen ihn an Bord.

In der kleinen Kajüte fand er sie alle wieder: Wodka-Joe, Holzbein, Lofty Langfinger, Willie Einauge. Alle strahlten. «Na so was, der alte Beefy!» Sogar Heck, der Sek, kam herunter. Beefy fand, dies sei der schönste Augenblick seines Lebens.

Sie alle freuten sich, Beefy wiederzusehen. Er mochte nicht gerade der Intelligenteste von ihnen sein, aber Intelligenz besaßen sie schließlich selbst. In brenzligen Situationen jedoch war es ein tröstliches Gefühl, Beefy dabeizuhaben: Man konnte sich darauf verlassen, daß er die undankbaren Jobs übernahm, willig und eifrig, ohne überhaupt zu merken, wie undankbar sie waren. Ein Mann wie Beefy war bei ihren Unternehmungen einfach unersetzlich.

«Wetten, du möchtest gern 'ne Tasse Tee, was, Beefy?» fragte Ida.

«Wenn es keine Mühe macht», sagte Beefy höflich.

«Natürlich nicht. Lofty, mach für uns alle Tee. Das muß gefeiert werden.»

Lofty kochte Tee auf dem Ofen, und sie hockten eng beieinander in dem gemütlichen Halbdunkel der kleinen Kajüte und prosteten Beefy mit erhobenen Tassen zu. Beefy war im siebenten Himmel.

«Wie kommt ihr denn zu dem schönen Boot», fragte er.

«Es *gehört* uns», sagte Ida stolz. «Es ist nicht etwa ausgeliehen. Es lag irgendwo rum und verrottete langsam, da haben wir es ausgeschöpft, und dann hat Holzbein es angestrichen, und Heck und Lofty haben sich auf einem Parkplatz den Motor von einem Motorrad ausgeborgt und ihn eingebaut. Er funktioniert prima. Heck ist technisch sehr begabt, das muß man ihm lassen.»

Beefy konnte diese Wende seines Schicksals kaum fassen. Noch vor einer halben Stunde hatte er nicht gewußt wohin, und jetzt saß er hier wieder unter seinen Freunden und fuhr auf den Kanälen von Danby spazieren.

20

Aber soviel Glück konnte nicht dauern. Als Beefy das erste Mal an Land ging, bemerkte er einen fremden Mann, der ihn lange und durchdringend anstarrte. Beefy wandte den Kopf zur Seite und beschleunigte seinen Schritt. Doch zu seinem Schrecken hörte er, wie der Mann hinter ihm herrief: «Heda, Sie!» Beefy fing an zu rennen. Aber der Mann kam ihm nachgelaufen und verstellte ihm den Weg.

Beefy wäre am liebsten ausgerissen, aber ein paar Meter weiter stand ein Polizist.

Beefy wußte, wenn die Leute erst einmal anfingen, ‹heda!› zu rufen und einem den Weg abzuschneiden, dann bedeutete das unweigerlich Ärger. Der Mann versperrte ihm immer noch den Weg. «Sind Sie nicht Beefy Jones?» fragte er.

«Nein», sagte Beefy entschieden. Der Mann blickte ihn forschend an.

«Natürlich sind Sie Beefy Jones. Ich habe Sie doch damals auf dem Kirchenbasar gesehen», fügte er hinzu. «Kommen Sie bitte mit mir. Sie brauchen keine Angst vor mir zu haben.»

Unter den Augen des argwöhnischen Polizisten folgte ihm Beefy. Der Mann führte ihn in ein nahegelegenes Büro, wo ein anderer Mann an einem Schreibtisch, hinter einem Berg von Büchern und Papieren, saß.

«Das ist Mr. Beefy Jones», sagte der erste Mann. «Ich habe ihn endlich gefunden.»

«Seit Monaten suchen wir Sie», sagte der Mann hinter dem Schreibtisch. «Können Sie sich irgendwie ausweisen?»

«Was?» fragte Beefy.

«Ich meine, können Sie beweisen, daß Sie Beefy Jones sind?»

«Nein», sagte Beefy. Der wollte ihn wohl zum Narren halten.

Der Mann seufzte. Er warf einen Blick auf den verschüchterten Beefy. Ich sollte mich hier wohl lieber auf zweisilbige Worte beschränken, dachte er. Er warf einen zweiten Blick auf Beefy. Auf einsilbige, korrigierte er sich.

Er räusperte sich. «Mr. Jones», begann er, Beefys Miene hellte sich sogleich auf. «Mr. Jones, unseres Wissens waren Sie mit der verstorbenen Miss Elizabeth Lavinia Tubb befreundet, nicht wahr?»

«Nein», sagte Beefy, fest entschlossen, alles und jedes zu leugnen, gleichgültig, ob er es verstand oder nicht.

Der Mann blickte ungeduldig auf. «Was soll denn das?» fuhr er Beefy an. «Sie kannten doch Lizzie Tubb?»

«Lizzie? O ja.» Sie würde er nie leugnen, nicht einmal um seine eigene Haut zu retten.

«Miss Lizzie Tubb, es wird Sie vielleicht überraschen, das zu hören», fuhr der Mann fort, während er mit einem Papiermesser auf den Tisch klopfte, «war nicht so arm, wie allgemein angenommen wurde.»

Beefy schob die Unterlippe vor. In seiner Gegenwart durfte niemand etwas gegen Lizzie sagen. «Lizzie war nett», sagte er.

«Ich sage ja auch nur, sie war nicht arm.» Der Mann schrie fast. «Ich bin Rechtsanwalt und bin zu Miss Tubbs Testamentsvollstrecker ernannt worden. Während Ihrer Abwesenheit, Mr. Jones, habe ich Miss Tubbs Haus verkauft, und das Erbgut beläuft sich nunmehr auf fünfhundert Pfund, zwei Shilling und elf Pennies.»

«Sie – Sie meinen, Lizzie hatte all das viele Geld?» fragte Beefy atemlos.

«Ja, und nicht nur das», fuhr der Mann fort. Dann legte er um der Wirkung willen eine kurze Pause ein. «Sie hat Sie zu ihrem Universalerben eingesetzt. Und das heißt, daß Ihnen fünfhundert Pfund zustehen.»

«Und zwei Shilling und elf Pennies?» fragte Beefy, der gern wollte, daß alles seine Richtigkeit hatte.

«Und zwei Shilling und elf Pennies.»

Ein langes Schweigen folgte. Beefy stand linkisch da. Man sah ihm an, wie es in ihm arbeitete. «Ich wollt nie was haben», stieß er endlich hervor.

«Schon gut, aber nun haben Sie was», sagte der Rechtsanwalt. «Sie haben fünfhundert Pfund.»

«Ich wollt nie was haben», wiederholte Beefy. «Ich wollt nie, daß Lizzie mir was vererbt.»

Der Rechtsanwalt hatte von diesem Klienten schon mehr als genug. Er war ein vielbeschäftigter Mann. «Wenn Sie ein paar Minuten warten wollen, stelle ich Ihnen einen Scheck über den Betrag aus, und Sie unterschreiben dann eine Empfangsbestätigung. Nehmen Sie doch bitte Platz.

Beefy hockte sich auf die Stuhlkante. Der Mann ging ins Vorzimmer und kam bald darauf mit einem Scheck und einem Blatt Papier zurück.

«Unterschreiben Sie bitte diese Empfangsbestätigung», sagte er.

Beefy senkte den Kopf. «Ich kann nicht schreiben», gestand er.

«O Gott! Auch das noch!» Der Rechtsanwalt steckte den Kopf durch die Tür und rief in den Nebenraum: «Jenkins, kommen Sie bitte mal herein und beglaubigen Sie Mr. Jones' Zeichen. Mr. Jones, machen Sie bitte ein Kreuz.»

Beefy machte zwei ungeschickte Striche, und der Rechtsanwalt gab ihm den Scheck. «Geben Sie nicht alles auf einmal aus», sagte er.

Der Rechtsanwalt blieb äußerlich ruhig. Aber er hatte gerade im Vorzimmer erfahren, daß ein sehr wichtiger Klient auf ihn wartete, und er liebte es gar nicht, wichtige Klienten warten zu lassen. «Jenkins, gehen Sie mit Mr. Jones zur Bank und eröffnen Sie ein Konto für ihn», befahl er. «Auf Wiedersehen, Mr. Jones.» Er streckte mechanisch die Hand aus und drückte mit der anderen auf die Klingel.

Man drängte Beefy zur Tür. In diesem Augenblick klopfte es, und ein Mädchen kam herein und meldete: «Lord Wapentake, Sir.»

«Ja, wen sehe ich denn da», rief Lord Wapentake aus. «Was, zum Teufel, tun Sie hier, Beefy?» Zum Erstaunen des Rechtsanwalts klopfte er Beefy auf die Schulter. «Wann hat man Sie rausgelassen? Blöde Sache, das. Sehr blöde Sache. Grober Justizirrtum, was – äh, Fortescue?»

«Ich – ich kann mich dazu wirklich nicht äußern, Mylord», sagte Rechtsanwalt Fortescue unbehaglich.

«Das kann ich mir vorstellen. Wollt euch nie festlegen, ihr Rechtsverdreher.» Er wandte sich Beefy zu. «Wann fangen Sie wieder bei mir zu arbeiten an?»

Aber Beefy hatte überraschenderweise jetzt doch die Situation erfaßt: Der Traum seines Lebens war in Reichweite gerückt.

«Ich – ich weiß nicht. Ich hab jetzt etwas Geld. Ich wollte nach Shepherd's Delight ziehen. Mir ein Häuschen kaufen. Und ein Schwein. Ich dachte, ich nenn's vielleicht Emilie.» Er verstummte.

Lord Wapentake war ganz aufgeregt. «Shepherd's Delight? Was Sie nicht sagen. Meine Frau und ich wollen auch dahin ziehen, in unser

Landhaus. Das Schloß verkaufen wir an eine Behörde. Verdammt kostspielig, so ein Kasten. Viel zu kostspielig. Deswegen bin ich auch hier.»

Beefy fragte ungläubig: «Sie meinen – Sie meinen, Sie wollen in Shepherd's Delight wohnen?»

«Das erzähle ich Ihnen doch gerade. Sie können in Ihrem Häuschen in Shepherd's Delight wohnen und bei mir arbeiten. Wunderbares Arrangement. Also, das wäre abgemacht. Unterstehen Sie sich, einen anderen Posten anzunehmen.»

Beefy strahlte. «Kommt nicht in Frage», rief er begeistert.

Mr. Fortescue hüstelte. «Mr. Jones möchte jetzt vermutlich zur Bank gehen», meinte er.

«Machen Sie das, mein Bester», sagte Lord Wapentake und klopfte Beefy wieder auf die Schulter. «Auf, zur Bank. Und ich rechne fest damit, Sie in Shepherd's Delight zu sehen.»

Man drängte Beefy nun endgültig hinaus. Mr. Jenkins brachte ihn zur Bank, sagte dem Kassierer, der Herr wolle ein Konto eröffnen, und kehrte ins Büro zurück.

Der Kassierer, nicht ahnend, was ihn erwartete, zog ein Formular hervor. «Ihr Name bitte?» fragte er.

«Beefy Jones.»

«Und Ihre Adresse?»

«Wie meinen Sie?»

«Wo wohnen Sie?»

«Auf einem Boot.»

«Wir brauchen aber eine ständige Anschrift.»

«Am Kanal.»

Der Kassierer seufzte. «Also lassen wir das für den Augenblick, wir können später darauf zurückkommen. Ihr Beruf?»

«Wie meinen Sie?»

«Was arbeiten Sie?»

«Früher habe ich bei Lord Wapentake im Schloßpark gearbeitet.»

«Aha.» In seiner Verzweiflung klammerte sich der Kassierer an diese Information. «Also sagen wir Gärtner?»

«So ungefähr», stimmte Beefy zu.

Der Kassierer schrieb es nieder.

«Und jetzt unterschreiben Sie mal hier», sagte er in der hoffnungsfrohen Erwartung, mit diesem anstrengenden Kunden fertig zu sein.

«Ich kann nicht schreiben», sagte Beefy.

Erstarrtes Schweigen. «Dann machen Sie ein Kreuz», sagte der Kassierer mit zusammengebissenen Zähnen. «Und als Ihre Adresse werde ich postlagernd Danby notieren. Sobald Sie eine ständige Anschrift haben, kommen Sie bitte umgehend vorbei und teilen Sie sie uns mit.»

Beefy wankte hinaus. Er hatte fünfhundert Pfund, zwei Shilling und elf Pennies. Er würde ein Häuschen in Shepherd's Delight kaufen und ein Schwein, und Lord Wapentake würde ihm Arbeit geben. Endlich war seine Zukunft gesichert. Alles war gut ausgegangen. Wie sich die Jungens wohl über diese Neuigkeit freuen würden.

Aber seine Freunde starrten ihn ungläubig und mißtrauisch an. «Fünfhundert Pfund! Wer sollte *dir* wohl fünfhundert Pfund geben?» höhnte Heck.

«Und zwei Shilling und elf Pennies», verbesserte Beefy.

«Wer sie dir gegeben hat, will ich wissen!»

«Lizzie Tubb, sie hat sie mir vererbt. Ich wollte ja nie was haben, aber sie hat sie mir vererbt.»

«Du – du willst doch nicht sagen, daß du tatsächlich fünfhundert Pfund geerbt hast?» fragte Ida.

Beefy nickte stumm.

«Und hast du sie bei dir, in der Tasche?» wollte Ida wissen.

«Nein, nicht ganz. Ich hab sie auf die Bank gebracht.»

Heck stöhnte entsetzt auf. «Das *kannst* du doch nicht getan haben», rief er.

Beefy bekam es mit der Angst.

«Du hast doch wohl nicht im *Ernst* einer *Bank* all das Geld anvertraut, Beefy?» mischte sich Holzbein ein. «Du willst uns nur hochnehmen und uns 'nen Schreck einjagen, was?»

«Haben sie dir eine Quittung gegeben?» fragte Ida.

«Sie haben mir das da gegeben», sagte Beefy. Mit zitternden Fingern holte er ein Sparbuch hervor.

Heck riß es ihm aus der Hand und sah es verächtlich an. «Ist nicht das Papier wert, auf dem es gedruckt ist.» Er schob es weit von sich. «Du tätst am besten dran, sofort zur Bank zurückzugehen und das Ganze wieder abzuheben. Wenn es nicht schon zu spät ist», fügte er düster hinzu.

Beefy war auf einmal ganz elend zumute. «Aber ich hab doch immer gedacht, Banken sind ehrlich», stammelte er.

«Ehrlich!» Heck hätte am liebsten ausgespuckt, aber in Gegenwart von Ida wußte er sich zu benehmen. «Du ahnst ja nicht, wie es meiner armen Mutter ergangen ist. Die hat ihr ganzes Geld zur Bank gebracht. Und was passiert? Die Bank geht pleite!»

«Ich dachte, Banken können gar nicht pleite gehen», sagte Beefy entsetzt.

«Hol dir das Geld bloß wieder, wenn's überhaupt noch geht», riet ihm Ida.

«Ich komme mit», sagte Heck, «damit du nicht übers Ohr gehauen wirst.»

«Nein, du nicht, *ich* gehe mit», widersprach Ida mit ihrer ganzen Autorität.

«Vielleicht will Beefy aber lieber mich dabei haben», sagte Holzbein. «Wir waren doch immer gute Freunde, was, Beefy?»

Die Präsidentin und ihr Sekretär warfen Holzbein einen finsteren Blick zu, den Holzbein genauso finster erwiderte.

«Wir gehen alle zusammen», sagte Ida bestimmt. «Nach dem Essen.»

Aber Beefy war in Panik geraten. «Ich finde, wir sollten lieber gleich gehen», sagte er. Das Geld bedeutete alles für ihn: eine glückliche Zukunft in Shepherd's Delight, ein Häuschen, ein Schwein, Sicherheit. Und nun meinten Heck und Ida, daß die Bank es nicht wieder herausrückte. Er konnte es doch nicht mit einer ganzen Bank aufnehmen. All seine Pläne drohten zu scheitern.

«Wir gehen nach dem Essen», wiederholte Ida.

«Aber –» begann Beefy.

Doch ein Blick von Ida ließ ihn verstummen. Sie aßen zu Mittag. Dann sagte sie: «Meine Herren, ich als Präsidentin der Firma möchte jetzt mit Beefy unter vier Augen sprechen. Laßt uns also bitte mal allein.»

Murrend und mit gerunzelter Stirn gehorchten die Direktoren.

Beefy und Ida sahen sich quer durch die kleine, dunkle Kajüte an. Beefy schluckte. Ida würde mit ihm schimpfen, und außerdem saßen sie noch immer hier herum, statt sofort zur Bank aufzubrechen und zu versuchen, sein Geld wieder herauszubekommen.

Aber Ida lächelte. Beefy fiel ein Stein vom Herzen. Sie legte ihm sogar die Hand auf den Arm. «Beefy», fing sie an, «unsere Firma braucht eine Kapitalspritze.»

Er starrte sie verständnislos an. Er begriff nicht ganz, was sie damit sagen wollte.

«Du wärst erstaunt, Beefy, wenn du wüßtest», fuhr sie fort, «wie viele Firmen jedes Jahr aus Kapitalmangel zugrunde gehen. Selbst so gut organisierte Unternehmen wie unseres mit einem guten Präsidenten und tüchtigen Direktoren können pleite gehen, nur weil ihnen das nötige Geld für ihre großen Vorhaben fehlt.»

Beefy atmete schwer. Langsam dämmerte ihm, worum es sich drehte.

Ida sah ihn freundlich an. «Siehst du, Beefy, so ist nun mal die Situation. Wir brauchen dringend zusätzliches Geld.»

«Ich verstehe», sagte Beefy.

Ida lehnte sich vor. «Beefy», sagte sie, «ich bin bereit, dich mit fünfhundert Aktien an meiner Firma zu beteiligen. Ich würde sie dir ausnahmsweise zum Nennwert von einem Pfund pro Stück überlassen.»

Nachdem sie ihm dieses großzügige Angebot gemacht hatte, lehnte sie sich zurück und sah ihn erwartungsvoll an.

Sein Geld zur Bank zu geben . . .

... das ist doch der verrückteste Standpunkt, den man einnehmen kann, wenn man Geld eingenommen hat. Man holt sich sein Geld von der Bank, möglichst nachts natürlich, aber man bringt es doch nicht hin! Das ist wider allen Ganovenverstand.

In eine Bank geht man mit einem Brecheisen, mit einer Taschenlampe, mit einem Schweißgerät, mit einem Schießeisen, mit einer Gesichtsmaske, aber niemals mit einem Sparbuch. So tief kann ein Ganove doch nicht sinken.

Beefy war höchst unbehaglich zumute. Idas Angebot war sicher sehr nett gemeint, und er war ihr auch wirklich dankbar dafür. Aber was sollte er mit Aktien? Er wollte ein Häuschen und ein Schwein.

Verlegen schurrte er mit den Füßen. «Sie meinen also, ich soll diese Aktien mit meinen fünfhundert Pfund kaufen?»

Ida zuckte mit den Schultern. «Ja, und das ist sogar sehr billig. Die Aktien steigen ja. In einem Jahr sind sie mindestens das Zehnfache wert.»

Beefy senkte den Kopf. «Ich wollte mir aber eigentlich ein Häuschen kaufen und ein Schwein», murmelte er. Er kam sich sehr undankbar vor.

«Du würdest der Hauptaktionär sein», erklärte Ida und fügte vertraulich hinzu: «Und dann hättest du die ganze Firma in der Hand.»

Ida hatte ihre Saat gesät. Sie stand auf und klopfte ihm auf die Schulter. «Laß dir die Geschichte mal durch den Kopf gehen. Du willst doch auch nicht, daß die Firma pleite geht. Und du bist der einzige, der sie retten kann.»

«Ja», sagte Beefy, «aber –» Er griff nach der Türklinke und floh an Deck. Nun blieb ihm wohl nichts anderes übrig, als diese Aktien zu kaufen, dachte er traurig.

Ein tiefer Seufzer riß ihn aus seinen trüben Gedanken. Er wandte sich um und entdeckte Heck, der sich weit über die Reling gelehnt hatte und starr und düster auf das grünliche Wasser des Kanals blickte. Es tat Beefy leid, seinen besten Freund so unglücklich zu sehen. «Was hast du denn, Heck?» fragte er.

«Meine arme alte Mutter», sagte Heck und zuckte hilflos mit den Schultern.

«Ist sie wieder krank?»

Heck seufzte tief. «Schlimmer als das, sie ist in Schwierigkeiten. Sie braucht Geld. Und zwar sehr dringend.»

Beefys Herz sank. «Braucht sie – braucht sie denn viel Geld?» fragte er.

Heck lehnte sich wieder über die Reling. «Ach, die Situation ist hoffnungslos. Sie braucht mindestens fünfhundert Pfund, sonst muß sie ins Gefängnis. Aber wo nehme ich fünfhundert Pfund her?»

«Ja, hmm –» setzte Beefy an, «das heißt –» Doch in diesem Augenblick trat Holzbein zu ihnen und sagte: «Kann ich dich mal 'n Moment sprechen, Beefy? Unter vier Augen», fügte er mit einem gehässigen Seitenblick auf Heck hinzu.

Heck brummte mürrisch. Holzbein nahm Beefy fest am Arm und führte ihn zum Heck des Bootes. «Beefy», fing er an, «du weißt sicher gar nicht, daß ich verheiratet bin, was?» Er seufzte. «Mit der süßesten kleinen Frau, die du dir vorstellen kannst. Und erst die Kinder! Sieben kleine Jungens, einer entzückender als der andere.» Er wischte sich die Augen. Einen Augenblick lang war er so gerührt, daß er nicht weitersprechen konnte. Auch Beefy kamen fast die Tränen vor Mitgefühl.

Wodka-Joe, der sie aus einer ruhigen Ecke an der Persenning beobachtete, seufzte über die Vergeblichkeit seiner Hoffnungen. Er hatte sich eine so überzeugende Geschichte ausgedacht, von seinen armen alten Großeltern, denen man das Dach über dem Kopf geraubt hatte und die nun dringend fünfhundert Pfund für eine neue Bleibe brauchten. Aber wie sollte er das Beefy alles auf englisch erklären?

John Adams war glücklich. Soviel Glück in diesem Jammertal war mehr, als ein kläglicher Sünder eigentlich erwarten durfte, dachte er dankerfüllt.

Die Mißlichkeiten und Schwierigkeiten, die die ersten Bauphasen des Gemeindehauses begleitet hatten, waren vergessen. Das Werk war vollendet, der größte Teil des Geldes schon aufgebracht, und morgen würde der Bischof das Gemeindehaus einweihen und der Öffentlichkeit übergeben. Seine Vision eines neuen Hauses mit hellen, lichten Räumen war Wirklichkeit geworden. Ein Werk war geschaffen worden, das noch vielen Generationen zugute kommen würde.

Aber die größte Quelle seines Glücks war Sally. Seine hübsche junge Frau hatte das düstere alte Pfarrhaus in ein heiteres, helles Heim verwandelt. Sie sang, wenn sie in der Küche arbeitete, sie lächelte ihm zu, wenn sie in seinem Arbeitszimmer abstaubte, sie lachte, wenn sie ihm am Mittagstisch oder, wie jetzt an den Herbstabenden, am Kamin gegenübersaß. Sie war, dachte er, sogar noch schöner als damals, als er sie zum erstenmal gesehen hatte. Niemand, davon war er fest überzeugt, hatte jemals eine Frau gehabt, die so lieblich, so reizend, so heiter, so ganz und gar entzückend war wie die seine.

Als sie jetzt Arm in Arm durch die Straßen von Danby schlenderten, blickte er immer wieder in ihr lebhaftes Gesicht, in ihre strahlenden Augen, auf ihre leicht geöffneten Lippen. Er empfand Stolz, wenn er die bewundernden Blicke der Männer, die sich nach Sally umdrehten, bemerkte. Bald wird sie sogar noch schöner aussehen, dachte er, denn ich werde ihr für die morgige Feier einen Hut kaufen, und ich werde dafür sorgen, daß sie sich den elegantesten aussucht. Er fühlte plötzlich, wie ihre Finger die seinen fester umschlossen. «Sieh mal, John, da ist Beefy», sagte sie.

Ein höchst sorgenvoll und bekümmert aussehender Beefy kam ihnen entgegen. Neben ihm eine bedrohliche Eskorte: eine rothaarige Frau, ein Mann mit schwarzen Koteletten und ein Mann mit einem Holzbein. Im gleichen Augenblick erblickte auch Beefy die beiden. Sein Gesicht hellte sich auf. Er grinste. «Sally», rief er.

«Beefy», rief Sally zurück. Sie lief spontan auf ihn zu und küßte ihn auf die Wange. «Wo hast du nur gesteckt? Wir haben alles versucht, um dich zu finden.» Dann trat ein verlegenes Schweigen ein. Aber Beefy machte keine Anstalten, seine Cousine seinen Freunden vorzustellen; Sally lächelte ihnen deshalb nur entschuldigend zu und zog ihren Vetter mit sich fort. «Komm und sag John guten Tag», sagte sie.

«Aber – wir gehen gerade zur Bank.»

«Ach, das hat doch Zeit», sagte Sally fröhlich. «Jetzt komm erst mal mit ins Pfarrhaus. Ich muß mir nur noch vorher einen Hut kaufen.»

«Hallo, Beefy», sagte John. «Komm mit zu uns nach Hause.»

«Ich muß zur Bank», sagte Beefy. «Ich hab denen die fünfhundert Pfund gegeben, die Lizzie Tubb mir vererbt hat, und Heck sagt, es war ganz falsch, weil die Bankleute nicht ehrlich sind, und Heck und Holzbein wollen sich was davon leihen und Ida . . .»

John Adams sah ihn scharf an. «Wer ist Heck?» unterbrach er ihn.

Beefy wies mit dem Daumen auf seine Freunde, die mittlerweile auf die andere Straßenseite gegangen waren, wo sie jetzt unentschlossen herumstanden und auf ihn warteten. «Der da mit den Koteletten», sagte Beefy.

John Adams ging zu ihnen hinüber. «Beefy kommt mit mir», sagte er kühl. «Sie brauchen nicht auf ihn zu warten.»

Ida richtete sich zu ihrer vollen Größe auf. «Unser Freund hat eine sehr dringende geschäftliche Verabredung mit uns in der Bank», sagte sie. Sie erhob die Stimme. «He, Beefy!» schrie sie. «Die Banken schließen um drei.»

Vor Angst wollte Beefy wieder zu ihnen hinüberlaufen, aber Sally zog ihn zurück. «Beefy!» brüllte Holzbein. Ida starrte John Adams finster an. «Mischen Sie sich hier nicht ein, oder ich rufe die Polizei», sagte sie, unerschrocken bis zuletzt.

«Glänzende Idee», sagte der Pfarrer. «Dann kann ich der Polizei gleich sagen, daß Sie alle miteinander versucht haben, sich unrechtmäßig fünfhundert Pfund anzueignen.» Er blickte Ida direkt in die Augen. «Wessen Aussage, meinen Sie, würde wohl mehr Gewicht haben, Ihre oder meine?»

Dieser Gesichtspunkt leuchtete Ida ein. Sie senkte die Augen. Zweierlei Gesetze für die Reichen und für die Armen, dachte sie bitter. Das war heutzutage genauso wie eh und je. «Kommt, Jungens», sagte sie schließlich. Die Jungens zuckten mit den Schultern und rührten sich nicht. «Kommt, Jungens», wiederholte sie. «Wir müssen uns was einfallen lassen. Mit so was soll der uns nicht durchkommen.» Verdrießlich machten sie kehrt und verschwanden murrend in einer Seitenstraße.

John Adams lächelte. Er ging zu Sally und dem noch immer verängstigten Beefy zurück. «Das war's», sagte er. «Und nun kaufen wir dir deinen Hut.»

Im Arbeitszimmer des Pfarrhauses sagte John Adams später: «Lizzie Tubb hat dir also fünfhundert Pfund hinterlassen?»

Beefy nickte.

«Hast du dir schon überlegt, was du damit anfangen willst?»

«Ja, also ich dachte, ich kaufe vielleicht in Shepherd's Delight ein Häuschen und ein Schwein, aber sie wollen das Geld alle leihen, weil sie Frauen haben und Kinder und Mütter. Aber es hat wohl nicht viel Sinn, noch darüber zu reden. Die Bank hat ja jetzt das Geld. Heck sagt, es war ganz falsch, es denen zu geben.»

«Nun hör mal zu. Das ist kompletter Unsinn. Du kannst das Geld abheben, wann du willst, aber vorläufig lassen wir es einmal da.»

Beefy fiel ein großer Stein vom Herzen.

«Und womit willst du in Shepherd's Delight deinen Lebensunterhalt verdienen?» fuhr der Pfarrer fort.

«Lord Wapentake sagt, ich kann Gärtner bei ihm werden. Er zieht auch dahin.»

John Adams trommelte mit den Fingern auf den Schreibtisch. Er war zu jeder Hilfe bereit, um Beefy gut in Shepherd's Delight unterzubringen, denn er hatte ihn gern, und er haßte es, wenn jemandem das Fell über die Ohren gezogen werden sollte.

Aber er hatte auch noch andere Gründe, sehr begreifliche, wenn auch nicht ganz so selbstlose. Ein angeheirateter Vetter, der Analphabet war und der Bischöfe entführte, war doch etwas bedenklich. Jeder hätte die Gelegenheit am Schopf ergriffen, so einen Verwandten ans andere Ende des Landes zu befördern.

Er faßte einen Entschluß. «Beefy», sagte er, «ich möchte, daß du bis Montag bei uns bleibst. Dann werden Sally und ich dich mit dem Wagen nach Shepherd's Delight bringen, und wir werden auch noch ein paar Tage dort bleiben und dir dabei helfen, ein Haus zu finden und es einzurichten. Aber bis dahin möchte ich, daß du im Pfarrhaus bleibst und in deinem eigenen Interesse deinen Freunden aus dem Wege gehst.»

Beefy verarbeitete das. Dann sagte er: «Ich muß aber noch mal zu meinen Freunden. Sie haben meinen Spruch.»

«Was für einen Spruch?»

«Den Spruch, den mir Lizzie geschenkt hat.»

«Hör mal zu, alter Junge.» John Adams schlug die Beine übereinander. «Vergiß diesen Spruch und bleib hier, das ist viel besser für dich.»

In diesem Augenblick kam Sally herein. Sie war begeistert, als sie von den Plänen der beiden hörte. «Du kannst vielleicht das Häuschen von dem alten Mardachai Wainwright bekommen, Beefy. Mutter schrieb in ihrem letzten Brief, daß es noch immer unverkauft ist.»

Am nächsten Tag gingen der Pfarrer und Sally zum neuen Gemeindehaus, das nun den bischöflichen Segen erhalten sollte.

Beefy aber, der in dem großen, leeren Pfarrhaus zurückgeblieben war, dachte an seinen Spruch und an seine guten Freunde, die er vielleicht nie wiedersehen würde. Schließlich konnte er es nicht länger ertragen; er öffnete die Hintertür, schlich hinaus und schlüpfte um das Haus herum auf die Straße. Er wollte seine Freunde wiedersehen und seinen Spruch abholen. Aber er freute sich nicht besonders auf diese Begegnung. Sie alle brauchten sein Geld viel dringender als er, und doch wagte er nicht, es ihnen zu überlassen, sonst würde wiederum der Pfarrer böse werden. Er würde es also Ida und den Jungens sagen müssen, daß er ihnen nicht helfen konnte.

Er mied den Marktplatz und die Hauptstraße und schlich durch unbelebte Nebenstraßen. Schließlich erreichte er die Treppe, die zum Kanal führte. Er stieg die glitschigen Steinstufen hinunter, doch als er unten anlangte, sah er zu seiner Enttäuschung, daß der Anlegeplatz, wo das kleine grüne Boot gelegen hatte, leer war. Lange blieb er dort stehen und suchte mit den Augen rechts und links das schmutzige Kanalufer ab. Dann kehrte er um und ging traurig zum Pfarrhaus zurück.

Nachdem der Pfarrer im allerletzten Moment Beefy seinen Freunden entrissen hatte, fühlten sich Ida, Heck und Holzbein betrogen. Sie schätzten es gar nicht, den kürzeren zu ziehen – schon gar nicht bei einem einfachen Pfarrer. Andererseits hätten sie Beefy kaum zurückhalten können, wenn sie nicht einen öffentlichen Skandal riskieren wollten. Und ihre Lage war nicht so, daß sie sich einen Auftritt in aller Öffentlichkeit erlauben konnten. So hatten sie sich zum Boot zurückbegeben, und Ida berief eine außerordentliche Sitzung in der Kajüte ein.

Sie kam sofort zur Sache. «Meine Herren», sagte sie, «dieser Pfarrer ist mit Beefys Cousine verheiratet. Und außerdem – Leute seiner Art kenne ich genau. Die geben niemals Ruhe. Die können einfach nicht anders. Ich traue dem glatt zu, daß er zur Polizei geht, wenn wir uns weiter um Beefy kümmern. Jungens, will also einer von euch den Antrag stellen, daß wir ohne Beefy und seine fündhundert Pfund den Anker lichten und abdampfen?»

Sie setzte sich und blickte in die Runde.

«Ich stelle den Antrag», sagte Heck unverzüglich. «Wenn wir hierbleiben, wird uns dieser Pfarrer bestimmt aus Rache irgendwas anhängen. Aber wenn wir jetzt abhauen, sind wir freie Menschen, und mit unserem Verstand und unseren Fähigkeiten steht uns die Welt offen. Wir werden schnell andere Mittel und Wege finden, zu Geld zu kommen. Es liegt auf der Straße.» Er setzte sich.

Holzbein erhob sich sofort. «Fünfhundert Pfund sind fünfhundert Pfund», sagte er. «Ich schlage vor, daß wir hierbleiben, bis wir Beefy zu fassen kriegen.»

Schließlich trug Hecks Beredsamkeit den Sieg davon. Sie legten ab, als gerade die Arbeiter von Danby zu Fuß oder mit dem Rad durch die sinkende Herbstsonne nach Hause strebten. Die Maschine fing an zu tuckern, der Bug des kleinen Bootes nahm Kurs auf die Kanalmitte. Langsam gewannen sie Fahrt. Die steinernen Ufereinfassungen wurden bald von Schilfrohr abgelöst. Die Fabriken blieben zurück und machten Bäumen und Feldern Platz, und die Menschen friedlichen Kühen, die knietief im weißen Dunst weideten.

Das kleine Fahrzeug glitt davon und nahm Ida mit den flammendroten Haaren und ihre Direktoren mit sich.

«‹Kommt, Freunde, noch ist's nicht zu spät, eine neue Welt zu suchen›», zitierte der Pfarrer am folgenden Montagmorgen.

«Was sagst du, Liebling?» fragte Sally, die gerade ins Auto stieg.

«Oh, nur ein Zitat», rief er, während er Wasser in den Kühler goß. Er schraubte den Deckel zu, brachte die Gießkanne in die Garage, verriegelte die Tür hinter sich und sprang auf den Fahrersitz. «Alles in Ordnung, Sally?» fragte er und legte ihr liebevoll die Hand aufs Knie.

«Ja, danke, John.»

«Sitzt du bequem da hinten, Beefy?»

Aber Beefy war zu glücklich, um zu antworten. Der Wagen brauste davon, Beefys neuer Welt entgegen. Langsam entschwand die Gemeinde von St. Judas. St. Judas und die Lebenden und die Toten blieben zurück: Mr. Macmillan und der Kirchenvorstand, die arme Lizzie Tubb, die nüchterne Kirche und das schöne, freundliche neue Gemeindehaus, die Fischbratküchen, die Kneipen und die Kinos. Danby entschwand ihren Blicken, und Beefys Augen wandten sich nach vorn, Shepherd's Delight zu mit seinen blauen Bergen und seinem blau aus den Schornsteinen aufsteigenden Rauch, und er wußte, schon bald, sehr bald würde er in seinem eigenen kleinen Garten stehen. Ganz deutlich sah er es vor sich: Er stand über die Tür des Stalls gelehnt und kraulte dem Schwein Emilie den Rücken, bis es sich hinwarf und sich begeistert grunzend in der Streu wälzte. Es war Sonntagabend, und von der nahen Kirche klang sein Lieblingschoral herüber. Und während er zuhörte, ging die Sonne hinter den blauen Bergen unter, und er trat ins Haus, in sein eigenes kleines Häuschen, zog die roten Vorhänge zu und setzte sich mit einem Wildwestschmöker in die Ecke – irgendwie, er wußte nicht recht wie, hatte er bis dahin auch lesen gelernt.